El

PRÓXIMO
FUNERAL
será el TUYO

ESTELA CHOCARRO

El PRÓXIMO FUNERAL *será el* TUYO

Un antiguo crimen y una mujer
dispuesta a hacer justicia

MAEVA

Diseño e imagen de cubierta:
OPALWORKS, sobre foto de Cárcar

Fotografía de la autora:
MARÍA CANTERO

© ESTELA CHOCARRO, 2014
© MAEVA EDICIONES, 2014
Benito Castro, 6
28028 MADRID
emaeva@maeva.es
www.maeva.es

ISBN: 978-84-15893-70-7
Depósito legal: M-25.223-2014

Fotomecánica: Gráficas 4, S.A.
Impresión y encuadernación: Huertas, S.A.
Impreso en España / Printed in Spain

Este libro se ha elaborado con papel procedente de bosques
gestionados de forma sostenible y de fuentes controladas,
certificado por el sello de FSC (Forest Stewardship Council),
una prestigiosa asociación internacional sin ánimo de lucro, avalada por
WWF/ADENA, GREENPEACE y otros grupos conservacionistas.
Código de licencia: FSC–C007782.
www.fsc.org

MAEVA desea contribuir al esfuerzo colectivo y permanente de proteger
y preservar el medio ambiente con el compromiso de producir nuestros
libros con materiales responsables.

A mis padres, Emi y Laureano

SITUACIÓN DE CÁRCAR

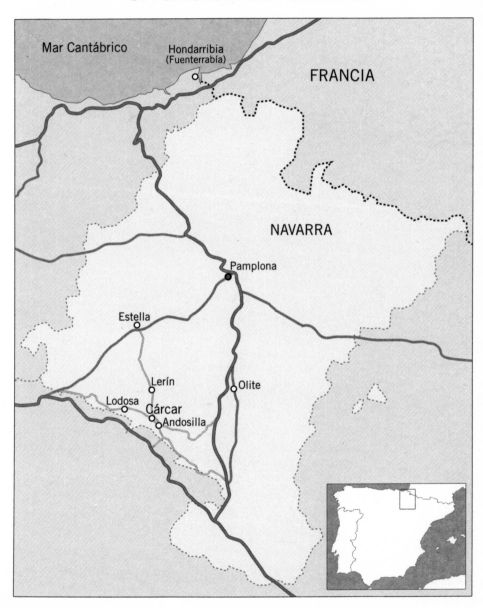

Mar Cantábrico

Hondarribia
(Fuenterrabía)

FRANCIA

NAVARRA

Pamplona

Estella

Lerín

Olite

Lodosa

Cárcar

Andosilla

1

Cárcar, 14 de febrero de 1945

Hinchada, cubierta de gusanos, nada a excepción de sus ropas hacía recordar a la chica que llevaba casi dos semanas desaparecida. El acceso al lugar donde se hallaba el cadáver había resultado harto complicado para los cuatro guardias civiles que, en su calidad de forasteros, desconocían los caminos y la ubicación de las cuevas que salpicaban la zona de la Peña Caída. Cuando hubieron colocado el cuerpo en el carro y anotado los detalles de la escena del crimen, se dispusieron a abandonar aquel lugar apartado y sombrío. Con lento traqueteo, iniciaron el ascenso por el tortuoso camino que llevaba a la parte más alta del pueblo, justo a los pies de la iglesia que lo coronaba. Una vez allí, el grupo se dividiría. Mientras el carro mortuorio continuaba camino hacia Estella con los restos de la muchacha, dos de los cuatro guardias civiles se adentraban en el pueblo.

Esperaban al capataz en la pequeña plaza del Paredón, refugiados del cierzo en una esquina entre dos casas bajas, cuyas paredes, toscamente enlucidas, parecían derretirse como el chocolate caliente. Aunque ya se habían tomado su vasito de aguardiente, se movían nerviosos, ateridos de frío, y zapateaban sobre el suelo de tierra para entrar en calor. Reinaba una niebla densa y la temperatura rondaba los cero grados. Apenas se reconocían unos a otros, protegidos con gorros, guantes y tapabocas.

—Dicen que la han matado a cuchilladas.

—¡Calla, Patorrillo! ¡Pero si aún no la han encontrado!

—Pronto lo harán.

—Dicen que Abundio Urbiola está destrozado y que le va a pegar un tiro al que se haya cargado a la chica.

El más alto del grupo sacó un cigarrillo de uno de los bolsillos de la chaqueta, prenda claramente insuficiente para combatir el intenso frío de la madrugada. Después se lo colocó entre los labios.

—¡Eh, Gallardo! ¿Quieres fuego?

El Patorrillo sacó una caja de cerillas de su gabán. Mientras daba lumbre a Gallardo, dos figuras se detuvieron justo detrás de él. Una mano enguantada le cayó en el hombro.

—¡Coño! ¡La Guardia Civil!

Todo el grupo se cuadró, mientras uno tras otro carraspeaban para aclararse la voz por si le tocaba hablar. Gallardo, nervioso, arrojó al suelo el pitillo que acababa de encender. ¡Lástima!, pensó, porque era el único que le quedaba y no sabía cuándo volvería a ver otro.

—Buenos días, señores. Buscamos la casa de don Ángel Turumbay.

—¿De quién?

—La casa del practicante. Sin duda, alguno de ustedes lo conocerá.

—¡Claro, claro! Pues verán ustedes, han de ir al camino de entrada al pueblo que lleva a la plaza Mayor. Es la casa blanca y gris con tres grandes ventanas alineadas. ¿Ocurre algo?

Los dos uniformados de verde con tricornio dieron media vuelta sin molestarse en responder mientras el perplejo grupo los seguía con la mirada. Gallardo se agachó para recuperar el cigarrillo del suelo, lo limpió con cuidado y luego le dio unos golpecitos para prensar el tabaco dentro del papel. Estaba húmedo pero se secaría, no había prisa. Se incorporó con el pitillo entre los labios, complacido por el inesperado rescate. Antes de que ninguno pronunciara una sola palabra resonó una campanada grave; después, silencio. A esta primera siguieron otras campanadas igual de graves entreveradas con algunas más agudas y, entre unas y otras, los duros silencios. Los hombres contaban con los dedos. Cuando ya no se oyeron más campanadas, el Gallardo sentenció:

—El muerto es una mujer.

Los de la benemérita llegaron a la puerta de la casa blanca y gris. Uno de ellos llamó con un recio aldabonazo.

—¡Ya va, ya va!

Tras el ruido del cerrojo se abrió la parte superior de la puerta.

—¿Es usted don Ángel Turumbay?

El hombre asintió con un gesto.

—Yo soy el sargento Cipriain y este es el cabo Izal. Hemos encontrado a Celia Urbiola y pensamos que usted puede tener información relevante sobre lo que haya podido ocurrir.

Al practicante se le heló la sangre en las venas. Con mano temblorosa logró descorrer el segundo cerrojo, que abría la parte inferior de la puerta. En silencio se encaminó hacia el interior de la casa escoltado por los dos guardias. Irene observó desconfiada a los dos extraños, pero continuó cortando migas de pan para hacer sopas. Desde luego, no eran bien recibidos y no tenía la menor intención de ofrecerles nada, así que más les valía largarse cuanto antes.

—Como le decía, Celia Urbiola ha aparecido muerta. Tenemos razones para creer que usted sabe algo al respecto.

Don Ángel Turumbay puso todo su empeño en disimular el incipiente temblor de sus manos.

—No parece usted sorprendido por la noticia —señaló el guardia.

El interpelado miró a su esposa, después a los dos hombres. Abrió la boca y, cuando parecía que iba a hablar, volvió a cerrarla sin emitir sonido alguno.

El sargento Cipriain insistió.

—¿Conocía a Celia Urbiola?

—Claro.

—¿La vio el día dos de este mes?

Irene alzó la mirada. ¿Estaría ese mequetrefe acusando a su marido de algo? Había que tener poca vergüenza para formular semejante pregunta estando ella presente. Por su parte, don Ángel Turumbay bajó la cabeza. Llevaba dos semanas sin poder dormir, no tocaba el violín, las manos le temblaban al afeitar a sus parroquianos. A punto había estado en más de una ocasión de tener un disgusto con la navaja. Nunca sus tareas diarias se le habían hecho tan penosas.

—¿La vio el día 2 de este mes? —insistió el guardia con impaciencia.

—Sí —contestó por fin el practicante—, estuve con ella.

El cabo Izal se dirigió entonces a don Ángel con estudiada solemnidad.

—Señor, tiene que acompañarnos. Prepare algo de ropa y despídase de su mujer.

2

Cárcar, 1 de julio de 2010

Miraba fijamente el horizonte, pero sus pensamientos iban mucho más allá. Al cabo de un rato, cerró los párpados y se dejó llevar a un lugar remoto donde era un hombre joven y vigoroso. Por desgracia, su viaje fue breve.

—Perdón —musitó una voz tenue—. ¿Está usted...?

El anciano permaneció unos segundos inmóvil en un intento de prolongar su estado de ingravidez. Después habló con voz ronca.

—¿Muerto? No creo. Pero si esto es la muerte, bendita sea.

—¡Disculpe! Siento mucho haberle molestado. Pensé que tal vez...

—Ya. Uno ve a un viejo con los ojos cerrados y enseguida piensa que ha estirado la pata. —Daniel González fue abriendo los ojos mientras se desperezaba con lentitud en el duro banco de cemento. Repasó a la chica de pies a cabeza. No debía de ser del pueblo; salir a pasear con aquellos tacones no era propio de gente razonable.

—No quisiera molestar, aunque la verdad es que estoy bastante despistada y no me vendría mal un poco de ayuda.

—¿En qué puede servirte un vejestorio como yo?

—Pues verá... Me llamo Rebeca Turumbay, mi abuelo era de Cárcar.

—Ese apellido no es extraño en el pueblo, desde luego. ¿Quién era tu abuelo, maja?

—Se llamaba Ángel Turumbay.

—¿Cómo?

—¡Ángel Turumbay! —gritó la joven—. Sé que era músico, tocaba el violín, y también era barbero y practicante. Eso me ha contado mi madre al menos. Yo apenas lo conocí y ese es el motivo de mi visita.

Daniel González guardó silencio, con la mirada clavada en la joven. Tenía una bonita melena rubia, los ojos del color de la miel, la tez blanca, la boca carnosa y rosada. No se le parecía en nada. Seguro que era una embustera.

—No hace falta que grites, no estoy sordo. —Hizo una breve pausa y añadió—: Aún.

—Perdone.

—Lo siento, maja. No caigo. ¿No sería tu abuelo de Carcastillo o de Cascante?

—No; en su carné de identidad ponía que nació en Cárcar, así que no hay confusión posible. Gracias de todas formas.

Daniel González había vivido siempre en el pueblo desde el mismo día en que nació. Bueno, casi siempre, porque durante unas semanas al año solía desaparecer de Cárcar para recorrer la Península; incluso había llegado a viajar a Francia y Estados Unidos. Aunque siempre se dedicó al campo, era un hombre de múltiples aficiones. Había leído y estudiado las más variadas disciplinas, aunque nada de ello se tradujo en una profesión ni le reportó jamás un duro; pero eso a él no le importaba. Tenía la certeza de que fue un óptimo agricultor y la suerte de haber dispuesto del tiempo suficiente para satisfacer su sed de conocimiento. Nunca se casó, pero tuvo muchas novias, y también muchas amigas. Para fastidiar a su amigo Patricio el Gitano, solía decir que él había hecho más el amor siendo soltero que el propio Gitano estando casado. Patricio siempre se molestaba al oírlo, pero sabía que era una verdad como un templo.

Cuando la chica hubo desaparecido tras la curva del camino, trató de volver a su estado inicial de relajación, pero le resultó imposible; el corazón le martilleaba en el pecho, tenía las manos temblorosas. Buscó en el bolsillo de la camisa. Estaba vacío. Hacía muchos años que estaba vacío.

Rebeca Turumbay había llegado al pueblo antes de lo previsto. Su GPS indicaba que el trayecto desde Barcelona duraría tres horas y treinta y seis minutos, pero ella calculó que se alargaría otra hora si se detenía en el área de servicio de Lleida, y algo más si se paraba una segunda vez antes de llegar a Tudela. Con lo que no contaba era con el escaso tráfico desde Zaragoza hasta el pueblo y el buen estado de las carreteras. En definitiva, el GPS había acertado en su previsión a pesar de las dos paradas realizadas.

Aparcó su Mini Cooper cabrio de color rojo con franja blanca en la plaza Mayor porque estaba a solo unos metros de la dirección que había grabado en su navegador, el número 14 de la calle Monte. Nada más bajar del coche pensó que todas las calles del pueblo debieran llamarse Monte, pues en Cárcar solo había dos posibilidades de movimiento: subir por una calle y bajar por otra, o bien, subir y bajar por la misma calle, aunque esto último debía de resultar mucho más aburrido.

Había quedado a las doce en punto en la puerta de la única casa rural que se alquilaba en el pueblo. Ya había resuelto los detalles por teléfono y a través de Internet, pero la dueña del inmueble tenía que darle las llaves, enseñarle la casa y explicarle el funcionamiento de los electrodomésticos. Así pues, decidió estirar un rato las piernas por los alrededores de la plaza para hacer tiempo. Una escalinata la condujo directamente a la puerta de la iglesia. No estaba nada mal para ser la iglesia de un pueblo tan pequeño, y decidió que ese sería uno de sus pasatiempos en aquel lugar: visitar la iglesia y descubrir sus secretos. Encontró también un jardín junto a lo que debía de ser una residencia de ancianos: los setos altos, los plataneros enlazados unos con otros, los rosales perfectamente cuidados... Al asomarse a la barandilla en dirección al regadío sintió una calma que no era común en ella. Un buen sitio para pasar la vejez, se dijo. Aún le quedaban unos cuantos años para llegar a vieja, de modo que decidió alejar el tema de su mente y concentrarse en lo que la había llevado hasta allí. Descubrió que podía seguir el camino que comenzaba en el jardín, y así lo hizo hasta que divisó detrás de un montículo el cuerpo inerte de un anciano. Era la primera persona del pueblo con la que hablaba y el resultado no pudo ser más decepcionante. Imaginaba que todo el mundo se conocería en un pueblo tan pequeño; al menos eso es lo que decían sus conocidos, siempre quejándose de la falta de intimidad. ¿Sería Cárcar una excepción?

Se había documentado a conciencia en Internet acerca de las posibilidades turísticas de la zona y, tanto si localizaba a algún amigo o familiar de su abuelo como si no, sabía que podía pasar unas vacaciones interesantes, y a buen seguro, diferentes a las que estaba acostumbrada. Una visita ineludible sería el Palacio Real de Olite, a cuarenta y dos kilómetros de Pamplona y casualmente también a cuarenta y dos kilómetros de Cárcar. Construido durante los siglos XIII y XIV, fue sede de la corte del Reino de Navarra a partir de Carlos III el Noble, a finales del siglo XIV y principios del XV. De origen francés y hombre culto, propició que el de Olite se convirtiera en uno de los palacios más lujosos de Europa durante la Edad Media.

Se enteró también de que el castillo de Olite había resultado elegido en 2009 la mejor maravilla medieval de España por los lectores de la revista digital revistamedieval.com, por delante de monumentos, como el monasterio de Meira (Lugo), la catedral de Santiago de Compostela, la Alhambra de Granada, San Pedro de la Nave (Zamora), San Millán de la Cogolla (La Rioja) y el monasterio de Poblet (Tarragona). Y por si no tuviese bastante motivación con todo ello, había leído en alguna reseña de Internet que este edificio había inspirado a Walt Disney para el diseño de su castillo de Disney World en Orlando, y aunque la joven no había visitado el parque de Florida, las fotos ciertamente mostraban coincidencias asombrosas. Además de este, el castillo de Javier, donde nació y vivió san Francisco Javier, podía ser otra visita de interés, y desde luego, no pensaba perderse la catedral de Pamplona, como tampoco las murallas y todo el casco viejo de la capital navarra. La comunidad también contaba con considerables riquezas naturales, como la selva de Irati o el desierto de las Bardenas Reales, amén de los pintorescos pueblos del norte de la provincia. Como Navarra es tan pequeña, podía dirigirse a cualquier punto sin alejarse del pueblo más de una hora u hora y media a lo sumo.

Tras su breve charla con el anciano, Rebeca volvió sobre sus pasos hacia los jardines de la residencia. Se detuvo en un lugar cualquiera de la barandilla que separaba la zona de paseo de la peña que daba al río. Suspiró al contemplar el espectáculo que tenía bajo sus pies y comprendió perfectamente que aquel hombre hubiese elegido ese lugar para descansar. Todo el pueblo era un gran balcón que se asomaba a las tierras de regadío, con los montes de líneas suaves recortados en el horizonte y los pueblos salpicando el campo. Una verdadera postal.

Se fue relajando y una sensación de bienestar sustituyó a la decepción generada por su fracaso en la búsqueda de noticias sobre su abuelo. Inspiró profundamente y retuvo el aire en los pulmones hasta que sintió un leve mareo. Ese aire limpio producía un efecto anestésico en su organismo. Cerró los ojos. Permaneció unos minutos aletargada hasta que el rítmico sonido de unos pasos precipitados la fue devolviendo a la realidad. Los pasos se detuvieron junto a ella. Antes de que pudiera reaccionar, sintió el peso de una mano en su hombro.

—¿Estás bien?

Abrió los ojos muy despacio. Vio a su lado a un joven sudoroso, vestido con pantalón corto, camiseta de tirantes y zapatillas deportivas, de ojos oscuros, misteriosos, y cabello negro y rizado. Parecía no haberse afeitado en varios días.

—Por favor, ¿podrías quitar tu manaza de mi traje de Vanessa Bruno?

—¿Es tuyo o de Vanessa Bruno?

Rebeca le abofeteó con la mirada.

—Perdona. Al verte así he pensado que tal vez estabas mareada o... Bueno, ya sabes.

La chica permaneció pensativa por unos momentos, decidiendo quizá el tono de sus siguientes palabras.

A la vista del silencio de aquella forastera, el joven intentó esbozar una sonrisa que por último se quedó en una mueca. Se giró y reanudó la carrera hasta desaparecer por la escalinata de la iglesia.

—¡Gracias por preocuparte! —gritó Rebeca, consciente de que su gratitud nunca alcanzaría al chico, que ya debía de haber llegado a su casa, en virtud de la celeridad con que lo había visto desaparecer de su vista.

A las dos de la tarde, Rebeca Turumbay tenía su alojamiento perfectamente organizado. La voluntariosa Micaela le había enseñado la casa y explicado todos los detalles sobre el funcionamiento de los electrodomésticos y el aire acondicionado. La mujer se sentía muy orgullosa, y no era para menos. Se trataba de un edificio del siglo XVII que conservaba muchos elementos de la época. La casa era muy grande para una sola persona, pues contaba con dos plantas de unos ciento veinte metros cada una, además del garaje y los graneros, pero como Rebeca iba a pagar un precio muy razonable, no le importaba tener habitaciones vacías. Eligió la más bonita, situada en la planta superior, con una cama de metro y medio, de estructura metálica y con dosel. Como no había decidido la duración de su estancia, optó por pagar todo el mes de julio; estimó que en ese tiempo tendría oportunidad de recabar información acerca de su abuelo y de conocer la zona con bastante detalle. Antes de deshacer la maleta, aceptó de buen grado la oferta de Micaela para recorrer el centro del pueblo e informarse de las tiendas de que disponía, casi todas de ultramarinos. El pueblo se autoabastecía, a pesar de ser tan pequeño. El pan se amasaba y cocía a diario en el Horno Cooperativo Virgen de Gracia y el panadero paraba en las distintas calles y lo repartía en su furgoneta cada mañana. También había dos bodegas, un campo de fútbol, piscinas y frontón. Para un censo de mil doscientas almas, le pareció una oferta de servicios nada desdeñable.

Mientras bajaban por el barrio Monte, nombre que la gente de Cárcar daba a la calle Monte, Micaela comentaba los detalles de la vida en el pueblo al tiempo que iba saludando a cuantas personas veía por la calle. Durante unos segundos se entretuvieron con una mujer de ojos saltones, con el cabello tan enmarañado como si nunca hubiese conocido un peine. Rebeca se ruborizó al ver que varios dedos asomaban por sendos agujeros abiertos en sus zapatillas caseras; en cambio, la mujer los lucía sin ningún reparo.

—Hola, Aurora, ¿cómo estás? —saludó Micaela cordial.

—No me quejo. ¡Vas bien acompañada, eh! ¿De quién es esta chica tan maja?

—Se llama Rebeca. Ha alquilado la casa durante todo el mes.

—¿Ah, sí? ¡Qué bien! ¿Y de dónde eres, maja?

—Es de Barcelona, profesora de universidad —se adelantó a responder Micaela.

—Cara de lista sí que tiene.

—Adiós, Aurora, a seguir bien.

—¡Gracias, gracias! ¡Adiós, adiós!

Bajaron por el barrio Monte y subieron luego por la calle Mayor que remataba en la plaza Mayor, donde Rebeca había aparcado su coche al llegar, junto al ayuntamiento y la escalinata que daba a la iglesia. Ya iba haciéndose un pequeño mapa mental de ese pueblo donde todo era subir y bajar. No había pérdida posible porque si subías siempre encontrarías la iglesia en lo más alto y la casa que había alquilado estaba solo a unos metros.

—Hoy comes en mi casa.

—Es muy amable de su parte, Micaela, pero me las arreglaré bien. Acabo de comprar un montón de comida.

—No has hecho más que llegar y tienes que organizarte, así que no me discutas y haz lo que te digo. Te espero a las dos en punto.

—Muchas gracias. Es usted muy amable.

—Muchas gracias, no. Muchas veces. Y no me trates de usted, que me hace mayor.

Después de la temprana comida en la residencia, Daniel González salió de nuevo a la calle en busca de un banco a la sombra de un árbol. El calor era intenso a esa hora del día, pero necesitaba estar solo, y sabía que ninguno de sus compañeros de la residencia saldría a molestarlo. Se sentó despacio, apoyando su bastón en el suelo, después introdujo una mano temblorosa en el bolsillo de su sempiterna camisa blanca y sacó un paquete de cigarrillos que había pasado años guardado en un cajón. Lo miró largo rato. Hacía mucho tiempo que lo había dejado, pero a su edad ya no le preocupaba el cáncer; al fin y al cabo, iba a morir en breve. Un día perfecto para volver a fumar, se dijo. Sin dedicarle un solo pensamiento más, dio la vuelta al paquete y lo sacudió hasta que un cigarrillo salió disparado. Cerró la cajetilla, volvió a ponerla con parsimonia en el bolsillo y repitió la operación con el otro bolsillo, esta vez para extraer una caja de cerillas. La primera bocanada de humo le entró directa a los pulmones. Tosió varias veces, pero eso no le impidió dar una segunda calada. La tercera inhalación le provocó un ligero mareo de placer. Continuó fumando, muy despacio, saboreando cada segundo de ese cigarro como si fuese el único. Mientras, sus pensamientos se centraron poco a poco en el motivo de su desasosiego: la nieta de Ángel.

3

Rebeca Turumbay había tenido tiempo suficiente de disfrutar de un relajante baño en la gran bañera situada al lado de su habitación. Se puso un vestido de Custo y unas alpargatas de Castañer, y encantada con su look informal, abandonó la casa. Salió quince minutos antes de la hora. Le sobraron doce. Allí estaba todo tan cerca... Dio unas vueltas alrededor de la casa de Micaela, que esta le había indicado durante su paseo, bajó unas cuestas y subió luego otras para hacer tiempo. Descubrió que en pocos minutos se podía recorrer el pueblo de un extremo al otro. Al parecer, la plaza Mayor, presidida por la iglesia, servía de eje alrededor del cual se distribuían las estrechas calles con sus casas de dos alturas de ladrillo visto. En la calle Mayor subsistía alguna casona del siglo XVIII con escudo, mientras que en el barrio Monte le llamaron la atención, por su aspecto pintoresco, varias casas construidas sobre roca viva con las fachadas encaladas.

Se disponía a llamar al timbre cuando las campanas de la iglesia comenzaron a sonar. Cuatro campanadas iniciales seguidas de dos más graves. Las dos en punto. Pulsó el timbre y casi inmediatamente se abrió la puerta. Micaela le dio la bienvenida animándola a entrar con el mismo tono jovial del que había hecho gala por la mañana. Mientras seguía a la mujer por el pasillo, oyó una voz varonil.

—¡Mamá! ¿Dónde quieres que coloque estas cosas?

—Es mi hijo. Tiene más de treinta años, pero aún sigue en casa. Los jóvenes de hoy sois muy raros, no te ofendas.

Se detuvieron ante la puerta de la cocina, donde un joven en cuclillas metía y sacaba recipientes del frigorífico en un intento de poner orden.

—Lo siento, mamá, pero aquí no caben más cosas. Tendrás que tirar algunas.

—¿Estás loco? Quita, quita, ya lo hago yo.

El joven se levantó de un brinco, guiñó un ojo a Rebeca y señaló a su madre, quien ya estaba removiendo el contenido del frigorífico para hacer hueco. Se acercó a la joven y le susurró al oído:

—Sigues teniendo la misma cara de malfollada.

Rebeca se atragantó al inspirar.

—Mamá, nosotros ya nos conocemos. Hemos tenido una charla muy interesante esta mañana.

—Ah, ¿sí? ¡Qué casualidad! Entonces ya sabrás que es la chica catalana de la que te hablé. Va a pasar todo el mes de julio en Cárcar; si está a gusto, claro. Pero entrad al comedor que ya tengo la comida preparada.

—Así que catalana. ¿De Barcelona?

Tratando de reponerse del exabrupto, Rebeca vaciló un segundo, momento que aprovechó Micaela para responder en su lugar:

—Siempre ha vivido en Barcelona, aunque debido a su trabajo, prácticamente ha trasladado su residencia a Girona.

—Ah... ¿En qué trabajas?

—Enseña historia del arte en la universidad y trabaja en la Fundación Gala-Salvador Dalí, en Figueres. ¿No es impresionante, hijo?

—Muy impresionante, sí —dijo Víctor sin apartar la mirada de la cohibida joven.

—Mi hijo es periodista. Es un chico muy listo y muy buen mozo, ¿no crees? —Víctor aguardó divertido la reacción de Rebeca.

—Sí, claro —consiguió decir ella sin ruborizarse demasiado.

—El pobre es hijo único. Se quedó sin padre siendo muy niño, así que siempre hemos vivido los dos solos, ¿verdad, hijo?

—Verdad, madre. ¿Vives con tus padres? —se interesó Víctor, en tono conciliador.

—Mi madre murió hace unos meses. No llegué a conocer a mi padre. —Micaela se acercó a Rebeca y la estrechó entre sus brazos.

—Lo siento mucho. ¡Pobre niña!

—Mi abuelo fue como un padre para mí hasta que falleció cuando yo tenía seis años. Lo cierto es que ya no tengo claro si mis recuerdos son míos o los ha creado mi madre al hablarme de él. De mi padre no recuerdo nada. Creo que nunca vino aquí, al pueblo del abuelo, no entiendo por qué.

Micaela continuaba acariciando el cabello de Rebeca como si fuese una niña pequeña. Víctor guardaba silencio.

—No debéis preocuparos por mí —aseguró Rebeca—, estoy bien. Ese es el motivo de mi visita a Cárcar. Mi abuelo era de aquí, como he dicho, y ahora que estoy sola quiero conocer mis orígenes, ver si aún queda alguien que lo recuerde y me pueda contar algo sobre él. Mi padre nació en Barcelona, donde conoció a mi madre, pero ninguno de los dos me habló nunca del pueblo.

—¿Cómo se llamaba tu abuelo, hija?

—Ángel Turumbay —declaró orgullosa—. Trabajó para Salvador Dalí, y de ahí supongo que viene mi interés por el arte.

Micaela meditó durante unos instantes.

—No caigo. Pero estoy segura de que Víctor podrá echarte una mano. A él se le da muy bien investigar cualquier tema, que para eso es periodista. Además, conoce a todos los ancianos del pueblo y puede presentarte a los de más edad. Seguro que cualquiera de ellos estará encantado de charlar un rato con una chica tan guapa como tú.

—He hablado con un señor muy mayor esta mañana, pero no sabía quién era mi abuelo. Ha sido un poco decepcionante, la verdad. Pensaba que en un pueblo pequeño todo el mundo se conocía.

—En Cárcar, el Ángel más famoso es el de la cueva. Espero que no fuera ese tu abuelo —apuntó Víctor.

—¿Qué cueva?

—La cueva del Ángel Caído —aclaró Micaela—. Se trata de una vieja historia, creo que nadie sabe exactamente qué sucedió. Pero en este pueblo hay varias personas llamadas Ángel. Es un nombre muy común en todas partes.

—La cueva del Ángel Caído es un lugar maldito donde nadie quiere acercarse por miedo a que el asesino aparezca con su enorme cuchillo y lo corte en rebanadas.

—¡Víctor! Deja de decir sandeces y saca el postre, anda, que vas a asustar a nuestra invitada. ¡Es de muy mal gusto hablar de algo tan horrible en la mesa!

El joven salió riéndose a mandíbula batiente. Rebeca, en cambio, se había estremecido al oír sus palabras.

Después de la comida se quedó el tiempo justo para no parecer descortés y enseguida se despidió dando las gracias a su anfitriona por la invitación. Una vez en casa, se lanzó al confortable sofá novela en mano. Hacía mucho tiempo que había abandonado su afición favorita en aras de su trabajo. Las horas del día se le quedaban cortas para hacer todo lo que le hubiera gustado y al final, la lectura de obras especializadas en arte y, en concreto, en pintura contemporánea ocupaba todo su tiempo. Se había hecho el firme propósito de leer todo cuanto pudiera durante ese mes, de modo que compró varias novelas de diferentes géneros para poner a prueba su capacidad de disfrutar con la literatura de ficción. La comida en casa de Micaela le dejó mal sabor de boca, pese a que la mujer había demostrado ser una cocinera estupenda: de primero les sirvió espárragos rellenos –nunca hubiese creído que pudieran rellenarse de no haberlo visto–, seguidos de sopa de pescado, casi igual a la que hacía su madre, y por último, gorrín asado. Rebeca alabó sobre todo ese plato, del que repitió dos veces. Micaela le había explicado que el secreto estaba en el horno de leña. En el pueblo solían acudir al horno cooperativo para asar la carne, y la verdad es que los asados quedaban exquisitos. Micaela se mostró muy orgullosa al explicar las bondades de su pueblo y ella agradecía sus explicaciones, pero Víctor…. ¡Víctor la había llamado malfollada! ¿Quién se había creído que era para decirle semejante grosería? Aunque, por otro lado, debía reconocer que ella también estuvo un tanto grosera en su primer encuentro aquella mañana, y más teniendo en cuenta que el joven se había detenido a su lado ciertamente preocupado. Puede que mereciera el exabrupto, pero aquella palabra tan soez resultaba del todo inadecuada.

Pasado un rato, Rebeca sintió hambre. Era extraño, después de todo lo que había comido en casa de Micaela. Consultó su reloj sin dar crédito a la hora. Habían pasado cuatro horas como en un suspiro y ya eran casi las ocho de la tarde. Cuando abrió la ventana, constató que el calor continuaba siendo sofocante. En la cocina se preparó un sándwich vegetal. Después, conectó el hervidor de agua para hacer un té que luego enfriaría con hielo. Tras dar buena cuenta de su merienda y con el ánimo exultante, salió de la casa y se dirigió de nuevo a los Fosales. Según la información de Micaela, ese era el nombre que los carcareses daban al lugar donde había conocido a Víctor. Una tenue brisa comenzó a soplar en cuanto inició el ascenso de la escalinata. Las acacias perdían algunas de sus pequeñas hojas, que revoloteaban alrededor de la fuente central. Un ligero aroma a miel brotaba de las últimas florecillas que quedaban en las copas de los árboles. El ambiente se le antojó vibrante, sensual. Se detuvo unos instantes en el mismo lugar en que lo había hecho aquella misma mañana para contemplar el panorama. Como si alguien hubiese dado suelta a una manada de elefantes, un grupo de ancianos empezó a diseminarse despaciosamente alrededor del edificio de la residencia. Un hombre de abundante cabellera blanca se acomodó en el banco de madera situado justo detrás de Rebeca. Canturreaba una canción que la joven no había oído nunca:

—El otro día en el Retiro, mi novia me pidió un beso. No me pidas vida mía, que aquí no se pide eso, que si vienen los de asalto, a los dos nos meten presos. Buenas tardes, maja —la saludó el hombre, cordial.

—Hola.

—Hace muy buena tarde, ¿verdad? —prosiguió el otro, feliz de tener con quien hablar.

—Sí, muy buena.

—No eres del pueblo, claro.

—No, estoy de vacaciones. He llegado esta mañana.

—¡Vaya! ¡Qué bien! No te preocupes, que enseguida conocerás gente. ¿Cómo te llamas?

—Me llamo Rebeca. ¿Es usted de Cárcar?

—De aquí soy y aquí he vivido siempre. He viajado lo justo: a Pamplona y a Zaragoza. También fui a Madrid en una ocasión, pero en ninguna parte se está mejor que en Cárcar. ¿De dónde has dicho que eras, maja?

–Soy de Barcelona, pero mi abuelo era de aquí. Tal vez usted lo conociera, se llamaba Ángel Turumbay.

–Ángel... Ángel... Conozco a unos cuantos que se llaman así.

–Mi abuelo era músico, barbero y practicante. –La expresión de su interlocutor se ensombreció–. ¿Está usted bien?

–¡Pobre chica, tan joven y tan guapa! Me voy, maja, que se me hace tarde para ir a la huerta. Este año los tomates vienen tempranos.

El anciano salió zumbando en dirección a la residencia mascullando palabras sin sentido.

Marcelo Agreda había sido toda su vida un aventurero. Las mujeres le gustaban más que el pan, solía decir, y el pan le gustaba mucho. Su padre había sido hojalatero, lo mismo que su abuelo y su bisabuelo. Además, tenían algunas tierras y una pequeña fortuna heredada de un tío soltero que falleció inesperadamente y, sin que nadie lo sospechara siquiera, había resultado tener el colchón repleto de billetes. Sacando provecho de ese dinero, sus padres los enviaron a él y a sus dos hermanas a estudiar a Pamplona. Pero Marcelo era hombre de campo y nunca consiguió adaptarse a la capital. Lo único que hizo durante los años que pasó fuera de casa fue incrementar su colección de novias. Pese a ello, él se entendía mucho mejor con las chicas del pueblo, con quienes tenía más en común, además de dejarse tocar por debajo de la falda. Tanto le gustaban las mujeres que nunca fue capaz de decantarse por una determinada, de modo que el tiempo fue pasando y llegó a la vejez con la única compañía de una demencia que crecía dentro de él, fuerte e imparable. Marcelo seguía disfrutando al piropear a las mujeres, ya fueran estas jóvenes o entradas en años, pues todas tenían su encanto. Hay fuerzas que ni la vejez puede detener.

Cuando Rebeca se volvió para enfilar el camino de los pinos vio a una anciana en mitad de la explanada que la miraba fijamente, sin ningún disimulo. Había reparado en ella mientras hablaba con el hombre. Aquella señora de moño tirante caminaba alrededor de la iglesia y tardaba cuatro minutos exactamente en rodear el templo. Lo había comprobado. Ninguna de las dos pronunció una sola palabra. Al cabo de unos segundos, la mujer abandonó su estatismo y continuó su paseo. Rebeca no había tenido contacto con personas de edad avanzada a excepción de su abuelo, pero de eso hacía demasiado tiempo y para ella su abuelo Ángel nunca fue un anciano, de modo que no era capaz de discernir lo que podía considerarse un comportamiento normal del que no lo era. Caminó unos cincuenta metros hasta que descubrió un segundo camino junto al que había tomado por la mañana. Se trataba de una cuesta bastante pronunciada que se adentraba en un pinar. Se preguntó si sería buena idea explorarlo en aquel momento, pero decidió que ya tendría tiempo otro día; el camino era sombrío y no parecía tan frecuentado como el primero. Así pues, repitió el paseo matutino con energía renovada. Anduvo unos centenares de metros por el camino de cemento trufado de curvas que rodeaban varios montes bajos y terminaba en una pendiente en cuya cima se situaba el cementerio. Dejó atrás el camposanto y con él la comodidad del camino, que a partir de ese punto era de piedras y tierra. Por una sucesión de indicadores de madera, supo que se acercaba a una zona de palomeras. Ignoraba qué eran las palomeras, pero ya se enteraría. Desde lo alto, la panorámica seguía siendo fantástica. Avistó una ermita en mitad del campo, a unos diez kilómetros del pueblo, que, por lo que le había contado Micaela, debía de ser la ermita de la Virgen de Gracia. Se detuvo delante de un panel informativo. Le sorprendió enterarse de que la ruta estaba marcada como de interés turístico por ser cañada real. El panel informaba además de la existencia de un área de protección de fauna. Después de leer toda la información, se giró para reanudar el camino. A unos cincuenta metros de distancia divisó la figura rígida de un hombre de rostro inexpresivo lleno de surcos. La boina de lana estaba fuera de lugar, con el calor que hacía. Sintió un escalofrío, pero en vista de que el hombre, seco como un sarmiento, no hablaba ni se movía, decidió ignorarlo. Retomó el camino y el rumbo de sus pensamientos. ¿Qué iba a hacer? Ya eran varias las personas a las que había preguntado por su abuelo y ninguna le había podido ayudar. Si todos los ancianos del pueblo tenían tan mala memoria, debería reducir notablemente sus vacaciones. Sin poder evitarlo, su atención volvió a dirigirse hacia el escuálido hombre al que acababa de ver unos metros atrás. ¿Por qué la observaría de ese modo? Le pareció que el Hombre Sarmiento —como acababa de bautizarlo— y la señora del moño tirante tenían algo en común. Aquella mujer se la había quedado mirando de un modo muy descarado por no decir provocador, con unos ojos fríos como el hielo y un gesto casi cruel. Podía ser solo una vieja chiflada, o tal vez no...

4

Anastasia Chalezquer tenía ochenta espléndidos años, aunque su aspecto era el de una señora mucho más joven. Era consciente de ello y le encantaba. Su memoria también estaba en bastante buena forma dada su edad. Era una niña cuando la Guerra Civil, pero no tanto como para no recordar las penurias que pasaron sus padres, sus hermanos –todos varones– y ella misma. Durante su juventud iba al campo con ellos, y trabajaba como uno más a pesar de ser mujer. Salían a caballo de madrugada con una fiambrera con la comida y no volvían hasta el anochecer. Su padre falleció cuando ella contaba doce años. A esa edad, una chica ya era una mujer, por lo que nunca se consideró huérfana. Cuando hubo cumplido los diecisiete, su madre le anunció que tenía un pretendiente para ella. Un hombre honesto y trabajador de Lerín, un pueblo cercano a Cárcar. Anastasia nunca había contradicho a su madre, de modo que acató su voluntad. Sabía que eso era bueno para la familia, pues de otra manera alguien tendría que cargar con ella de por vida, y convertirse en un lastre no era en absoluto lo que pretendía. Así pues, cumpliendo los deseos de su madre, se casó con un hombre que le llevaba quince años, un hombre a quien nunca amó; aunque eso no impidió que ambos se respetaran siempre. Dios no quiso que de su unión naciera vida y Anastasia sufrió tres abortos, el último de los cuales a punto estuvo de matarla a ella. Contra todo pronóstico, quien murió poco después fue su esposo. Era diabético. Falleció una mañana mientras trabajaba en el campo. El médico dijo que había muerto de lo suyo y ahí quedó la cosa. Muerto su esposo, viuda y sin hijos, decidió regresar a Cárcar. Tenía entonces veintitrés años, y se la consideraba una mujer madura, por lo que nadie en su familia esperaba verla casada de nuevo. Todos se equivocaron.

Desde su vuelta de Lerín había entrado a servir en una de las casas principales de Cárcar. El amo era un hombre arisco, amargado, que perdió a su esposa al poco tiempo de casarse. Decían las malas lenguas que no habían llegado a consumar el matrimonio, aunque eso nadie lo sabía a ciencia cierta, pues don Vicente no hablaba si no era para dar órdenes a los peones en el campo. Al principio, Anastasia acudía a la casa llena de aprensión, pues el hombre se comportaba como un animal herido. Sin embargo, fueron pasando los meses y don Vicente comenzó a demandar cada vez más horas de trabajo por parte de la chica. Llegó un momento en que desayunaban, comían y cenaban juntos. Anastasia le preparaba la cama, le llevaba las zapatillas cuando llegaba del campo tras la dura jornada, e incluso empezó a leer para él junto a la chimenea durante las frías noches de invierno. Lo hacía con torpeza, pues apenas había ido a la escuela, pero al hombre no parecía importarle. Así, se fueron acercando los dos, hasta que poco a poco don Vicente fue olvidando su tristeza y su mal humor. La chica se sentía cada día más a gusto en compañía del amo al tiempo que se convertía en imprescindible en aquella enorme casona de piedra con blasones. Al cabo de dos años de servicio, don Vicente pidió la mano de Anastasia a su hermano mayor con el beneplácito de su anciana madre. Ambos estuvieron de acuerdo en que la boda se celebrase, y en menos de un mes la pareja contraía matrimonio en la ermita de Santa Bárbara, en lo más alto del pueblo, con el mundo a sus pies. Don Vicente resultó ser un hombre de gran sensibilidad, inquieto y curioso. Juntos viajaron lo que les permitieron el trabajo del campo y los hijos, que empezaron a llegar diez meses después de la boda; con ellos, la casa se llenó de gritos y juegos. Al poco de cumplir Anastasia los setenta años, don Vicente falleció. Una noche se fue a la cama y nunca más volvió a levantarse.

Hacía diez años ya que vivía en la residencia. Se encontraba muy bien de salud, pero no le gustaba vivir sola en aquella gran casa, y sus tres hijos vivían muy lejos del pueblo. Toda la vida luchando por ellos para acabar completamente sola... Su hija menor le había propuesto que fuese a vivir con ella y su familia, pero la mujer sabía que mientras en Madrid no era nadie, en el pueblo era Anastasia la de don Vicente, una mujer de buena casa, respetada y bien considerada por todos. Ella moriría en su pueblo, igual que lo hicieron sus padres y también su marido.

Los recuerdos de toda una vida se amontonaban en su cabeza mientras daba vueltas alrededor de la iglesia. Cuatro minutos para resumir ochenta años. ¡Qué ironía! Y ahora, de repente, una inesperada visita había acabado con la tranquilidad de una existencia en la que cada minuto del día sabía qué le traería el siguiente. ¡Hacía tantos años que no había vuelto a pensar en ella! El nombre de la chica comenzó a golpearle en las sienes como un martillo. Celia Urbiola, Celia Urbiola, Celia Urbiola...

Aquella noche Anastasia tomó una decisión. Concluida la cena, subió a su cuarto a por una chaqueta, salió del edificio con todo el sigilo que pudo, descendió la escalinata de la iglesia y giró a la derecha en la plaza para bajar por el barrio

Monte. Tenía que advertir a alguien, y debía hacerlo cuanto antes. Estuvo fuera casi dos horas, transcurridas las cuales regresó a la residencia. En la oscuridad de su cuarto se puso el camisón y luego buscó refugio entre las sábanas. Tardó otras dos horas en quedarse dormida.

5

El miércoles amaneció de un azul brillante casi blanco. Esa era una de las cosas que más le gustaban a Víctor Yoldi, que el verano fuese cálido y apacible, cada día igual que el anterior. Se despertó con la luz matutina que se colaba por las rendijas de su persiana. Aguzó el oído. Su madre trajinaba en la cocina. Saltó de la cama cuando las campanas de la iglesia daban las siete en punto. Escuchó los cuatro cuartos, luego las siete campanadas. Se calzó unas chancletas y bajó de dos en dos los peldaños de la escalera. Entró en la cocina cuando las campanas volvieron a dar las siete. Solo había tardado dos minutos de la cama a la mesa. Se sentía francamente bien; la noche anterior había tenido partido de fútbol en el campo de hierba, cosa extraordinaria porque él ya no jugaba desde hacía muchos años, cuando el campo era de tierra. Además, habían ganado. Fue un buen partido entre los veteranos y el equipo del pueblo; las viejas glorias de los años noventa aún tenían rasmia para enfrentarse a chicos más jóvenes y salir airosos. Aquel día había pensado salir pronto a correr para eludir el intenso calor, y después llevaría a su madre a Lodosa para hacer sus compras en el mercadillo que se instalaba cada miércoles en el centro del pueblo. Mientras estiraba los músculos junto a la puerta de la calle, Micaela le comentó su intención de invitar a Rebeca. Pensaba llamarla alrededor de las diez de la mañana para no despertarla; estaba segura de que le complacería la visita.

Rebeca Turumbay había madrugado tanto que hubo de contenerse para no salir de casa antes de las ocho. En cuanto las campanas de la iglesia anunciaron la hora, subió decidida la escalinata hacia los jardines de la residencia. Abordaría a la mujer del moño tirante tan pronto como esta se decidiese a salir a la calle. Esperaría el tiempo que fuera necesario. Había estado toda la noche dándole vueltas al tema y ya no albergaba ninguna duda: aquella mujer sabía algo y ella iba a averiguar de qué se trataba.

Patricio el Gitano salió a la calle y no tardó en tropezarse con Daniel González, quien caminaba ensimismado sin rumbo aparente.

—¿Quieres que demos un paseo hasta el cementerio?

—No sé qué manía tienes con eso de ir al cementerio —rezongó Daniel—. ¿No crees que tendrás suficiente con toda la eternidad? Date tiempo, Patricio, que todo llegará.

—Bueno, pues entonces no vayamos al cementerio, podemos dar un paseo por los pinos —concedió el Gitano.

—Eso ya me parece mejor.

Daniel caminaba despacio, con el cuerpo encorvado, y arrastraba los pies. Usaba unas grandes gafas de pasta negra, camisa blanca y un elegante bastón que le proporcionaba cierta seguridad al andar. En cuanto a Patricio, lucía su boina negra todos los días del año, fuese crudo invierno o verano sofocante. Enfilaron el camino flanqueado de setos y se detuvieron de repente. En el banco más alejado del edificio de la residencia, Anastasia Chalezquer charlaba con una joven forastera.

—¿Qué diablos hacen esas dos?

—Yo no conozco a esa chica, ¿y tú?

—Es la que ha alquilado la casa rural. No me da buena espina que esté hablando con Anastasia —refunfuñó Daniel.

—¡Vamos, hombre! ¿Qué mal puede haber en que una joven forastera hable con una anciana del pueblo?

Daniel vaciló un instante.

—Mucho puede haber, porque esa chica es nada menos que la nieta de don Ángel Turumbay.

Patricio el Gitano tenía el honor de haber sido el primer gitano de Cárcar, título al que podía añadirse el de gitano mayor del pueblo. Su nombre era Patricio Jiménez, lo cual no era mucho decir, porque todos los gitanos de Cárcar se apellidaban Jiménez, pero hacía más de sesenta años que era Patricio el Gitano. Ese era su verdadero nombre. Llegó al pueblo en 1948 con su carro de campanillas tirado por dos robustos caballos, *Jote* y *Botijo*. Patricio viajaba de pueblo en pueblo vendiendo sus objetos artesanos de mimbre. Contaba entonces unos trece años más o menos. Ignoraba la fecha exacta de su nacimiento, por cuanto su madre tenía ese recuerdo bastante confuso, de modo que eligió la que le pareció más acorde con su personalidad: el día de Reyes. Su madre siempre le decía que era el rey de su vida, así que nacer el 6 de enero le pareció lo más conveniente. Cuando llegó a Cárcar no tenía ninguna intención de afincarse allí, aunque tampoco de no hacerlo. Vivía de la venta ambulante y dormía en el carro en el que llevaba su casa además de su negocio. Solía buscar un lugar agradable donde colocar su silla de mimbre, una mesita de madera y un baúl repleto de enseres de cocina: perolas, platos, una sartén, alguna taza y vasos; a continuación encendía un buen fuego para cocinar sus alubias con tocino, o bien, con conejo o liebre, si había tenido la suerte de cazar algo por el camino. Lo que nunca faltaba en su carro era un buen saco de patatas. Le encantaba asarlas en las brasas de una hoguera y pincharlas en un pequeño palo para poder comerlas tranquilamente sin quemarse. En los pueblos, las patatas pequeñas se echaban a los cerdos, pero él siempre se las arreglaba para que algún vecino le diera un saco de esas patatas que le sabían a gloria aderezadas tan solo con una pizca de sal. Esa era una de las pocas cosas que echaba de menos de sus años mozos: las patatas asadas en las brasas de un buen fuego. Hacía tiempo que no estaba permitido tener animales en las viviendas, y la mayoría de los habitantes del pueblo ya no eran agricultores, de manera que las corrientes y comunes patatas asadas se habían convertido en algo extraordinario. Patricio llegó a Cárcar y en solo tres días le hicieron más encargos de los que podía llegar a atender en un mes. Tenía unas manos prodigiosas para trabajar el mimbre, y los chiquillos del pueblo se pasaban horas y horas sentados a su alrededor mientras contemplaban ensimismados cómo elaboraba cestas de diferentes proporciones, sillas, baúles... Para ellos, aquel joven de piel curtida y cuerpo escuálido era lo más parecido a un mago. Llevaba Patricio dos meses en el pueblo cuando una familia de gitanos se detuvo justo en el mismo lugar donde él tenía su campamento. Bastó una semana para que Juana y Patricio se enamorasen perdidamente, y otra más para que él pidiera la mano de la joven gitanilla al patriarca de la familia. Este, encantado y a todas luces aliviado por desprenderse al fin de alguna de sus hijas, consintió en el enlace. Así fue como Patricio y Juana se instalaron definitivamente en Cárcar e iniciaron la aventura de constituir la primera familia gitana del pueblo. Juana se dedicaría a las labores de la casa y al cuidado de sus cinco hijos, mientras que Patricio llegaría a hacerse tratante de ganado, sin perder nunca su afición por la artesanía. Con el paso de los años, el carácter de Juana se fue agriando, al tiempo que el de Patricio se iba haciendo más débil. No se puede decir que sintiera pena cuando su mujer murió tras veinte años de tortuosa convivencia. Sus cinco hijos habían abandonado el pueblo y apenas se veían de ciento a viento, de modo que un día, sin previo aviso, la vejez lo sorprendió solo en su hogar. Así las cosas, el año 2000, sin el menor apego por aquella vivienda silenciosa y llena de corrientes de aire, decidió inscribirse en la recién construida residencia de ancianos. Allí siempre tendría compañía, pensó. Su viejo cuerpo ya no estaba para jotas y su pobre corazón necesitaba el calor de la amistad.

6

La anciana se mostraba hermética como una caja fuerte, aunque debía admitir que la había abordado con poca delicadeza en cuanto asomó la cabeza por la puerta de la residencia. Ya sentadas en el banco, Rebeca comenzó:

—Bueno, pues aquí estamos, dos perfectas desconocidas. Le agradezco mucho que haya accedido a charlar conmigo sin conocerme de nada.

—Eso no es cierto; nos vimos ayer junto a la iglesia.

—Ya. Veo que tiene buena memoria.

—Creo que será mejor que vayas al grano, maja; no te vayas a molestar, pero tengo cosas que hacer, aunque no lo parezca.

Rebeca la miró desconcertada. Desde luego, la señora era mayor, pero no tenía un pelo de tonta.

—Disculpe, no quiero hacerle perder el tiempo. Verá, mi abuelo era de aquí, de Cárcar, y me gustaría conocer algo acerca de su vida, saber si tengo parientes. En definitiva, busco recuperar una parte del pasado de mi familia que nunca he tenido oportunidad de conocer.

Anastasia asintió e hizo un gesto a la joven para que prosiguiera.

—Mi abuelo se llamaba Ángel Turumbay. Ahora tendría unos noventa años. Según me contó mi madre, fue músico, barbero y practicante. No me explico cómo alguien podía tener tantos oficios, la verdad. Como no fuera porque entonces no había tele con la que perder el tiempo.

La anciana mantuvo el mismo rictus impenetrable durante unos segundos. Por último se levantó del banco, se alisó la falda, volvió a sentarse y clavó sus ojos grises en Rebeca.

—No creo que seas nieta de don Ángel Turumbay, teniendo en cuenta que para tener nietos primero hay que tener hijos... Y dudo mucho que él los tuviera.

La conversación no podía ir peor. ¿Cómo podía dudar que ella fuese quien decía ser? Cierto que su abuelo fue padre siendo ya un hombre maduro, pero no había razón para mencionar una cosa tan íntima. Logró contener su enojo y guardó silencio. Al mismo tiempo, la mirada de Anastasia Chalezquer se perdió en algún lugar recóndito de su memoria. Comenzó a hablar cuando Rebeca ya había perdido toda esperanza.

—Aunque dudo que seas nieta de don Ángel te contaré lo que sé. —La mujer dejó pasar unos segundos.

—Don Ángel Turumbay era un hombre muy respetado en el pueblo. Como bien has dicho, era músico; en aquel entonces muy pocas personas tenían formación musical, la mayoría de la gente apenas sabía escribir su nombre y sumar dos y dos, pero él tocaba el violín a las mil maravillas, además de enseñar solfeo e instrumento a algunos chicos del pueblo. Por supuesto, sus alumnos eran todos de buena familia, porque los demás carecían del tiempo y los recursos para aspirar a un lujo de ese tipo; en cuanto uno levantaba dos palmos del suelo tenía que ayudar en el campo. Pues bien, cuando don Ángel tendría dieciocho años más o menos, se casó con Irene, una prima segunda suya. Ella era comadrona; como te puedes imaginar, en aquella época aquel era un oficio de prestigio.

En definitiva, eran una pareja de mucha categoría. Nunca tuvieron hijos, pero lo cierto es que no dispusieron de demasiado tiempo porque, como ya sabrás –pronunció las dos últimas palabras mirándola fijamente a los ojos–, don Ángel se marchó a Barcelona y nunca volvió al pueblo.

–¿Por qué se marchó?

Su interlocutora no pareció oír la pregunta. Sencillamente, cerró los ojos como si estuviese fatigada y así permaneció largo rato. Rebeca ya se resignaba a dar por concluida la conversación cuando Anastasia Chalezquer abrió los párpados, la miró de nuevo con fijeza y murmuró:

–Era un joven muy guapo, todo un caballero. Fue una lástima lo que pasó...

De pronto, la mujer se vino abajo; las manos de piel translúcida temblaban sobre su regazo. A duras penas consiguió sacar de un bolsillo oculto un pañuelo blanco impecablemente planchado en forma de triángulo.

–El sol hace que me lloren los ojos.

–Perdone si le parezco insensible, pero ¿qué pasó exactamente? ¿Por qué dice que fue una lástima?

La anciana ya no podía ni quería seguir hablando. Se levantó con una prisa repentina y dirigió de modo mecánico sus cortos pasos hacia la puerta de la residencia. Ni siquiera se despidió, decidida como estaba a dar por zanjada la entrevista. Rebeca, en cambio, no estaba dispuesta a terminar así el encuentro con la única persona del pueblo que había conocido a su abuelo Ángel.

–Si quiere, podemos pasear un rato en silencio, o si lo prefiere, la puedo acompañar a su habitación. Siento que se haya disgustado por mi culpa.

Anastasia mantenía el ritmo de sus inseguros pasos. La forastera la alcanzó y la tomó del brazo, pues de pronto parecía una persona muy frágil. Llamaron el ascensor y una vez en el piso superior recorrieron un largo pasillo flanqueado de puertas.

A mitad del corredor, Rebeca se detuvo delante de una de aquellas puertas abiertas.

—¿Quién ocupa esta habitación?

Anastasia la miró con extrañeza. Tardó unos segundos en responder:

—Aquí duermen dos señores. ¿Por qué te interesa saberlo?

—¡Esa pintura es fantástica! —exclamó la joven con la mirada fija en el cuadro que adornaba la cabecera de una de las camas.

—Es de Daniel González. Antes solía pintar, pero ya no tiene pulso. Duerme con Marcelo Agreda, y no creo que a ninguno de los dos le haga mucha gracia que entremos en su cuarto sin permiso.

Rebeca estaba paralizada por la sorpresa. El cuadro era una copia exacta de un Dalí fechado en 1935, *El Ángelus de Gala*. A simple vista, sus medidas parecían ser las mismas que las del original. Dalí contaba treinta y un años cuando lo pintó, curiosamente la edad que ella tenía en ese momento. Lo cierto era que nunca había visto una copia de esa obra; era más común que los estudiantes de Bellas Artes copiaran cualquier retrato de Gala de los que se exhibían en el Teatro-Museo Dalí de Figueres, como *Leda atómica, Galarina* o incluso *Tres rostros de Gala apareciendo sobre las rocas*. Sin ir más lejos, una copia de uno de esos retratos colgaba en el salón de su casa. Se trataba de *Galarina,* un óleo sobre lienzo del año 1944; por eso tal vez siempre había sido su obra preferida del museo. Para ella era como un miembro más de la familia. Siempre había admirado al artista que supo plasmar de esa manera la tenue luz del original en una pintura en la cual solo tenía vida el torso de Gala, del que se desprendía un aura cálida, como si fuera un ser divino. El original del cuadro que tenía delante se encontraba en el Museo de Arte Moderno de Nueva York, y desde luego no era de los más reproducidos, tampoco de los más conocidos. Como experta en la obra de Dalí, Rebeca sabía reconocer una buena copia cuando la veía. Tenía que hablar con el tal Daniel González a toda costa; no le cabía la menor duda de que tenía un don especial, o al menos lo había tenido años atrás.

—A Daniel le gustará saber que alguien valora tanto su trabajo. Además, estoy segura de que él te podrá contar alguna cosa sobre don Ángel Turumbay.

Rebeca tuvo la sensación de que la temperatura ambiente aumentaba de pronto.

—¿Usted cree?

—Bueno... Ellos se llevaban unos años, no muchos, pero don Ángel era tío carnal de Daniel.

Su nombre completo es Daniel González Turumbay.

Ambas guardaron silencio durante unos segundos mientras contemplaban la pintura, como si en ella estuviese la clave para descifrar todos los interrogantes que bullían en sus cabezas.

Rebeca, doblemente sorprendida tanto por lo que veían sus ojos como por lo que escuchaban sus oídos, temió haber entendido mal.

—Entonces... —se decidió a preguntar—, según eso, ¿quiere decir que ese señor y yo somos parientes?

—Pues sí, eso parece. En el supuesto de que don Ángel fuera tu abuelo, cosa que dudo. Daniel era el primogénito de la hermana mayor de don Ángel, Teófila. Teófila significa «amiga de Dios» en latín, ¿lo sabías? Eran siete hermanos; don Ángel era el menor, y de ahí que, aun siendo tío y sobrino, tuviesen edades parecidas.

Anastasia parecía haber olvidado ya el duro momento que había vivido en el jardín, pero Rebeca no quiso insistir más. La información que le estaba dando era maravillosa. ¡Tenía parientes en el pueblo!

—¿Usted cree que ese señor, Daniel González, querrá enseñarme sus cuadros?

47

—Por supuesto que sí, estará encantado —aseguró la anciana, pero enseguida pareció cambiar de opinión–. Bueno, tal vez he sido muy optimista. A una persona normal le encantaría presumir de su habilidad para la pintura, pero con el Gallardo nunca se sabe.

—¿El Gallardo?

—Así lo han llamado toda la vida. Puedes imaginarte por qué. En la residencia casi nadie lo llama Gallardo, ya que los motes dificultan el trabajo de las cuidadoras, ya sabes, por la medicación, la dieta... La verdad es que no es una persona demasiado accesible. Yo sé que es un buen hombre, pero se protege tras una máscara de persona arisca y amargada. Tendrás que ganártelo si quieres obtener algo de él.

Los ojos de Rebeca brillaron con fuerza. Por fin tenía un objetivo: Daniel González Turumbay, el Gallardo.

Cuando Patricio y Daniel regresaron de su paseo, lo primero que hicieron fue comprobar que la conversación entre Anastasia y la joven forastera había concluido. Entraron en el bar de los jubilados, donde localizaron a Anastasia en una de las mesas; jugaba a las cartas con otras mujeres del pueblo. La rutina cotidiana.

—¡Buenos días, señoras! —saludó Patricio—. ¿Qué tal va el juego?

—Muy bien, muy bien.

—¿Os falta mucho para terminar?

—¡Madre mía, si es tardísimo! —se azoró una de las mujeres tras mirar su reloj con los ojos como platos—. Tenía que haber recogido a mi nieto hace ya un buen rato.

—¡Vaya, hombre! —protestó otra—. Nos habéis fastidiado la partida.

—Anastasia, queremos hablar contigo.

El Gitano, el Gallardo y Anastasia tomaron asiento en la mesa más alejada de la puerta.

—¿Qué mosca os ha picado?

—No nos ha picado ninguna mosca. ¿Qué hacías tú hablando con esa forastera? ¿Qué le has contado? —la interrogó Daniel, con los puños apretados sobre la mesa.

Anastasia agachó la cabeza.

—¿Vosotros sabéis quién es la chica?

Patricio el Gitano asintió con la cabeza. Anastasia continuó:

—Solo quiere saber algo sobre su abuelo. He pensado que lo mejor era darle alguna información, igual así se queda satisfecha y deja de hacer preguntas. Ayer mismo la vi charlando con Marcelo, pero me figuro que se puso nervioso en cuanto oyó el nombre de Ángel Turumbay. A ella no debió de parecerle muy normal, pero ya sabemos que poco hay de normal en Marcelo...

—¿Y qué sabe? —insistió en averiguar Daniel.

—Que su abuelo tenía varios oficios, que era una persona bien considerada, que no tuvo hijos antes de marcharse a Barcelona y... —Anastasia se mordió el labio evitando mirarle a los ojos— también le he dicho que don Ángel era tu tío.

El Gallardo descargó un puñetazo en la mesa.

—¡Gracias por tu discreción!

Su interlocutora aguardó unos segundos a que Daniel se calmara antes de añadir:

—Y siento decirte que por pura casualidad ha visto el cuadro que hay colgado en tu dormitorio. Le ha impresionado mucho y quiere conocerte.

Daniel taladró a Anastasia con la mirada. Tenía los nudillos blancos por la tensión de sus puños. La mujer temió incluso que fuese a golpearla, tal era la furia que transmitía. Por fin, un segundo puñetazo en la mesa, este fortísimo, hizo saltar el cenicero. Todas las miradas se volvieron hacia ellos; el silencio duró el tiempo que tardó la anciana en estallar:

49

—¡Eres la persona más egoísta que conozco, Daniel! La chica solo quiere conocer algo más acerca de su abuelo. Nunca ha estado en el pueblo, así que no tienes nada contra ella. ¿Se puede saber por qué razón no puedes mostrar un poco de respeto por la nieta de don Ángel? ¿Crees que si tu tío estuviera vivo aprobaría tu comportamiento? Nunca pensé que diría esto, pero me avergüenzo de ti, Daniel.

El Gallardo se quedó atónito ante la reacción de Anastasia. Tantos años compartiendo mesa en el comedor de la residencia para darse cuenta de pronto de que no la conocía en absoluto.

—¿Qué podemos hacer? —inquirió el Gitano tras un largo silencio.

—Quizá debiéramos contarle lo que ocurrió —sugirió la mujer—. No quiero imaginar la cara de la pobre si alguien le dijera...

Todos bajaron la mirada. Daniel se decidió al fin:

—Hablaré con ella. Habrá que tener mucho tacto, claro.

Anastasia tuvo la última palabra:

—Más le valdría hablar con una apisonadora...

7

Rebeca Turumbay se presentó en casa de Micaela a la hora convenida. La idea de pasar la mañana con su casera visitando el pueblo vecino le parecía estupenda, así que le fue imposible ocultar su sorpresa cuando apareció Víctor con las llaves del coche en la mano. Ella tenía pensado ir en el suyo, pero el hijo de Micaela se negó en redondo en razón del reducido tamaño del Mini Cooper. Se resignó, dispuesta a mantener la paz, así que acabaron por ir los tres en el Peugeot 307 de Víctor. Cinco minutos después de arrancar ya estaban aparcando en Lodosa, en un bonito paseo junto al río Ebro. La localidad era completamente llana y, sin duda, mucho más grande que Cárcar tanto en extensión como en la altura de los edificios. Pasaron frente a algunas casas unifamiliares, pero en el centro del pueblo abundaban sobre todo los bloques de pisos. Allí, varias calles habían sido tomadas por los tenderetes de venta ambulante. Mientras cientos de personas pululaban bajo un sol de justicia entre puestos con montones de ropa, calzado, frutas y verduras, bacalao, quesos, embutidos, bolsos, pastas y cacharros para el hogar, otras muchas disfrutaban de refrescantes bebidas en terrazas protegidas por amplios toldos. En cuanto Víctor recogió su mochila del maletero y tras comprobar que el coche quedaba bien cerrado, les anunció que debía personarse en el ayuntamiento para entrevistar al alcalde. Al parecer, había ocurrido algún incidente con unos inmigrantes recién llegados al lugar.

Víctor estaba de vacaciones, le explicaría después Micaela, pero no le importaba realizar pequeños trabajos si el periódico se lo requería. Al fin y al cabo se debía a su trabajo. En Navarra había dos diarios importantes, ambos con sede en Pamplona, pero uno y otro disponían de corresponsales afincados en distintas zonas geográficas que cubrían toda la provincia. Víctor Yoldi era el responsable del *Diario de Navarra* en Tierra Estella.

Micaela iba en cabeza y avanzaba sorteando obstáculos con enérgica determinación, mientras Rebeca caminaba con cautela y muy atenta para no extraviarse ni tropezar con alguna de las cajas que se amontonaban en el suelo. Una mujer de cabello enredado como una tela de araña se acercó a ellas sonriente. La escoltaba un joven; sería su hijo, imaginó Rebeca.

—Buenos días, Micaela —saludó. Después se dirigió a Rebeca—: ¿Qué tal estás, maja? Veo que no te acuerdas de mí. Soy Aurora, nos conocimos el día de tu llegada. Este es mi hijo Jonás. —La joven respondió con una tímida sonrisa.

—Hemos venido a hacer algunas compras. Ya sabes, como todos los miércoles —intervino Micaela.

—Nosotros también tenemos mucho que hacer, así que nos vamos. ¡Que sigas bien, maja!

Después de unos metros, Micaela se acercó a Rebeca. Le habló en tono confidencial, casi susurrándole al oído:

—Viven solos hace muchos años, ¿sabes? Como mi hijo y yo, aunque con la diferencia de que su marido no murió, sino que se largó un día y nunca más volvió a saberse de él. —Bajó un poco más el tono de voz y añadió—: Dicen que se fue porque no la aguantaba. Conmigo nunca ha tenido problemas, pero no goza de simpatías en el pueblo. Del hijo no sé nada, pero con una familia así, sería raro que fuese normal, ¿no crees? Ella tenía casi cincuenta años cuando se casó con su marido, un viudo con un chiquillo. Para mí que Aurora no quería al crío, pero mira, al final le ha venido bien para no estar tan sola. Según me han comentado, es camarero.

Rebeca no tenía ningún interés en conocer la vida privada de los vecinos del pueblo, por lo que no siguió la corriente a Micaela, quien enseguida se dio cuenta y cortó su verborrea. Permanecieron en silencio mientras recorrían los puestos hasta que se detuvieron en el del bacalao. Micaela regateaba con el vendedor por un trozo que según su opinión tenía un precio excesivo, cuando la joven empezó a sentirse ligeramente mareada. Pensó que se debería al calor, el olor a salazón y la agobiante multitud que la empujaba sin cesar. Rezó para sus adentros para que su acompañante terminara la compra lo antes posible. Alguien la golpeó en el pecho al pasar. Instintivamente se protegió el cuerpo con los brazos.

—¡Qué horror! ¿Qué es eso?

Rebeca clavó la mirada en la persona de la anónima voz alarmada. Una mujer señalaba su blusa, en la cual, para su sorpresa, se distinguía una mancha de sangre. Observó sus manos, también ensangrentadas. El pánico se apoderó de ella. Micaela la miraba con horror. Rebeca no alcanzaba a comprender lo que estaba ocurriendo. No había notado nada, pero sin duda, la sangre era suya. ¿De quién si no? Examinó sus manos buscando una herida que no encontró. La mancha de la blusa crecía por momentos. Las personas que la rodeaban formaron un círculo a su alrededor. Alguien gritó. El rojo robaba con rapidez el blanco a su blusa. También su rostro perdió el color con celeridad. Notó que le fallaban las piernas.

Cuando estaba a punto de desvanecerse, unos brazos la sujetaron.

Alguien trataba de despertarla, pero ella se sentía delicada, ligera, como si flotara en una nube. No tuvo más remedio que abrir los ojos muy despacio. Pensó que había perdido el juicio al ver unas facciones desconocidas a unos centímetros de su cara mientras una mano le daba toquecitos suaves.

—Rebeca, ¿estás bien?

Era la voz de Micaela. De pronto, la imagen de la plaza atestada de gente volvió a su mente como el negativo de una foto que se revela dentro de una cubeta. Tembló ante la posibilidad de seguir en aquel horrible lugar lleno de olores penetrantes, calor y moscas. Pero no era así.

—Rebeca —dijo una voz desconocida pero reconfortante—, estás en el ambulatorio de Lodosa. Te hemos curado y vacunado contra el tétanos. La herida era superficial, casi un rasguño, pero has sufrido una lipotimia, seguramente a causa del calor y la impresión.

—¿Qué ha pasado?

—Verás... —La doctora vaciló unos segundos—. Tienes una herida producida por una navaja o un cuchillo pequeño. Puede que haya sido un accidente, tal vez un descuido. Había tal gentío que es difícil poder determinar cómo sucedió, pero al tratarse de una herida de arma blanca hemos tenido que avisar a la Policía. Quieren hacerte unas preguntas. Saber si viste a alguien. Mera rutina, ya sabes. Un agente de la Foral está esperando fuera, pero no pasará a verte hasta que no te sientas con fuerzas. No debes preocuparte.

—No te apures, hija mía. Estaremos a tu lado todo el tiempo —la tranquilizó Micaela.

Víctor guardaba silencio junto a la puerta con el entrecejo fruncido. Sus labios sonrieron pero no así sus ojos. Rebeca

54

reparó en las manchas de sangre visibles en la camisa del joven y sintió una vergüenza inmensa ante su propia indefensión. Siempre tan autosuficiente y en ese momento tan vulnerable...

Cuarenta y ocho horas más tarde seguía sin salir de casa. ¿Cómo podían haberla atacado en un lugar tan concurrido? Y lo que era más importante: ¿quién lo hizo? ¿Y por qué?

El policía que la interrogó resultó bastante más amable de lo que esperaba. Joven, de rasgos armoniosos, vestía camisa roja y pantalón gris, y se tocaba con una boina del mismo color que la camisa. Esa colorida indumentaria le causó una impresión menos dramática que si se hubiese tratado del riguroso azul de los Mossos d'Esquadra o la Policía Nacional, o del verde militar de la Guardia Civil. Por desgracia no pudo dar ninguna pista al subinspector Arambilet, pero este se mostró comprensivo con ella y le facilitó un teléfono de contacto por si volvía a tener cualquier contratiempo. Eso la tranquilizó un poco, aunque lo cierto era que no estaba bien. Desde el incidente no había dejado de pensar en su madre. La echaba tanto de menos... En los últimos años no se vieron mucho, pero hablaban por teléfono casi a diario. Durante los duros momentos de su fallecimiento y los días posteriores, cuando tuvo que empaquetar sus cosas y decidir qué guardar y qué tirar, echó en falta a un hermano o una hermana que compartiera tanto su dolor como sus dudas respecto al modo de proceder. Ahora se sentía igual. Sola. Por eso estaba en Cárcar, tuvo que recordarse a sí misma. Las largas horas que llevaba enclaustrada en aquella enorme casa de habitaciones vacías le habían servido para someter a un profundo análisis su predecible y organizada vida. Fue una chica formal, tan estudiosa y responsable que la mayor de sus locuras consistió en teñirse el pelo de color zanahoria en la universidad. Tal vez por esa razón decidió desplazarse al pueblo de su abuelo Ángel; quizá estaba necesitada de aventuras. De aventuras y de una familia.

Un sonido no identificado la sobresaltó. Pensó en su móvil, pese a que el tono ni siquiera se le parecía. El siguiente pensamiento fue para su ordenador portátil, pero no lo había tocado desde su llegada. Viajaba bien equipada, aunque hasta el momento no había tenido ánimos para conectarse al mundo. Como el sonido se repitió a los pocos segundos, acabó por deducir que debía de tratarse del timbre de la puerta. Saltó del sofá e instintivamente su mano se dirigió a la herida. Llegó a trompicones hasta la cocina y trató en vano de localizar el portero automático. A la vista de su fracaso, volvió sobre sus pasos para buscar a lo largo del pasillo. Al fin decidió abrir ella misma. Tardó alrededor de un minuto en llegar a la puerta de entrada; allí no había nadie esperando. Quienquiera que hubiese llamado al timbre se había marchado.

Observó que el tiempo había cambiado de forma radical respecto al día anterior: cielo gris plomizo, hojas secas que se arremolinaban en el exterior... Ya cerraba la puerta cuando notó que había algo atascado entre esta y el felpudo. Una hoja de papel. Abandonó por un momento su refugio y llegó hasta mitad de la calle; miró a derecha e izquierda, pero no vio un alma. Una repentina ráfaga de viento levantó una nube de polvo que la envolvió en un momento. Con la vista nublada, el papel en una mano y la otra en la herida, se abalanzó hacia la puerta de entrada, temerosa de que se cerrara por efecto del repentino vendaval. Cerró tras de sí con un sonoro portazo y permaneció apoyada en la pared del recibidor esperando que su vista se aclarase. Cuando llegó de nuevo al sofá, estiró el papel. Contenía una sola frase escrita con letras mayúsculas: «MÁRCHATE O ACABARÁS COMO CELIA».

8

Marcelo Agreda aguardaba impaciente en la barra mientras su estómago segregaba los jugos necesarios para afrontar el festín. Para él era lo mejor del mundo: una generosa tostada untada con ajo y un clarete bien fresco; aunque, como solía decir, le gustaba todo menos la tortilla delgada. Agarró la bandeja con mucho cuidado y se desplazó con ella hasta la mesa donde Patricio el Gitano y Daniel el Gallardo aguardaban con las cartas preparadas.

—Eres buen camarero, debo reconocerlo, y aunque estás como un cencerro, tienes el pulso de un chaval.

—Pues sí. En los años que llevamos jugando al mus, creo que nunca he tirado una bandeja al suelo. Y he llevado varios centenares.

—¡De casta le viene al galgo! —murmuró el Gallardo.

—¡El que tuvo retuvo! —terció el Gitano.

—¡Mea claro, caga duro y pede fuerte; y no temas nunca a la muerte!

—Tú siempre por libre con los refranes, Marcelo —rezongó Daniel.

—Mirad cómo limpia Casilda. ¡Ay, si la pillo yo con veinte años menos!

—¡Pero si hace veinte años ya eras viejo! —replicó Daniel el Gallardo con el ceño fruncido.

—¿Qué dices? Con unos pocos años menos me la habría llevado de calle. ¡Qué caderas, madre mía! ¡Y qué delantera!

—Una cosa es cierta: aunque te falla la cabeza para casi todo en cuestión de mujeres siempre has sido un Casanova. ¿Te acuerdas aquella vez que fuimos a fiestas en Lerín y conocimos a aquellas dos hermanas? Menudo ojo tuviste. Antes de que me diese cuenta ya te habías pirado con una por la calleja. Y yo pensando que te habías quedado con la fea... Llevaba un buen rato besándola cuando pasó el Patorrillo haciéndome señas. Me arrimo a él y me dice: «¿Qué haces ligando con una bisoja?».

«No te entiendo», le respondí. «Esa chica tiene un ojo que mira para Cuba. ¿O es que estás ciego?»

Pensé que me tomaba el pelo, pero cuál no fue mi sorpresa cuando me acerco a la moza de nuevo para seguir besándola, y ahora con los ojos bien abiertos la miro de frente. ¡Tenía un ojo a la virulé! No sabía si me miraba a mí o sospechaba de alguien.

—¿Y qué hiciste?

—Pues di la excusa de que iba un momento a orinar y ya no volví. Me pasé toda la noche pendiente de no cruzarme con ella. Visto ahora parece muy cruel, pero es que yo no podía ligar con una chica bizca. Tenía una reputación ¡Y aún la tengo, qué demontres!

—Gallardo, tu tiempo ya pasó. ¿Tú crees que a estas alturas serías capaz todavía de conquistar a una mujer? —le pinchó el Gitano.

—¡Por supuesto! Lo que pasa es que ya no quedan mujeres como las de antes. Pero si quisiera, estoy seguro de que ninguna podría resistirse a mi encanto natural.

—Yo siempre he pensado que Anastasia y tú haríais muy buena pareja, y como te aprecio un poco te diré algo más: para todo el mundo es evidente que hay algo entre vosotros.

—¡Patricio! Deja de ser tan trascendental. ¿Es que los gitanos no tenéis sentido del humor?

—El amor es algo muy serio, Daniel. Nunca debes burlarte de él, ni tampoco de un gitano.

—¡Vale, vale! Me has convencido. Pero alegra esa cara de momia que tienes y olvídate de las mujeres que no traen más que problemas.

Marcelo comenzó a cantar:

—Cuando quise, no quisiste y ahora que quieres, no quiero. Pasarás la vida triste, pues yo la pasé primero…

Antes de terminar la estrofa se dio cuenta de que nadie le prestaba atención. Anastasia Chalezquer acababa de aparecer en la puerta con el rostro desencajado.

—Me acabo de enterar.

—¿De qué? —quiso saber el Gallardo alarmado.

—El miércoles le clavaron una navaja a la chica de la casa rural.

—¿Nos tomas el pelo? ¿Cómo que le clavaron una navaja? ¿Quién se la clavó?

—No se sabe. Había tanta gente que pudo ser un accidente.

Todos guardaron silencio. Al cabo de unos segundos Daniel afirmó:

—No ha sido un accidente. No, tratándose de la nieta de Ángel.

9

Rebeca conducía su Mini Cooper a toda velocidad sin saber siquiera adónde dirigirse; solo quería huir. No había subido la capota del coche y el viento le azotaba el rostro con fuerza. Pisó el acelerador como nunca antes lo había hecho hasta que vio la señal de Hendaya. Hondarribia le pareció un lugar magnífico visto desde la carretera que atravesaba el pueblo y decidió detenerse allí. Después de darse un buen chapuzón en el mar, tendría tiempo de recorrer el casco antiguo y de comer algo.

Durante todo el trayecto había tratado de establecer distancia, de adoptar una postura razonable ante lo que estaba sucediendo. No era tan ingenua como para pasar por alto una posible relación entre la agresión sufrida y la nota anónima. Alguien quería intimidarla, y desde luego lo estaba consiguiendo. No conocía a ninguna Celia, pero estaba segura de que no había tenido un final feliz. Lo cierto era que no tenía ni idea de quién era nadie, ni siquiera su abuelo. Todo cuanto sabía de él hasta el momento era motivo de orgullo: trabajó para Dalí durante años mientras cuidaba de su nuera y su nieta y, al parecer, en su pueblo de origen había sido un hombre respetado. Decidió que no iba a dejarse intimidar. Haría lo que había ido a hacer: conocer el pueblo de su abuelo y averiguar todo lo que pudiera acerca de su familia. Quien trataba de asustarla lo estaba haciendo a conciencia, pero también había conseguido despertar su curiosidad, y ella era muy obstinada.

Aparcado el coche, abrió el maletero, de donde sacó una vieja bolsa de lona con las cosas de playa. Adoraba el mar, como buena barcelonesa, y siempre tenía la bolsa lista para darse un baño. Se felicitó por ser tan previsora. El tiempo había cambiado tanto como su humor en las pocas horas que llevaba fuera de Cárcar. Caminó junto a la orilla durante algo más de una hora, hasta que decidió tumbarse en la arena para disfrutar del sol y el rumor del agua del mar. Acariciada por la suave brisa, incluso habría podido rendirse al sueño si una enérgica voz, grave, profunda, no la hubiese interpelado:

—¡Vaya, qué casualidad! No esperaba encontrarte por aquí.

Rebeca se incorporó, segura de haber sido confundida con otra persona.

—Veo que no me recuerdas. Soy Jonás. Nos conocimos el miércoles en el mercadillo de Lodosa.

Intimidada e incapaz de ubicar aquella cara, la chica frunció el ceño por toda respuesta. El joven insistió:

—Yo iba con mi madre y cruzamos unas palabras contigo y con Micaela, seguro que te acuerdas. En realidad, ellas cruzaron las palabras.

La expresión de la joven se relajó por fin.

—¿Qué haces por aquí? Bueno, supongo que como estás de vacaciones es normal que vengas a la playa.

—Así es. ¿Tú también estás de vacaciones?

—¿Vacaciones? Ni siquiera sé lo que es eso... ¿Vienes a bañarte?

Rebeca se tomó unos segundos para valorar la oferta mientras Jonás aguardaba con los brazos cruzados sobre el pecho. Estaba bastante en forma, la verdad. Por último se decidió. Tampoco tenía tantas oportunidades de conocer chicos y este no estaba mal del todo.

—¿Qué te hace creer que quiero ir contigo a alguna parte? —coqueteó con una sonrisa.

Jonás respondió sacando pecho. Un pecho poderoso, tuvo que reconocer ella.

Aceptó la mano que él le tendía y se dirigieron hacia la orilla.

Después del refrescante baño, aún con el pelo mojado, pasearon tranquilamente hasta el casco antiguo. A ella, el lugar le pareció precioso, con sus casas típicas pintadas de colores vivos y adornadas con alegres flores. Descubrió el txacolí y, entre vino y vino, comieron a base de pintxos. Por unas horas consiguió olvidar que había sido agredida y amenazada. Su acompañante no hablaba demasiado, pero eso no le molestaba; en su opinión, las conversaciones triviales estaban sobrevaloradas.

Al caer la tarde, Jonás le propuso ir a Pamplona. Era el 5 de julio, al día siguiente comenzaban las fiestas de San Fermín. Esa noche iba a ser una locura anticipada de lo que sería el chupinazo a las doce del mediodía. Rebeca solo había visto los Sanfermines por televisión, y a pesar del frenesí que esperaba encontrar en la ciudad, cualquier sitio se le antojaba más seguro que Cárcar o Lodosa. Así pues, aceptó la propuesta de Jonás, quien, siendo sincera, era la persona con quien se había sentido más relajada desde su llegada, con excepción de su casera Micaela.

A las diez de la noche se encontraban en la calle San Nicolás, en el casco viejo de Pamplona. El ambiente era impresionante tanto en los bares como en las calles. Pamplona estaba tomada por los extranjeros, sobre todo americanos, australianos y franceses. Los parques y pequeños espacios verdes eran alfombras donde se tumbaban los jóvenes a comer, beber, dormir, charlar o tocar la guitarra. Tras recorrer cinco bares y tomarse unos cuantos cubatas, Rebeca Turumbay fue consciente de su estado de embriaguez; se trataba de la mayor borrachera que había pillado en su vida, aunque la verdad es que era la segunda. Si su madre no estuviese muerta, se habría muerto del disgusto al verla borracha en una ciudad desconocida y en compañía de un chico de pueblo. A pesar de todo, le agradó la sensación de mecerse al compás de una música que apenas percibía, sobre un suelo que casi no pisaba, sin planes ni horarios que cumplir. Estaba de vacaciones, era casi una solterona, nadie podría tacharla de irresponsable, y en caso de que así fuera, le importaba un bledo. Bailaba sin ritmo ni concierto, giraba y no dejaba de dar vueltas en el bar.

Jonás la observaba con semblante serio y un solo pensamiento en la cabeza.

—¿Te encuentras bien? —se interesó.

—¡Oh, sí!

—No tienes buena cara. ¿Quieres que salgamos a tomar un poco el aire?

—Excelente idea.

Rebeca se agarró a la trabilla del pantalón de su acompañante para no perderse arrastrada por la multitud.

—¿Te interesa conocer el trayecto del encierro?

—¡Claro!

—Creo que te gustará, ya verás. —La observó unos segundos y añadió—: Bueno, no estoy muy seguro de que vayas a ver nada, pero no importa.

Cruzaron la plaza del Castillo, tomaron la calle Chapitela y luego Mercaderes, donde Jonás se detuvo en un puesto de ropa sanferminera para comprar dos pañuelicos rojos. Después continuaron por la calle Estafeta; el joven camarero de Cárcar imitaba la retransmisión radiofónica de un encierro en directo, mientras Rebeca se aferraba a él, orgullosa de no haberse extraviado todavía.

—Eres un buen guía turístico, te lo aseguro.

—Lo tendré en cuenta para mi próxima existencia.

—No hay que tomar a broma la posibilidad de que haya una vida después de esta. En China creen que si en tu vida quedan cabos sueltos o cuentas pendientes, te reencarnarás de nuevo para tener ocasión de solucionarlos. Y así una y otra vez.

—Los chinos deben de pasárselo en grande.

—No sabría decirte, pero puedo tratar de investigar sobre el tema.

—¡Eres una persona muy culta! Yo de chinos no sé nada, excepto que me encanta el *sushi*.

—El *sushi* es japonés. Pero tienes razón, soy muy culta.

—Y también muy educada.

—Sip, es cierto —hipó Rebeca.

—Hemos llegado a la plaza de toros. Por aquí entran los mozos y la manada al final del encierro. Esos mismos toros se lidiarán luego, en la corrida de la tarde.

—Ahí morirán los pobres. Creo que aquí la gente es bastante salvaje, ¿no te parece? —Calló un instante y agregó—: No, claro, qué te va a parecer, si tú también eres de aquí.

—Los catalanes y los toros no hacéis buenas migas.

—Yo de migas no sé nada.

—No todo el mundo es tan civilizado como tú ni ha ido a la universidad, pero esa no es razón para menospreciar a la gente.

—Perdón —Rebeca hipó de nuevo—, no quería ofenderte. ¿Podemos rodear la plaza? Se está muy bien aquí, apartados de la multitud. Casi parece que estemos solos, aunque haya centenares de personas a solo unos metros.

Se acercaron a un muro de piedra.

—¡La muralla! —exclamó la joven emocionada y visiblemente sorprendida—. Sabrás que las murallas de Pamplona datan del siglo XVI y se conservan prácticamente íntegras.

—Si tú lo dices.

—Por supuesto, me he documentado. —Se relajó un instante, y acto seguido frunció el entrecejo y colocó los brazos en jarras—. Y ahora que caigo, hemos debido de pasar muy cerca de la catedral y no me has avisado.

—Perdone usted, señora. Lo cierto es que nunca he entrado en esa catedral ni en ninguna otra, ni ganas que tengo.

Jonás empezaba a mostrarse nervioso, y cambiaba sin cesar el peso de su cuerpo de un pie a otro. Cruzó los brazos sobre el pecho y entornó los párpados, al sospechar que la noche había llegado a su fin.

—Pues deberías. El de Pamplona es el complejo catedralicio más completo que se conserva en España. Tiene las edificaciones habituales en otras catedrales, como la iglesia, el claustro y las sacristías, pero además conserva la cillería, el refectorio, la sala capitular y el dormitorio, todos ellos elementos más propios de la vida común a que estaba sujeto su cabildo y que a lo largo de los siglos se han ido derribando en otras catedrales españolas.

—Ya. Muy interesante. Deberías visitar la ciudad en otro momento si lo que te interesa es hacer turismo. Anda, vámonos. Se ha hecho muy tarde.

Pero Rebeca pareció no escuchar sus últimas palabras. Miró a su alrededor. Después observó el suelo a sus pies y, tras un profundo suspiro, se sentó en el césped tupido y suave y apoyó la espalda en la muralla medieval que de pronto volvió a ser un refugio, un escondite que los aislaba del mundo. Jonás vio enseguida las posibilidades de aquel imprevisto reservado. Se agachó muy despacio sobre la chica y acercó su boca a la de ella. Permaneció inmóvil unos segundos, sintiendo el aliento de Rebeca en sus labios. Fue ella quien abrió la boca para dar paso a la lengua de Jonás. Se besaron con suavidad, mientras el mundo se volvía loco a escasos metros de allí.

—Podemos hacer el amor a tu estilo, educadamente —le susurró él al oído.

Una corriente eléctrica la recorrió de pies a cabeza. Con la mano le buscó la entrepierna. Tras luchar con la bragueta, asió su miembro con decisión. Él no pudo resistir más. Le bajó el pantalón a Rebeca y después hizo otro tanto con el suyo. Nadie los miraba, pero si lo hubiesen hecho, a Jonás no le habría importado.

Cuando llegó a su casa ni siquiera las gafas oscuras impedían que el sol le lastimara los ojos. Justo cuando se disponía a introducir la llave en la cerradura, la puerta se abrió ante él, para dar paso a una jovencita que bebía con avidez de una lata de coca-cola. La chica lo saludó con una sonrisa y desapareció cuesta abajo. No era la primera vez que veía a alguna joven salir de su domicilio con un refresco en la mano. Su madre parecía estar esperando a que él se ausentase para pedir favores. Sospechaba que su vieja solo quería compañía, pero se sentía avergonzado por el hecho de que molestara a esas chicas que luego él se encontraba en el bar. Sin embargo, no parecía que estuviese dispuesta a ceder. Jonás le había dejado muy claro que para cuanto necesitara estaba él, su hijo, que no debía incordiar a nadie, aunque por lo visto, sus esfuerzos eran vanos. Su madre le gritó algo desde la cocina, pero él subió a su habitación y se dejó caer en la cama sin hacerle el menor caso.

Daniel González estaba preocupado. Aquella mañana había llamado al timbre de la casa rural en tres ocasiones, y en ninguna de ellas obtuvo respuesta. No resultó fácil para él tomar la decisión de hablar con la chica, pero como bien señalara Anastasia, se lo debía a su tío Ángel. El coche de Rebeca no estaba aparcado en la plaza Mayor; era un vehículo tan llamativo que no cabía la posibilidad de confundirlo con otro, así que recorrió el pueblo a distintas horas con ánimo de localizarlo. Su búsqueda, sin embargo, no dio fruto. Lo único que consiguió fue arrastrar su cansado cuerpo por las empinadas calles de Cárcar, como no lo hacía desde junio de 2008. En aquella ocasión había apostado una cena con Marcelo a ver cuál de los dos tardaba menos en dar una vuelta completa al pueblo. Para su desgracia, ganó Marcelo, quien pese a tener la cabeza como un queso gruyer, contaba con unas piernas estupendas que él envidiaba abiertamente. Por la tarde tuvo más suerte. El pequeño coche rojo estaba por fin aparcado en la plaza, así que se dirigió con determinación al número 14 de la calle Monte. La puerta no estaba cerrada del todo, sino solo entornada. Tuvo que contenerse para no entrar sin llamar. Resignado a cumplir las normas de urbanidad, pulsó el timbre con machacona insistencia. Rebeca dormía profundamente cuando un sonido que le resultó un tanto familiar la fue arrastrando poco a poco fuera del mundo de los sueños. No lo pensó dos veces, y como aún no había localizado el portero automático, se lanzó escaleras abajo para abrir lo antes posible. Estaba tan desorientada que primero comprobó si llevaba algo de ropa, pues no lograba recordar cuántas horas llevaba en la cama ni cómo había llegado hasta allí.

Sí, su pijama estaba completo. ¡Bien! Antes de abrir la puerta se miró en el espejo del recibidor: tenía el pelo enmarañado y los ojos hinchados. Ignoraba por qué razón estaba así, pero no dudaba de que lo iría descubriendo a medida que su abotargada cabeza empezara a funcionar con normalidad. La posibilidad de encontrar una nueva nota le provocó un retortijón de estómago. Asió el pomo y advirtió con disgusto que había dormido con la puerta abierta. ¿En qué estaría pensando la noche anterior? El mismo interrogante le facilitó la respuesta que andaba buscando. Se vio a sí misma en Pamplona muy mareada. Mucho... ¡Ay, Dios mío!

–¿Estás bien, maja?

Rebeca estaba atónita. Se frotó los ojos esperando que su vista se aclarase, que todo volviera a ser previsible y normal.

–Usted es el señor del banco. El que parecía...

–¿Muerto? Sí, ese soy yo. Aún sigo aquí, pero dame tiempo y...

Ante la perplejidad de la joven, Daniel tomó las riendas del asunto.

–Mira, maja, creo que en este momento lo que procede es que me invites a pasar. Veo que has tenido una noche difícil, pero ese no es motivo para prescindir de las normas de educación, ¿no crees?

–¡Oh, sí! Perdone. Es que no esperaba visita. Y... Bueno, ya me entiende. ¡Pase, pase, por favor!

Con cierta torpeza preparó la cafetera y la puso al fuego; luego se detuvo delante de un armario del que sacó una bolsa de magdalenas que colocó en un plato.

–Muchas gracias. Veo que hoy van a coincidir mi merienda y tu desayuno.

La joven buscó en su muñeca el inexistente reloj.

–Son las cinco de la tarde –informó el anciano-. Tomaré encantado un café con leche y una magdalena.

–Si me disculpa, tengo que ir al baño. Enseguida vuelvo.

Se metió en la ducha bajo un chorro de agua fría; sentía una pulsión insoportable en la cabeza y el estómago le daba vueltas como el tambor de una lavadora. Tardó menos de cinco minutos en volver a la cocina. Lo hizo con el pelo húmedo todavía, vestida con ropa de calle en lugar del pijama. Sus ojos marrón claro volvían a tener algo de su brillo habitual y su cabello ya no olía a tabaco.

Daniel se había encargado de retirar el café del fuego una vez que estuvo listo.

—¿Cómo lo quieres? —le preguntó a Rebeca, cafetera en mano.

—Solo, por favor.

Bebieron el café en silencio, dejando que su efecto estimulante hiciera su función. Transcurrido un tiempo prudencial para que la chica tomase conciencia del día en que vivía, Daniel expuso el motivo de su visita.

—Me doy cuenta de que no estás en tu mejor momento, pero has de saber que he intentado localizarte varias veces a lo largo del día. Estaba preocupado por ti, así que ahora que te he encontrado, no pienso marcharme.

—No entiendo qué puede tener que decirme usted, si no nos conocemos. Ni siquiera conoció a mi abuelo, lo dejó bien claro el día que hablamos en el banco.

—Esa es la cuestión. No te dije la verdad. Conocí a tu abuelo y lo conocí muy bien además, porque era mi tío.

Rebeca tardó unos segundos en reaccionar. Demasiadas neuronas muertas por culpa del alcohol, se dijo.

—¡Así que es usted! ¡El Gallardo! —Sostuvieron sus miradas con pertinaz fijeza.

—¿Y puedo saber por qué me mintió?

—Verás, no es fácil de explicar, pero te aseguro que no quería causarte ningún problema. —Rebeca aguardó esa explicación sin inmutarse.

—Han sido muchos años, muchos, de aparentar que no había pasado nada y de pronto apareces tú...

El hombre se recostó en la silla para ponerse más cómodo. Se alisó la camisa, empuñó con fuerza el bastón para darse ánimos, y preguntó:

—¿No hay un sofá en esta casa? Esta conversación puede alargarse un rato y mis pobres posaderas ya no soportan estas sillas tan duras.

Se dirigieron al salón. Daniel el Gallardo pareció encontrarse a gusto en aquella estancia antigua pero bien conservada.

Cerró los párpados por unos segundos, después los abrió y comenzó a hablar.

—Ángel Turumbay era un gran hombre: músico, practicante y barbero. Estaba casado con Irene, la partera del pueblo. Tenía bastante mal carácter, todo hay que decirlo. No tuvieron hijos, las razones nunca me atreví a preguntarlas. Pues bien, el 14 de febrero de 1945, cuando tu abuelo rondaría la veintena, una chica del pueblo apareció muerta en el lugar que hoy llaman la cueva del Ángel Caído. —Carraspeó—. La chica se llamaba Celia y era muy guapa. Dicen que había sangre por todas partes. —Daniel bajó la cabeza.

Rebeca, sobrecogida, se llevó las manos a la herida en un gesto involuntario que pasó inadvertido al anciano.

—Fue un asunto muy feo —continuó el hombre—. Al principio, la Policía sospechó de los hijos del organista. Por lo que decía la gente, solían verse con la chica en esa cueva. Pero los chicos se esfumaron del pueblo y no se supo más de ellos. A partir de ahí todo se puso en contra de tu abuelo. Él admitió haber visto a la chica el día que desapareció, así que lo detuvieron y acabó en la cárcel.

—¿Me está diciendo que soy la nieta de un asesino?

Sin esperar respuesta, Rebeca salió de la habitación para regresar segundos después con un papel que entregó a Daniel. Este se tomó su tiempo y por último leyó en voz alta:

—Márchate o acabarás como Celia. ¿Quién te ha entregado esta nota?

—Alguien llamó al timbre ayer por la mañana. Al abrir la puerta lo encontré en el suelo.

—¿No has dado parte a la Policía?

—No. Ni pienso hacerlo. Mi intención es ganarme a la gente del pueblo, y si denunciara esto... En fin, ya se puede imaginar lo que pensarían de mí.

—Esperaba que fueras más inteligente. Esto es una amenaza de muerte —afirmó muy serio Daniel.

—Me doy perfecta cuenta de ello —admitió Rebeca, con los ojos entornados y una voz tenue, temblorosa. Trataba de mantener la cabeza fría, pero aquello era demasiado incluso para una mente racional como la suya. Respiró hondo y se enjugó la única lágrima que no pudo retener.

—Aún no te he explicado la razón de que haya venido a verte —prosiguió Daniel—. En un primer momento pensé que lo mejor sería mantenerte ignorante de este tema porque, como ves, no es agradable. Sin embargo, nos enteramos del percance que tuviste en Lodosa. Nos pareció que tal vez tuviera algo que ver con el motivo de tu visita al pueblo y pensamos que lo mejor sería que conocieses lo ocurrido de boca de alguien que apreciara a tu abuelo. Está claro que llego demasiado tarde.

—¿A quién se refiere cuando dice *nos?*

—Bueno... Anastasia Chalezquer, a quien ya conoces, me habló de ti.

Rebeca recordó que tanto Anastasia como el anciano que cantaba y recolectaba tomates habían aludido a *lo que pasó.*

—¿Qué ocurrió tras la detención de mi abuelo?

Por toda respuesta, Daniel González frunció el ceño.

—¿Qué ocurrió? —insistió la joven—. Estoy segura de que él nunca habría hecho daño a nadie. —Rebeca rogaba por escuchar una aclaración que exculpara a su abuelo.

—En estos pueblos todo el mundo se conoce, la mitad de la población es pariente de la otra mitad y abundan las rencillas y los rencores. Deja de hacer preguntas. Ya te he contado todo cuanto hay que saber. Incluso te daré un consejo: vuélvete a casa, aquí no tienes nada que ventilar, créeme. —El hombre se levantó del sofá con inesperada agilidad y se encaminó al recibidor—. Ha sido agradable conocerte, pero espero no volver a verte jamás.

Abrió la puerta y salió sin despedirse. Rebeca permaneció un rato observando su lento caminar. Las campanas de la torre comenzaron a tañer graves, pausadas. Ignoraba el significado de su toque, pero tuvo la impresión de que debía de ser algo triste. Aquel tañido de campanas era el vivo reflejo de su estado de ánimo.

10

La iglesia estaba llena a rebosar. El silencio profundo y frío una vez más. Los grandes portones de madera oscura se abrieron con un ruido sordo y la luz penetró en el templo a través del arco de medio punto. Cuatro hombres de distintas edades trababan el féretro de acero inoxidable. En el pueblo jamás se había visto un ataúd que no fuese de madera, pero debido a la corta edad de la fallecida, a nadie sorprendió la elección. El coro comenzó a cantar; las graves voces masculinas destacaban poderosas sobre las femeninas. Frente al altar mayor, familia, amigos, vecinos y profesores. En el centro, el resto de personas del pueblo, más o menos cercanas. En la parte posterior, bajo el coro, los casi cuarenta ingresados de la residencia, quienes asistían siempre a los funerales aunque no conocieran al difunto, asiduos como eran a cualquier acto religioso. El féretro se dispuso en medio del pasillo central, frente al altar mayor, rodeado de ramos y coronas. En cuanto el silencio se hizo en la nave, lo hendieron varios gemidos dolorosos. El oficiante alzó los brazos y comenzó la misa.

—Ya me estoy empezando a cansar de estos funerales.

—¡Calla, Marcelo! —le reprendió el Gallardo.

—¿Es que nadie se da cuenta de lo que pasa?

Anastasia se volvió en su banco con gesto amenazador y los ojos casi blancos por efecto de la luz que se colaba por la puerta entreabierta.

—Al menos, baja la voz —ordenó el Gitano, siempre sereno.

Marcelo dirigió la mirada al suelo farfullando vocablos ininteligibles.

Cuando terminó el oficio y el coche fúnebre partió hacia el cementerio, la multitud que abarrotaba el pórtico de la iglesia se diluyó poco a poco, hasta quedar solo algunas personas ajenas a la familia y los ancianos de la residencia. Aun así, la tensión flotaba en el ambiente como el hedor de la carne podrida. Por alguna razón que nadie alcanzaba a comprender, existía entre las chicas más jóvenes del pueblo una extraña tendencia a morir. Una especie de ritual, como un conjuro macabro.

Al día siguiente, el tiempo volvió a empeorar. El bochorno sofocante y el cielo, negro como el carbón, presagiaban la típica tormenta de verano. Rebeca Turumbay salió a pasear sobre las nueve de la mañana. A los pocos minutos apareció Víctor Yoldi al galope, igual que el día que lo conoció.

—¡Benditos los ojos! Pensaba que te había tragado la tierra, o peor aún, que te habías marchado a Barcelona.

—Pues sigo aquí. Aunque, la verdad, tentada he estado de abandonar el pueblo después de lo que ocurrió.

—No seas exagerada. Lo que pasó en Lodosa fue solo un accidente.

—Ese es tu parecer. De todos modos, quería agradecerte la atención que me dedicaste. Creo que te debo una camisa.

—¡Y muy buena, por cierto! Mi opinión sobre ti no ha cambiado lo más mínimo, pero eso no impide a un hombre actuar como tal.

—¿Es que no puedes hablar conmigo sin ofenderme? Debes de tener un complejo de inferioridad que tratas de superar a mi costa —dijo y se dio media vuelta, orgullosa.

—¡Bueno, bueno, no te enfades! Escucha —propuso Víctor agarrándola del brazo—, me gustaría invitarte a cenar un día.

—Quítame la mano de encima —replicó ella con tono desabrido. Pero luego, mucho más suave, casi con calidez, añadió—: Por favor.

Se cruzaron unas miradas desafiantes durante un cortísimo segundo hasta que Rebeca reparó en el hombre delgado como un sarmiento, de piel oscura y rostro agrietado, con la boina de lana calada a pesar de los casi cuarenta grados de temperatura. Sintió un escalofrío. Ignoró al perplejo Víctor y se precipitó hacia el bar de los jubilados, donde al momento localizó al Gallardo.

—Daniel, me gustaría hablar con usted a solas.

—Puedes hablar delante de Marcelo. A fin de cuentas, es como si no estuviera.

—Preferiría hacerlo a solas. No se ofenda usted, Marcelo.

—¡Pero si es la nieta de don Ángel! —exclamó sorprendido el anciano.

—Anda, maja, siéntate y di lo que tengas que decir.

—Está bien. Solo quería comunicarle que no me pienso marchar del pueblo.

—Haces mal. Tu presencia en Cárcar solo puede acarrear problemas. Las cosas son como son, y lo mejor es dejarlas como están. Eso he hecho yo siempre y me ha ido bien, ya lo ves.

—Yo estoy convencido de que ni tu tío Ángel ni mi padre, en paz descansen los dos, querían hacer daño a nadie —terció Marcelo.

Daniel frunció el entrecejo.

—¿Qué dices? —inquirió—. ¿Qué tiene que ver tu padre con todo esto?

—Bueno, mi padre le prestó a tu tío la pistola con la que mató a Celia. Don Ángel se la pidió prestada porque era somatenista y tenía que emprender un largo viaje.

—¡Mi abuelo no pudo matar a esa chica, usted se equivoca! —se engalló Rebeca.

—¿Tu padre no era hojalatero? ¿Por qué cuernos iba a tener un arma, a ver? ¿Y qué necesidad podía tener mi tío de una pistola, aunque fuera a salir de viaje? —masculló furioso el Gallardo.

Marcelo se encogió de hombros.

—Yo no sé nada. Don Ángel se la pidió y mi padre se la dejó. El dos de febrero, el día que murió la chica, según dicen, vino a casa a devolver el arma. Dos semanas más tarde detuvieron también a mi padre, pero enseguida lo soltaron. No sé nada más —remató, y a continuación guardó silencio, con la mirada perdida en un punto indeterminado de la pared.

Los tres permanecieron como estatuas de hielo hasta que la joven preguntó:

—¿Qué es un somatenista?

—Era una especie de guardia... —musitó Daniel distraído.

El Gallardo nunca había oído hablar de pistola alguna ni tampoco de que la chica hubiera muerto de un disparo. El pobre Marcelo había empeorado mucho en los últimos tiempos, ya no sabía lo que se decía.

Rebeca se levantó de la silla con lentitud y se dirigió hacia la puerta sin despedirse de los dos hombres. Acababa de cruzar el umbral, cuando el tono de su móvil la sobresaltó; era la primera llamada que recibía desde su llegada al pueblo días atrás. Contestó casi con euforia, como si acabase de despertar de una pesadilla, pero al momento su expresión se tensó de nuevo. La voz de su jefe en la Fundación Gala-Salvador Dalí, denotaba preocupación cuando la saludó y se interesó por sus vacaciones. Intuyó que algo no iba bien y caminó muy despacio hasta el mirador de la peña mientras Hugo Castells se explicaba al otro lado de la línea:

—La situación es la siguiente: el cuadro es una copia. No logro entender cómo ha podido suceder una cosa así, la verdad. Esto, como te puedes imaginar, da muy mala imagen del museo. Habrá que hacer un esfuerzo extra de relaciones públicas para minimizar el daño, pero va a ser duro. En fin, solo quería que lo supieras por mí, antes de que la noticia salte a los medios.

—Has sido muy amable al llamarme personalmente. Si puedo hacer algo, dímelo y saldré para Figueres de inmediato.

Se giró sobre sus talones y de pronto vio al Hombre Sarmiento que la observaba al cobijo de la sombra de un enorme seto. La miraba fijamente, sin ningún disimulo.

—No puedes hacer nada —aseguró Hugo Castells, en su condición de director del Centro de Estudios Dalinianos—. Al menos de momento, así que aprovecha tus vacaciones. Cuando te incorpores tendrás que afrontar la parte que te toca como buenamente puedas. Ya hablaremos. No dejes de estar localizable, ¿de acuerdo?

—De acuerdo. Lo siento, Hugo.

Cortó. El Hombre Sarmiento había desaparecido. Intentó alejar de su mente la imagen de aquel individuo para concentrarse en la llamada que acababa de recibir. Por más que a ella le concerniera, y mucho, el descubrimiento, sabía que quien lo iba a pasar peor era Hugo Castells. En verano apenas se producían noticias y cuando alguna merecía mínimamente la pena los periodistas se lanzaban a por ella como los buitres a la carroña. Ese iba a ser el caso sin duda. Además, un robo de guante blanco solía generar la admiración de la gente. Porque, aunque en ningún momento Hugo Castells hubiese hablado de robo, eso es lo que era en definitiva. Alguien había dado el cambiazo. De pronto cayó en la cuenta: el cuadro al que se refería su jefe era un retrato de Gala que Dalí había pintado en 1944, *Galarina*. El mismo que llevaba toda la vida colgado sobre el sofá de su casa barcelonesa.

—¡Hola!

Dio un respingo al oír la voz.

—¿Qué haces?

—Trato de soportarte, pero apenas lo consigo, la verdad. ¿No tienes nada mejor que hacer que incordiarme? Podrías irte por ahí a escribir algún articulito sobre coliflores gigantes o concursos locales de lanzamiento de martillo.

—¡Eres muy cruel! —protestó Víctor, fingiendo que lo había ofendido—. Lo que se lanza aquí es la picaraza y en Marcilla, la rabiosa, aunque, claro, eso carece de importancia para una mujer de mundo como tú. Verás, como estoy de vacaciones, he enviado a otro periodista de tres al cuarto a escribir esas tonterías que publicamos los periodistas de provincias y yo he aprovechado el tiempo para darme una ducha con el fin de resultar más agradable, si eso es posible, a tus lindos ojos. —Calló un instante, pero enseguida volvió a la carga—: ¿Verdad que estoy arrebatador?

Rebeca le lanzó una mirada inquisitiva. En efecto, había pasado por la ducha y se le veía bastante atractivo con el cabello todavía húmedo. No se le ocurrió nada ingenioso que responder, así que mantuvo el rictus de mujer fría que tenía tan perfeccionado.

—¿Has encontrado a alguien que te hable de tu abuelo? No me has comentado nada desde el día de tu llegada. Apuesto a que fue el famoso Ángel Caído, el asesino de la cueva.

Tardó solo un instante en darse cuenta de su metedura de pata; para entonces, Rebeca ya había salido zumbando hacia el camino de los pinos. Se obligó a cerrar el pico y fue tras ella. Caminaron en silencio unos cinco minutos. Las copas de los árboles se agitaban con violencia y el polvo del camino formaba remolinos ante sus ojos. Subieron la pequeña cuesta que llevaba al cementerio para luego continuar por el sendero rodeado de pinos que conducía hasta la robusta puerta de forja. Rebeca descorrió el cerrojo y se adentró en el camposanto. Víctor la escoltaba. Estaba convencido de que no era el día más apropiado para esa visita, pero ni por un momento pensó que pudiera disuadirla. Ella caminaba despacio por el pasillo central flanqueado de abetos. Tras haber recorrido la mitad del camino, lo abandonó para adentrarse en el terreno sembrado de tumbas. Víctor observó que la chica escrutaba las lápidas.

—Parece que buscas a alguien. ¿Acaso tu abuelo está enterrado aquí?

—No, pero tal vez lo esté la chica a la que mató.

El periodista hizo un gesto compasivo.

—¡Ajá! ¡Te he calado! —se burló Rebeca.

Él la miró sin comprender.

—Pareces bobo, pero en el fondo eres un sentimental.

—¡Gracias por el cumplido!

—¿Qué es esto? —quiso saber la joven cuando llegaron a la puerta enrejada en la que desembocaba el pasillo central.

—El panteón de los curas.

Tras descorrer un nuevo cerrojo accedieron al abrigo de la pequeña estancia. En el suelo había tres tumbas: una de un tal don Gregorio, fallecido en los años cuarenta, otra del padre Fermín, fallecido en los ochenta; la más antigua, de un tal don Elías, databa del siglo XIX. Al fondo, frente a las cabeceras de los enterramientos, se veían un altar con varios libros de salmos abiertos, una imagen de Cristo crucificado y algunos exvotos. Bajo el Cristo, una calavera recordaba que aquella era la morada de la muerte.

—La tumba de la izquierda es la más antigua. Tiene ciento cincuenta años. Don Elías ha sido desenterrado muchas veces para trasladar sus restos a una caja más pequeña, pero siempre se acaba por cerrar el ataúd sin tocar nada.

—¿Por qué?

—Porque su cuerpo se conserva incorrupto.

Un escalofrío la atravesó de la cabeza a los pies y la dejó clavada durante unos segundos. Cuando por fin pudo reaccionar se abalanzó hacia la puerta que inexplicablemente se cerraba ante sus ojos. La tormenta estaba casi encima del cementerio y apenas había luz, pero estaba segura de encontrarse sola dentro del panteón. Víctor se había marchado y estaba encerrada. Un miedo irracional se apoderó de ella. Se aferró a la reja de la puerta. Empujó. Nada. Incrementó la fuerza a pesar de los temblores de su cuerpo, pero sus esfuerzos fueron vanos. Tardó en darse cuenta de su error: empujaba la puerta en vez de tirar de ella. Rectificó el movimiento y la puerta se abrió con sorprendente facilidad. Ante ella, la inesperada luz de un relámpago iluminó una figura fantasmal. El Hombre Sarmiento la observaba, inexpresivo como una momia egipcia. Gritó.

El cielo se iluminó de nuevo, pero el hombre ya no estaba allí. Ni por un momento consideró la opción de esperar. Echó a correr tan rápido como le permitieron sus piernas. Quiso llamar a Víctor, gritar su nombre, pero le faltaba el aliento. Restalló un trueno. Si hubiera sospechado siquiera que su vida podía depender en algún momento de la robustez de sus piernas, se habría molestado en ir al gimnasio, razonó consigo misma. Cuando creía que no podía estar más asustada, alguien le salió al paso y la asió por los hombros.

—¿Se puede saber qué haces? ¿Acaso piensas dejarme aquí tirado? He venido solo para no perderte de vista en un día como este, pero tengo mejores cosas que hacer que pasar el rato en el cementerio, te lo aseguro; y más aún con la que va a caer.

Lejos de protestar, Rebeca se aferró a Víctor buscando refugio entre sus brazos. Sin deshacer el abrazo, se encaminaron hacia la salida del camposanto.

Una hora más tarde degustaban un humeante plato de espaguetis con tomate en la casa rural. La tormenta arreciaba, los truenos retumbaban en las estrechas calles como si estuvieran siendo bombardeadas.

—Te agradezco la invitación, están muy buenos.

—Y yo agradezco la compañía, pero no vuelvas a asustarme de esa manera. No me ha hecho ninguna gracia que me encerraras en el panteón de los curas. Y la historia que te has inventado...

—No te he encerrado. Andaba entre las tumbas cuando te he visto salir corriendo, pero la historia de don Elías es cierta. Cualquiera en el pueblo te lo puede confirmar.

—¿Quién era el hombre que estaba junto al panteón?

—¿Qué hombre?

—Un tipo flaco, con la cara llena de surcos y una boina negra.

Víctor se encogió de hombros mientras engullía una generosa cantidad de espaguetis.

—¡Tienes que haberlo visto!

—Lo que veo es que tienes una imaginación muy viva.

Rebeca frunció el ceño.

—Y ahora podrías hablarme de lo que has descubierto acerca de tu abuelo.

Vaciló. No quería explicarle lo que sabía de don Ángel, su abuelo, porque estaba convencida de que se burlaría de ella; al fin y al cabo, su abuelo sí era el Ángel Caído de la cueva. De modo que se limitó a decir que su abuelo había sido un hombre muy respetado, y que, por una mala jugada del destino, acabó entre rejas.

—Ah, y también he descubierto que hay alguien a quien le molesta, y mucho, mi presencia. —En el acto se arrepintió de sus palabras. Se había ido de la lengua.

—¿Por qué dices eso?

Se llenó de aire el pecho, para luego ir soltándolo despacio, resignada. Al instante se levantó, abrió un cajón del que extrajo una hoja doblada y se la entregó a Víctor.

—Después de lo que ocurrió en Lodosa, alguien metió esta nota por debajo de mi puerta, llamó al timbre y desapareció.

Víctor leyó la nota. Sin levantar la mirada, volvió a leerla una segunda vez, con expresión cada vez más sombría.

—¿Quién es Celia?

—Es la chica que murió en la cueva del Ángel Caído —respondió casi en un susurro.

—¿Y qué tienes que ver tú con esa vieja historia?

—Dicen que mi abuelo fue acusado del asesinato. El Ángel Caído...

Víctor se compadeció de ella al instante. La característica altivez de Rebeca se había esfumado. Ahora parecía pequeña, desvalida. Decidió darle un respiro.

—Todo esto es muy desagradable, debo reconocerlo. Esta nota es una amenaza en toda regla, y lo de Lodosa...

—No voy a consentir que me amenacen —aseguró.

—Nadie dice que lo hagas, pero estás jugando con fuego. Hay por ahí gente muy trastornada, gente peligrosa. Lo mejor sería que volvieras a tu casa.

—Mira, Víctor, creo que es mejor que tú te vayas a la tuya. De pronto me siento cansada, no quiero seguir hablando contigo.

Víctor meneó la cabeza; tenía los brazos cruzados sobre el pecho y la mirada fija en ella.

—Necesito pensar y quiero estar sola.

—Está bien. Pero prométeme que si te sucede cualquier cosa o quieres tomar una cerveza con un tipo interesante, me llamarás al móvil.

En ese momento le resultó casi guapo. Varios rizos rebeldes le caían sobre la frente, y los negros ojos brillaban tanto que podía ver su reflejo en ellos. Asintió y lo acompañó a la puerta. El resto de la tarde lo dedicó a meditar tumbada en el salón bajo una manta y un grueso cojín. La noticia sobre el cuadro de Dalí rondó por su cabeza como una mosca insistente, hasta que decidió olvidarse del tema para poder concentrarse en resolver sus problemas personales. Estaba decidida a llegar al fondo de aquella historia, y lo haría.

11

Como suele ocurrir al día siguiente de una tormenta, el sol ascendió radiante entre los montes, iluminando primero los campos de regadío hasta llegar a la orilla del Ega para alcanzar después las intrincadas calles del pueblo. El olor a tierra húmeda se mezclaba con el grato calor de la mañana. Las golondrinas parecían celebrar una fiesta particular con su continuo piar y sus vuelos rasantes.

A las nueve de la mañana, Eloy, el panadero, emprendía su ruta por las estrechas y empinadas cuestas a bordo de su furgoneta cargada con el pan recién horneado. Cuando llegó al barrio Monte, Aurora Urbiola llevaba ya cinco minutos de espera dinero en mano, con su cabello ralo ensortijado, una bata sin mangas a cuadros azules y blancos y unas zapatillas viejas por las que asomaban ambos dedos gordos. Eloy hizo sonar la bocina para advertir a las mujeres de su llegada, saltó del vehículo con una energía inusitada y entonó una de las jotas de su variado repertorio. Eso era más o menos lo que solía hacer todas las mañanas. El día que no estaba Eloy, el pueblo resultaba mucho más tranquilo, cosa que algunos agradecían, en especial los trasnochadores. Pero eso a él no le preocupaba, pues realizaba a la perfección su trabajo mientras se divertía y divertía a los vecinos del pueblo.

—¡Buenos días, señoras! ¡Qué guapas están todas de par de mañana!

—¡Mira que eres zalamero, Eloy! —rio Aurora complacida.

Micaela, que se dirigía al Paredón para hacer sus compras en la carnicería, se detuvo un momento a saludar:

—Buenos días. ¿Cómo estás, Aurora?

—Pues tirando, ya ves —contestó, y luego preguntó con un sorprendente cambio de actitud—: ¿Qué tal le va a la forastera? ¿Sigue en el pueblo?

—Bien, supongo. Hace varios días que no la veo.

—Ya, claro. Era curiosidad nada más.

—Me imagino que estará de visitas turísticas. Al menos, eso dijo que pensaba hacer —comentó Aurora.

Micaela percibió cierta decepción en la mujer, lo cual carecía de sentido. Pero luego se dijo que bastaba con fijarse en su aspecto para advertir que la pobre Aurora no estaba demasiado cabal.

Aquella tarde la mente de Marcelo Agreda no dejaba de generar pensamientos tan lúcidos que él mismo estaba a un tiempo sorprendido y asustado. Jugaba a los naipes con los de siempre: el Gallardo, el Gitano y el Patorrillo. El tema de las hijas de Abundio Urbiola le rondaba la cabeza como una nube de humo en un bar atestado de fumadores.

—Envido —anunció Patricio el Gitano.

—Dos más.

—Queremos.

—A chiquita paso —continuó el Gitano.

—Tres a chiquita, que yo también quiero aportar —terció el Patorrillo.

—Estos quieren quedarse con nosotros —masculló Daniel el Gallardo entre dientes.

—Te estás calentando, Gallardo —rio el Gitano.

—Paso —gruñó de mala gana Daniel el Gallardo.

—Pares, sí, y estos no os los llevaréis —afirmó Marcelo a la vez que lanzaba un órdago.

—Quiero —aceptó el Gitano, mientras enseñaba los dúples y chocaba la mano del Patorrillo.

—Anótate el primer chico —dijo el Patorrillo, sonriente, intuyendo una fácil victoria.

—¿Creéis que Aurora Urbiola se volvió loca a raíz de la muerte de su hermana Celia?

Perplejos, Daniel y Patricio dirigieron su atención al inocente Marcelo, quien por alguna razón parecía tener el día más claro de lo que era habitual en él. El silencio se prolongó hasta hacerse incómodo. Daniel habló al fin, retorciendo las cartas entre las manos.

—¿Por qué tienes que sacar ese tema?

—No creo que sea para ponerse así, Gallardo. Solo quería saber vuestra opinión —se justificó Marcelo.

El Patorrillo seguía la conversación y dirigía la mirada hacia uno y otro interlocutor como si siguiera un partido de tenis. El Gitano, con su sosiego habitual, dejó las cartas encima del tapete y después apoyó sobre la mesa sus manos secas como sarmientos, igual que un cura que está a punto de empezar el sermón.

—A mí Aurora siempre me ha parecido una persona difícil de tratar y de comprender, y creo que esa es la opinión del pueblo en general. No resulta agradable hablar de estas cosas, pero pienso que siempre ha sido de este modo. Ignoro si la muerte de Celia influyó en su carácter más o menos, y no creo tampoco que nadie lo sepa, pero lo que ocurrió fue horrible y bien pudo dañar la mente de una niña de doce años.

Tras las elocuentes palabras de Patricio, ninguno de los presentes supo qué más añadir, así que después de unos momentos de completo silencio reanudaron la partida.

Mientras los hombres jugaban a las cartas, Anastasia Chalezquer paseaba su cuerpo frágil por el jardín, entre setos y rosales. El sol brillaba con fuerza, pero ella se refugiaba a la sombra del gran edificio que ya era su hogar. También a la anciana la asaltaba un pensamiento recurrente desde aquella mañana; pudo habérsele ocurrido en los últimos setenta años, pero se presentó precisamente aquella jornada veraniega de 2010. Era evidente que la llegada de Rebeca Turumbay estaba causando cierta conmoción en sus vidas anodinas y ordenadas, de modo que ahora se planteaban cosas que nunca antes se habían planteado, tal vez por miedo o quizá por falta de costumbre. Añoró sus días tranquilos en los que nada perturbaba sus pensamientos. En los últimos tiempos no conseguía conciliar el sueño. Le ocurría desde el día en que se enteró de que la nieta de don Ángel había llegado al pueblo y ella se apresuró a ir a casa de su amiga Aurora, pues, al fin y al cabo, Ángel Turumbay era el asesino de su hermana Celia. En aquel momento hizo lo que le pareció más adecuado, pero empezaba a preguntarse si no se había equivocado al dar la voz de alarma sin conocer siquiera a la chica.

Advirtió a lo lejos dos figuras que caminaban hacia la cuesta de la Peña Caída. Reconoció enseguida a Rebeca y, por los negros rizos del chico, supuso que iba acompañada de Víctor Yoldi. Frunció el ceño al imaginar cuál era el motivo del paseo. Desde donde se encontraba podía distinguir la bifurcación entre el camino del cementerio y el que bajaba hasta el río. Este segundo era el que cobijaba, a mitad del recorrido, la famosa cueva del Ángel Caído. Ya había perdido de vista a la pareja cuando apareció un hombre, escopeta en ristre, en el mismo punto donde había visto a Rebeca y Víctor segundos antes. Identificó al hijo de su amiga Aurora al tiempo que algo rasgaba el aire a su lado. Su corazón se estremeció con tal virulencia que a punto estuvo de perder el equilibrio. Un buitre leonado. Desde hacía unos años era frecuente verlos planear sobre el Ega en la vertical de los jardines de la residencia. Rebeca Turumbay, Jonás Sádaba, el buitre leonado, la cuesta de la Peña Caída... Todo le resultó excesivo y de pronto se sintió muy cansada. Cuando hubo recobrado la calma, emprendió el camino de regreso a su habitación.

Rebeca y Víctor bajaban por el camino sombrío que llegaba hasta la orilla del Ega, una cuesta flanqueada de pinos que, según le aclaró Víctor, fueron plantados el siglo anterior para preservar la peña de posibles derrumbamientos; contratiempo que, a pesar del esfuerzo realizado, aún sucedía con cierta periodicidad.

—Antes los agricultores recorrían este trayecto a caballo —comentó Víctor con tono sosegado, como si recordase tiempos lejanos, pese a contar hechos que se remontaban a setenta años atrás—, aunque tal vez entonces esto fuera solo una senda. Sin embargo, a nadie le gustaba meterse en el camino después de la puesta de sol a causa de un miedo irracional surgido a raíz de la muerte de Celia Urbiola en los cuarenta. Historias terribles fueron configurando el imaginario local. Historias que se transmitieron de generación en generación hasta la actualidad, y ahora ya nadie parece conocer los hechos que realmente acontecieron.

Rebeca, que escuchaba con atención, disfrutaba tanto del paseo como de la compañía. Aunque su relación con Víctor comenzó de un modo poco afortunado, debía reconocer que el joven no se portaba nada mal; se había ofrecido a mostrarle la famosa cueva y le estaba agradecida. Sin embargo, sus caracteres chocaban con mucha facilidad, lo cual no auguraba que entre ellos se fraguara una amistad muy profunda. Tampoco es que lo necesitase, pues una persona así no era demasiado compatible con ella. Un chico de pueblo, empleado de un periódico de provincias que cubría noticias de poca monta y se pasaba media vida en el bar o en el monte. En realidad, desde su llegada al pueblo sentía como si hubiera viajado al mundo rural de sus antepasados.

A medida que avanzaban, el cemento dejó paso a la tierra rojiza, la pendiente se hizo más pronunciada y cada vez era menor la luz que atravesaba la espesura de los pinos. Por suerte, ella vivía en un mundo mucho más civilizado, donde las relaciones interpersonales eran siempre correctas y todas las calles estaban asfaltadas. Mientras proseguía con sus cavilaciones, Víctor le explicaba orgulloso los detalles de la zona que él mismo descubrió con su padre muchos años atrás, un tiempo en que disfrutaba de los misterios del lugar como solo los niños saben hacerlo.

—La cuesta de la Peña Caída es poco frecuentada por los vecinos pese a lo cerca que está del pueblo; en parte se debe a la dureza de la subida y sobre todo porque ya nadie va al campo a caballo. Cazadores y chavales en busca de lugares solitarios, nadie más pasa por aquí.

Habían descendido apenas cien metros, pero nada hacía recordar que muy cerca existía una población de mil doscientos habitantes. El silbido del viento al atravesar las ramas, el ligero roce de las agujas de los pinos con su compás interminable y un casi delicado piar, sonidos tan difíciles de percibir en el mundo urbano y sofisticado de Rebeca, los acompañaban a lo largo del camino. Sonrió complacida al percibir esa mezcla de aventura y misterio a que Víctor había aludido. A medida que avanzaban, el camino zigzagueaba a derecha e izquierda, con lo cual se hacía imposible imaginar lo que se escondería tras la siguiente curva; pero ella se sentía segura porque su acompañante conocía a la perfección la zona y para él no había secretos tras cada recodo.

El estruendo producido por una detonación le heló la sangre en las venas. Se detuvo en seco. Miró a Víctor y este le devolvió una mirada de alarma que duró unos instantes, hasta que en el rostro del joven apareció una sonrisa burlona.

—Estamos en una zona de caza. No debes preocuparte, por lo general se caza otro tipo de palomitas.

—Te crees muy gracioso ¿verdad?

Rebeca respiró hondo para serenar su ánimo antes de reanudar la marcha.

—Pasada la próxima curva a mano izquierda encontraremos un amplio claro, donde se localizaba la cueva del Ángel Caído. Las cuevas eran numerosas por aquel entonces, pero ya no quedan más que dos o tres por los continuos derrumbes; es difícil saber cuántas había, porque los accesos que se conocían han cambiado o se han reducido mucho. Ya nadie se atreve a adentrarse en las cuevas por el temor a quedar enterrado.

—No parece que esta tierra de Cárcar sea demasiado fiable —observó Rebeca.

—No es muy compacta, eso es cierto. Los pinos repoblados no parece que sean los más adecuados para sujetar la tierra, y algunos opinan que sería más apropiado un tipo de árbol con raíces más profundas. Lo más probable es que tengan razón, visto el resultado.

Tal como había anunciado, desembocaron en un claro; ahí debían buscar la entrada de la cueva. En cuanto se adentraron en la maleza que se extendía en torno al camino, Rebeca se arrepintió de la ropa elegida para aquella excursión. Era evidente que un pantalón largo le hubiese protegido mucho más que los *shorts* por los que había optado; no recordaba haber sufrido tantos arañazos en toda su vida. Percibió un movimiento a su espalda y se giró bruscamente. Su pie derecho buscó apoyo, pero las hierbas eran tan tupidas que no fue capaz de encontrar suelo firme. Trastabilló nerviosa mientras trataba de mantenerse erguida.

Temblaba. Estaba segura de haber oído moverse algo, no le cabía ninguna duda. Pero como no quería ser de nuevo objeto de las burlas de Víctor, mantuvo la boca cerrada. Escrutó la zona y lo que vio la dejó petrificada. Un animal la miraba desde el centro del camino. Un jabalí, o eso le pareció, porque nunca había visto ninguno. El corazón le martilleaba en el pecho con tal fuerza que temió que semejante alboroto asustase al animal, de cuya ferocidad no dudó ni por un segundo. Permaneció inmóvil tratando de controlar sus temblores. Cuando parecía dominar ya la situación, un nuevo estruendo le hizo perder el equilibrio. El susto le impidió apreciar el dolor que le causaban los pinchos de las hojas sobre las cuales había caído. El instinto, más que la experiencia, le indicó que aquel sonido solo podía corresponder a un disparo; amplificado por el eco, sí, pero un disparo al fin y al cabo. Ni siquiera recordaba que Víctor iba por delante y cuando por fin volvió la cabeza hacia él, vio cómo lanzaba una piedra del tamaño de una pelota de tenis hacia el lugar donde se había detenido el jabalí. El animal escapó a todo correr. Por alguna razón, sus temblores arreciaron hasta convertirse en convulsiones.

—¡Vamos, vamos! Levanta el culito de ahí, no es momento de hacer un picnic.

—Víctor, no me gusta este lugar. Volvamos al pueblo.

—¡No seas cobarde! ¿Te has contagiado de la superstición local sobre esta zona?

Rebeca suspiró. Aún no se había incorporado cuando un nuevo disparo los paralizó a ambos. Sus miradas se dirigieron hacia la derecha, al punto donde la tierra estaba aún en suspensión tras el impacto del proyectil. Apenas los separaban dos metros de él. Víctor la agarró con fuerza y tiró de ella hacia arriba. No tuvo opción de protestar ni de preguntar, pues la premura que mostraba su guía dio a la joven una idea muy clara de cuál era la situación. Alguien había salido de caza, y las presas eran ellos.

Ascendieron unos metros hasta que de pronto Víctor se detuvo sin razón aparente. Pareció vacilar, pero otro disparo le hizo decidirse al instante. Se agachó con rapidez y metió las piernas en un agujero del suelo cuya presencia Rebeca ni siquiera había intuido, ya que estaba casi del todo cubierto por matorrales; desde luego, Víctor conocía muy bien el lugar. Por un momento pensó negarse a entrar, pero un nuevo proyectil que fue a parar a menos de dos metros de ella la convenció de inmediato. En cuanto la cabeza de Víctor desapareció de su vista, imitó sus movimientos para introducirse de la misma manera que él: primero los pies, para seguir luego poco a poco con el resto del cuerpo hasta quedar completamente enterrada.

Tras intensas meditaciones, Anastasia Chalezquer tomó la decisión. Se apartó de la ventana, asombrada del tiempo que había permanecido mirando a través del cristal sin ver nada, absorta en sus propios pensamientos. Con la determinación reflejada en el rostro, se dirigió a la plaza, y una vez allí enfiló la calle Mayor en lugar del barrio Monte. No quería dar pistas acerca de su destino. Por segunda vez en pocos días iba a visitar a Aurora Urbiola a su casa, un lugar donde no había puesto los pies durante muchos años. Tardó menos de diez minutos en llegar a su destino. Llamó al timbre y esperó, sorprendida de encontrar la puerta cerrada. Volvió a pulsar el botón. Aplicó el oído a la hoja de madera. Nada. Decepcionada, tomó la calle Monte para volver a la residencia. Le pareció muy extraño que Aurora no estuviera en casa, pues ese día no había acudido al bar de los jubilados como tenía por costumbre y, aparte de alguna esporádica partida de cartas y los paseos junto a la residencia, no había mucho más que hacer en una tarde calurosa como aquella. Con estos pensamientos rondándole la cabeza, Anastasia sabía que no descansaría tranquila aquella noche. Una más.

12

Rebeca Turumbay lloraba de rabia e impotencia; lo hacía en absoluto silencio para evitar las burlas de Víctor, pero al fin no pudo soportarlo más y declaró:

—Víctor, estoy muy asustada. Tengo claustrofobia. No creo que pueda aguantar mucho más aquí enterrada.

—No pienses eso, hemos de ser optimistas; aunque, por más que me cueste decir esto, la verdad es que estamos atrapados. Quienquiera que sea la persona que nos dispara, debe de estar muy cerca, y no creo que le importe esperar a que volvamos a asomar la cabeza.

—¿Pretendes tranquilizarme? Porque si es así, lo estás haciendo francamente mal.

—Lo siento. Solo pienso en voz alta. Necesito ver la situación de modo objetivo para encontrar una solución. —Hizo una pausa—. Mmm... ¿Notas una ligera corriente?

—¿Una corriente?

Rebeca calló unos segundos y trató de distinguir alguna sensación que no fuera el pavor que la inundaba.

—Es posible que note una ligera corriente, sí. Es más, diría que trae consigo un olor a agua estancada. ¿Podría ser? No sé si mis sentidos están lo bastante afinados para detectar los olores del campo.

—No creo que se trate de agua estancada, pero sí podría ser una corriente de agua subterránea.

—¿Y eso es bueno? —musitó Rebeca esperanzada.

—No lo sé.

Víctor tomó de nuevo la mano de Rebeca y juntos se encaminaron hacia el fondo de la cavidad. Tras los primeros metros, en los que tuvieron que avanzar agachados, el espacio se había ampliado. Ella podía moverse erguida, no así Víctor, quien se veía obligado a caminar un tanto encorvado. La cueva tenía unos cuatro metros cuadrados. En la pared del fondo, a un metro de altura, se abría una oquedad a través de la cual parecía filtrarse la corriente de aire. Víctor palpaba el interior y braceaba arriba, abajo y a los lados, tratando de descubrir los límites de la abertura pero sin poder conseguirlo. Se sentía tan ciego como podía serlo un auténtico ciego, con la agravante de que él carecía de recursos para orientarse sin luz.

—Tenemos que adentrarnos por este agujero.

—De eso nada —replicó Rebeca—. Eso es como la boca del lobo. No pienso entrar ahí sin luz.

—Está bien. Entraré yo. Trataré de buscar otra salida, pediré ayuda y vendré a buscarte.

—Tú estás loco si piensas que voy a quedarme aquí sola.

Víctor se encogió de hombros, consciente de que el gesto carecía de significado en medio de la oscuridad.

—Puedes elegir entre seguirme o quedarte. A mí me da lo mismo.

Así pues, se adentraron en la oquedad y empezaron a avanzar con el temor más que fundado de que un derrumbamiento los sepultaría para siempre en un lugar donde jamás nadie iba a encontrarlos. Guardaron silencio. Dado que se arrastraba detrás de Víctor, Rebeca aspiraba el polvo que este removía con los pies al avanzar pero no dijo nada, porque tampoco quería ir en cabeza. Metro a metro, el ambiente se hacía más denso debido a la falta de aire fresco. Habían perdido por completo la noción del tiempo, cuando él se detuvo.

—¿Qué ocurre?

—Acabo de encontrar algo. Parece una postal.

—Cómo va a haber una postal en este agujero de ratas...

—No lo sé, pero es un cartón o algún tipo de papel grueso. Está algo húmedo.

Víctor lo introdujo con cuidado en el bolsillo trasero de su pantalón y después continuó avanzando. A los pocos segundos se volvió a parar, y en esta ocasión Rebeca no tuvo que preguntar. Percibió una suave corriente de aire seco que casi la hizo llorar de emoción. Estaban cerca de la salida.

—Solo espero que el hueco sea lo bastante grande para permitirnos salir.

—Creo que antes de salir de aquí nos vamos a refrescar —anunció Víctor con un tono mucho más animado.

Una tenue franja de luz se filtraba a través de una grieta cuya dimensión aún no podían apreciar. Sin embargo, una especie de estanque de agua subterránea atravesaba la cueva justo delante de ellos y, puesto que no cabían de pie, tendrían que cruzarlo a gatas. Víctor se adentró en el agua y comenzó la progresión. Ella suspiró resignada mientras se inclinaba de rodillas detrás de su acompañante. Unos minutos más tarde, ambos asomaban la cabeza por el agujero y volvían a respirar aire puro. Una rápida mirada alrededor le bastó a Víctor para orientarse. A pesar del tiempo invertido en su aventura, se encontraban a unos cien metros de la boca de la cueva.

En silencio, retomaron la cuesta de la Peña Caída y avanzaron por el margen derecho del camino, tratando de ocultarse tras los árboles y las hondonadas del terreno. Ignoraban si quien los seguía habría desistido en su empeño, pero debían ser cautos. Si conseguían llegar al río tendrían la huida al alcance de la mano, pero había que llegar al río. Llevaban unos cincuenta metros recorridos cuando volvieron a oír un nuevo estampido, nítido y cercano. Se lanzaron al suelo al instante y esperaron inmóviles, pero eran conscientes de que no podían permanecer así, debían continuar de alguna manera. Se incorporaron lo justo para poder caminar. El suelo resbalaba por las agujas de los pinos que se amontonaban en él. Rebeca no estaba acostumbrada a ese suelo desigual y a punto estuvo de caer varias veces, pero Víctor la agarraba con fuerza y tiraba de ella para que no se rezagase. Llegaron a una palomera donde se mantuvieron agazapados durante lo que a ella le pareció una eternidad. Aún no era de noche, pero el sol estaba tan bajo que si se miraba en su dirección era imposible ver nada con claridad. Esa era la única baza que había a su favor. Debían bajar la peña, para lo que necesitaban algo de luz, de manera que no podían esperar más. Después cruzarían el río, y de ahí en adelante solo tenían que seguir el camino que desembocaba en la carretera de entrada al pueblo. Según la exposición de Víctor, parecía pan comido. Decidido, el joven asió la mano de Rebeca y salieron corriendo en línea recta al precipicio que tenían delante. Dejaron el camino a su espalda y se lanzaron a la aventura de descender por la peña, un trayecto que nadie habría tenido la ocurrencia de abordar, salvo los moros que siglos atrás excavaran en ella sus cuevas. Víctor vaciló un segundo, miró hacia el río desde lo alto y dijo:

—Solo un estúpido haría este descenso.

—Solo dos lo van a hacer.

—Iré delante. Tú me sigues y haces exactamente lo que te ordene. Si digo que pongas un pie en un sitio, lo haces sin protestar. ¿Está claro?

A Rebeca no le gustó el tono autoritario de su guía, pero para entonces ya había desistido de hacer cualquier alarde de orgullo. Al fin y al cabo, él la había sacado de la cueva.

El joven se agachó para agarrarse a la primera roca cuando un silbido sordo les cortó el aliento; el terrible sonido se apoderaba del monte por efecto de la reverberación. De nada les había servido ocultarse en la palomera, su perseguidor conocía muy bien cuál era su situación. Cuando Rebeca abrió los ojos una vez restablecido el silencio, un grito de terror surgió descontrolado de su garganta.

—No grites, por favor. Eso no nos ayuda.

—¿Estás bien?

—Estaría mejor tomando una cerveza, pero no podemos detenernos, así que date prisa.

A partir de ese momento no volvieron a cruzar palabra. Rebeca no perdía de vista a su compañero herido, que se aferraba como podía a la peña; una mancha de sangre en su hombro crecía por momentos.

Bajaron con cierta facilidad los primeros diez metros, a pesar de que toda la tierra que desprendía Rebeca iba a parar a la cara de Víctor. No obstante, él seguía sus pasos sin una sola queja. Los siguientes metros fueron bastante más duros, pues allí la peña se había derrumbado en diversos tramos y la tierra estaba suelta. Descendieron durante unos minutos que parecieron horas, un tiempo en que ambos acumularon heridas y rasguños por todo el cuerpo. De repente, el suelo se desvaneció bajo los pies de la chica. Un tolmo de tierra cayó sobre Víctor y detrás siguió ella también, para deslizarse sin remedio cuesta abajo, incapaz de encontrar un asidero que los salvara del desastre. La joven arrastraba a Víctor mientras las ortigas que abundan en la pendiente los laceraban. Los dos sabían que el final del precipicio aún estaba demasiado lejos para poder resistir. En su búsqueda desesperada, Rebeca dio por fin con una planta de tomillo a la que se agarró con todas sus fuerzas. En cuanto ella estuvo segura, Víctor no tardó en encontrar una roca donde apoyarse.

Les llevó una hora y media llegar al río; para entonces ya se había hecho de noche. Ahora se sentían más seguros sabiendo que no resultaban visibles, aunque habrían agradecido un poco de luz para orientarse; pero aquella noche no había luna. El silencio se había instalado entre ambos y hacía rato que se comunicaban mediante gestos. Ella se detuvo en medio de la negra noche y miró a su alrededor desorientada. Víctor la tomó de la mano una vez más y así llegaron a la orilla del Ega. Se adentraron descalzos en las oscuras aguas, cuya temperatura les alivió algo el dolor provocado por las ortigas y las numerosas heridas sufridas durante el descenso. Rebeca, que nunca se había bañado en un río, trató de no pensar demasiado en toda la inmundicia que el agua debía de arrastrar; aun así, experimentó una fuerte arcada. De pronto, y por segunda vez en pocas horas, el suelo se hundió bajo sus pies y de nuevo perdió el equilibrio. El agua la cubrió por unos instantes en los que deseó morir. Apenas había corriente, y ella era buena nadadora, pero la repugnancia que sintió fue enorme. Cuando alcanzaron la orilla opuesta, Víctor estaba exhausto y Rebeca temblaba como una hoja, ya que la noche era más bien fresca por el cierzo que soplaba y ella estaba calada hasta los huesos. Se acercó a Víctor, le palpó el hombro herido y comprobó que seguía sangrando. Pensó en hacer una venda con una de las camisetas, pero estaban sucias y mojadas, de modo que solo podían producir una infección. Tanteó su propia camiseta. Había elementos pegados a la prenda; algunos parecían ramitas, otros eran hojas y otros... ¡Oh, Dios, eran gusanos! Comenzó a gritar. Se quitó la prenda y la arrojó tan lejos como fue capaz.

—¡Vaya! No esperaba verte las tetas en nuestra primera noche juntos, pero estoy encantado con el panorama. Por mí, puedes seguir quitándote ropa, si quieres.

Rebeca le dirigió una mirada feroz, pero la oscuridad se la tragó y de nada sirvió su enojo. Se llevó las manos a la melena ensortijada, poblada por muy diversos elementos de dudosa procedencia. Sintió náuseas pero se repuso. No tenía más remedio.

—Por favor, Víctor, necesito que me limpies el pelo.

—Está bien, acércate a mí. Percibo una nota de ternura en tu petición, y yo soy un hombre muy sensible...

Rebeca resopló mientras él se ocupaba de su melena.

—¿Eso ha sido un suspiro de amor?

—Víctor, no estoy para bromas. Por favor, límpiame el pelo de porquería y sigamos adelante.

—Sabes que te seguiría al fin del mundo, mi dulce Rebeca —declamó con excesivo énfasis, y después, ya con su tono habitual, añadió—: Ya estás libre de inmundicias. Puedes volver a respirar.

Descansaron unos segundos antes de reanudar la marcha. Ahora solo tenían que seguir el camino que bordeaba el río y llegaba hasta la carretera de acceso al pueblo. La tierra del camino resaltaba ligeramente en medio de la oscuridad, y ello les facilitaba andar sin peligro de sufrir un tropezón. Rebeca no dejaba de pensar en la vergüenza que sentiría si alguien la viese de aquella guisa antes de llegar a su casa. Aquel día había elegido un sofisticado sujetador de encaje, y sin duda tenía un bonito busto; no había de qué avergonzarse, se dijo, pero nada de eso la consoló. Cruzó los brazos sobre el pecho y curvó la espalda hacia delante; era cuanto podía hacer.

13

Jonás Sádaba llegaba a casa cuando las campanas de la iglesia daban las ocho. Sobre la mesa de la cocina depositó con cuidado la escopeta y la bolsa con las dos piezas de caza; de pronto cayó en la cuenta de que no se había cruzado con ningún otro cazador, pese a que había oído disparos; sin embargo, la idea no le pareció tan desconcertante como para dedicarle más tiempo, así que se dirigió satisfecho al cuarto de baño. Mientras disfrutaba de la ducha, su pensamiento se centró en Rebeca Turumbay. ¡Menudo polvo! Cierto que la chica estaba bastante borracha aquella noche, pero él llevaba días rememorando tan glorioso acontecimiento. Aún no podía creer que se hubiese follado a una tía tan espectacular y, por si fuera poco, lo habían hecho en un lugar insólito, la muralla junto a la plaza de toros de Pamplona. Ni en sus fantasías más descabelladas había llegado nunca tan lejos, tenía material pornográfico almacenado en su mente para varios meses. Bajó la mirada hacia su miembro, erecto como un bate de béisbol. Le ocurría cada día solo con recordar aquella noche previa a San Fermín. Decidió poner remedio a la situación antes de salir de la ducha.

Minutos después se encontraba plácidamente tumbado en el sofá del salón, disfrutaba de una cerveza bien fría y soñaba con el guiso que le prepararía su madre en cuanto llegase a casa. En la tele había partido de semifinales del Mundial de Sudáfrica: Alemania-España. Una tarde perfecta. La cuestión era ¿dónde narices se había metido su vieja? No solía llegar a casa más tarde de las siete y media. Casi siempre iba al bar de la residencia para jugar unas manos de cartas, pero los ancianos cenaban a las ocho de la tarde y, por tanto, las partidas nunca se alargaban hasta esa hora. Consultó su reloj, su desconcierto aumentó más aún; eran casi las nueve, hora más que sobrada de que Aurora estuviese en casa cocinando para él. ¿Le habría ocurrido algo? Su madre ya era una anciana, cualquier cosa entraba dentro de lo posible. Tuvo una idea y sin pensarlo decidió ponerla en práctica. Descolgó el teléfono inalámbrico de la mesita que estaba junto al sofá y en la agenda de contactos buscó el número de Anastasia Chalezquer. La mujer tenía que saber algo, y si por alguna razón inexplicable su madre aún se encontraba con ella, la mandaría de vuelta a casa. Marcó el número y esperó. Escuchó todos los tonos, consciente de que una señora de edad tan avanzada no tendría mucha agilidad para atender la llamada enseguida. Cuando dejó de oír las señales de llamada volvió a repetir la misma operación. Nada. Anastasia no se ponía al teléfono. Tendría que hacerse él mismo la cena. ¡Mierda!

Anastasia Chalezquer contemplaba su teléfono móvil mientras se estrujaba los dedos de las manos. El nombre de Aurora en la pequeña pantalla le gritaba que contestase, pero en aquel momento ella no estaba preparada para hablar. Llevaba toda la tarde sintiéndose culpable y preocupada por Rebeca después de haber visto a Jonás escopeta al brazo bajar por la cuesta de la Peña Caída. No estaba segura de nada, ni siquiera lograba pensar con claridad, pero alguien acosaba a Rebeca y no podía ni evitar sospechar ni hablar con Aurora; de hecho, se alegraba de no haberla encontrado en casa esa tarde ¡Ojalá tampoco hubiese dado con ella el día que le advirtió de la llegada de Rebeca!

Cuando por fin cesó el sonido de llamada, apagó el móvil que tantos quebraderos de cabeza le causaba. Estaba convencida de que nunca llegaría a manejarlo con soltura, pero sus hijos insistían en que lo llevara siempre consigo. Pues lo sentía mucho, pero de momento iba a estar apagado. Se acercó a la ventana que daba al frondoso jardín y se quedó pensativa ante ella durante unos segundos. A su edad no estaba para estos enredos. Necesitaba paz y tranquilidad.

Atrajo su atención la figura que en aquel instante salía del edificio. Se ayudaba de un bastón para caminar y los oscuros tirantes destacaban sobre la impoluta camisa blanca. Sintió un ligero cosquilleo en el estómago. ¡Qué tontería! Será hambre, pensó. Pero después concluyó que no era probable, pues acababa de cenar. El motivo de esas mariposas en las tripas era Daniel González, lo sabía de sobra, pero trataba de engañarse a sí misma desde hacía muchos años, más de los que quería admitir. Permaneció un buen rato observando al hombre, azorada como si con su conducta quebrantara alguna norma.

Daniel el Gallardo se detuvo junto a la barandilla, cara al regadío y, al igual que ella, permaneció absolutamente inmóvil. Anastasia se preguntó por la naturaleza de sus pensamientos. Lo más probable era que pensase en don Ángel Turumbay y en la inesperada llegada de su nieta; ella, en cambio, pensaba en él y en la atracción que sentía, pese a sus ochenta años y a conservar en su corazón un profundo amor por su difunto esposo. Siempre había imaginado que a esa edad uno no aspira ya a sentir deseo y mucho menos a practicar sexo, sin embargo, se sorprendía a menudo mientras observaba a Daniel, admiraba los armónicos rasgos de su rostro y sentía aquel perfume intenso y masculino que la hacía soñar. Soñar que la atraía hacia su cuerpo y la besaba con ternura; ella le acariciaba el cabello plateado mientras se sentía flotar, ligera como una brizna, y de pronto volvía a ser joven y guapa. Se estremeció ante la perspectiva de que alguna vez pudiera llegar a ocurrir algo así fuera de su mente.

Bajó la persiana, corrió la cortina, apagó la luz y se tumbó en la cama intentando atrapar de nuevo tan delicadas sensaciones, deseosa de soñar una vez más.

14

Inmóvil, con los ojos cerrados mientras el agua resbalaba sobre su pálida piel, Rebeca parecía una estatua de cera bajo la ducha.

Era casi medianoche cuando llegaron a la casa del barrio Monte. Antes estuvieron un buen rato dando vueltas, con el propósito de intentar eludir a los vecinos rezagados que tomaban la fresca en la puerta de sus casas. No querían que nadie los viera en su lamentable estado. Rebeca iba en sujetador, y en la camiseta de Víctor destacaba una gran mancha de sangre a la altura del hombro. No podían dar explicaciones de lo sucedido ni sabían en quién confiar. Apenas habían intercambiado un par de palabras durante la última hora. Rebeca, desbordada por los acontecimientos, dudaba entre sucumbir a la histeria o mantener la calma. En otras circunstancias ya se habría venido abajo, pues antes de aquel día nunca había dado muestras de entereza. Más bien había sido una persona apocada y melindrosa. La sensación del agua sobre su cabeza relajó su cuerpo, y el perfume frutal del gel de baño la colmó de dicha. En su vida había apestado tanto como aquella tarde después de su incursión en el Ega.

Descubrió para su sorpresa que el descenso de la peña le había ocasionado unos rasguños feísimos en brazos y piernas. Tal vez no fuera el baño en el río lo peor que su cuerpo había soportado aquella tarde. Poco a poco los sucesos de las últimas horas se hicieron más vívidos en su cabeza. Sintió de nuevo el terror de encontrarse atrapada en el interior de la cueva, temerosa de que aquel fuera el último día de su existencia. Jamás había temido por esa cuestión, siempre había dado por hecho que viviría muchos años y moriría siendo una anciana, pero de pronto su percepción de la vida había cambiado. Pensó en Víctor, quien había recibido un tiro en el hombro cuando intentaba ayudarle. Se rindió sin oponer más resistencia. Lágrimas silenciosas fluyeron de sus ojos y se mezclaron con el agua caliente. En pocos segundos comenzó a sollozar y acabó con un ataque de hipo que en otra circunstancia habría sido un ataque de ansiedad, pero ahora ya no era la Rebeca de siempre, sino alguien mucho más fuerte.

Cuando entró en la cocina, Víctor la esperaba con un vaso de leche caliente en la mano. Llevaba una toalla atada a la cintura y una venda casera sujeta al hombro. Aún tenía la piel húmeda, y de sus rizos negros caían diminutas gotas de agua. El cuerpo de Rebeca se estremeció y, olvidando por un segundo todo lo vivido aquel día, pensó en lo *sexy* que resultaba el hombre que estaba desnudo en su cocina. No pudo evitar sentirse excitada, pero en el acto se reprendió por ello. No era momento para erotismos.

—¿Te gusta lo que ves?

—¿Cómo dices?

—Este cuerpazo puede ser tuyo si quieres.

—¡*Poca-solta!**

—¿Eso es un no?

---

* En catalán, insulto equivalente a «sinvergüenza».

Se arrepintió al instante de su exabrupto. Insultar a Víctor no parecía el mejor modo de agradecerle el favor. ¡Pero era tan inoportuno en sus comentarios! Él la miró con expresión inocente y guardó silencio. Siempre se las apañaba para que ella quedase como una bruja. ¡Mierda!

Sobre la mesa vio una fotografía antigua, bastante deteriorada.

—¿Qué es eso?

—Una foto, ¿no lo ves?

—Te pregunto de dónde ha salido y qué hace en mi cocina.

Víctor sonrió, complacido por el súbito enfado de la joven.

—Es el cartón que he encontrado en esa cueva donde hemos pasado parte de la tarde. Se trata de un retrato, como puedes ver, aunque la fotografía es muy antigua. ¿Crees que puedes reconocer al hombre que aparece en ella?

Rebeca se acercó a la imagen, cuyo aspecto era tan delicado que temió cogerla entre los dedos. La observó durante unos segundos y por fin apuntó:

—Parece mi abuelo Ángel. Yo no lo conocí tan joven, claro, pero he visto fotos en el álbum familiar. Estoy prácticamente segura de que es él.

Víctor arrugó el entrecejo y dijo:

—No es muy lógico, ¿no crees?

—¿Qué no es lógico? —Rebeca suspiró impaciente—. Odio tener que preguntártelo todo.

—Que la foto del asesino aparezca en el lugar del crimen. Los asesinos no suelen ser tan estúpidos como para ir dejando pistas que los delatan.

Tuvo que morderse la lengua. Que Víctor tildase de asesino a su abuelo era imperdonable, pero, desde luego, la presencia de aquella fotografía en la cueva resultaba cuando menos desconcertante. Respiró hondo para serenarse y prefirió dejar la conversación y centrarse en el hombro de Víctor, que no había dejado de sangrar. Por suerte, recordaba que le

111

pusieron la antitetánica hacía unos meses, cuando sufrió un corte profundo en un partido de fútbol, de modo que creía estar a salvo de una infección. Era evidente que debían acudir a Urgencias, pero no pensaban hacerlo. Solo con verle el hombro, cualquier sanitario llamaría a la Policía, al tratarse de una herida por arma de fuego. Alguien del pueblo estaba detrás de todo aquello, y Víctor albergaba serias sospechas respecto a Jonás Sádaba, aunque no quería mencionarlo porque no estaba seguro de ser del todo objetivo en lo referente a él. En cualquier caso, el asunto solo concernía a Rebeca, para quien era de vital importancia descubrir qué estaba ocurriendo sin alertar a la Policía, pues aún parecía pensar que podía ganarse el afecto de las gentes del pueblo.

Víctor se incorporó sujetándose la toalla con una mano mientras, con su habitual tono de suficiencia, le comunicaba que irían a ver a don Paulino. El viejo médico y él habían llegado a trabar una gran amistad, pues el hijo de Micaela había sido sin duda el niño más patoso y con peor suerte de todo Cárcar. Eso era al menos lo que le decía don Paulino cada vez que se encontraban, y afirmaba que nadie había pasado jamás tantas veces por su consulta en tan corto plazo de tiempo. De pronto, el rostro del joven se tornó pálido como la pared de la cocina y Rebeca temió que se desmayara allí mismo sin que ella supiera cómo localizar al médico. Ayudó a Víctor a recostarse en la mesa, dada su incapacidad para soportar el peso de su cuerpo. Vio que estaba frío y sudaba. Le acercó un vaso de agua y lo animó a que bebiera un sorbo. Notó que ella misma se sentía muy débil.

¡Claro! Habían soportado muchas horas de tensión, habían hecho un esfuerzo físico ímprobo y llevaban demasiadas horas sin comer ni beber. Decidió poner manos a la obra. Lo primero era reponer fuerzas. Preparó dos sándwiches. Mientras ella devoraba el suyo en dos bocados, se esforzaba por que Víctor ingiriese los trocitos que le daba. Estaba tan absorta en su labor que no se percató de que él no le quitaba los ojos de encima. Se encontraba algo mejor cuando Rebeca salió a buscar el botiquín. Cuando volvió a aparecer en la puerta minutos más tarde, parecía estar casi repuesto.

—Vaya, la chica de la Cruz Roja.

—¿Cómo?

—Menos mal que no me estoy muriendo, porque has tardado una eternidad. Pero me alegro de volver a verte.

—Lo siento. Tu madre me dijo dónde estaba el botiquín, pero ya no me acordaba. Créeme si te digo que todavía no he encontrado el portero automático.

—Es alentador saber que estoy en buenas manos.

Rebeca se lavó con agua y jabón, y vertió un buen chorro de agua oxigenada en la herida de Víctor, que se retorció de dolor pero aguantó sin un quejido. Después, ella limpió la herida con pequeños toques de algodón hasta que estuvo seca, tomó de la caja un frasco con un líquido amarillo y roció abundantemente la herida.

—Creo que con un poco de Betadine hubiera bastado.

—Te lo acabo de aplicar. Por suerte tengo algunas nociones de cómo curar una herida, aunque reconozco que nunca me he topado con una de esta envergadura.

Le colocó un apósito bastante aparatoso y cerró el botiquín.

—¿Tienes un albornoz? —preguntó Víctor sujetándose la toalla.

Rebeca captó cuál era su intención. Salió y en pocos segundos apareció con un albornoz en la mano. Dejó que el joven se vistiese en la cocina y salió en busca del coche para aparcarlo a la puerta de la casa. Víctor hizo una llamada telefónica y salieron en silencio. Era la una de la madrugada; solo se oía el canto monótono de los grillos. Nadie los vio irse.

15

¡Este hombre es más viejo que Matusalén!, se dijo en cuanto franquearon la entrada. El cuerpo de don Paulino dibujaba un ángulo convexo en contraste con su afilada nariz, y sus ojos parecían enormes tras los gruesos cristales de sus gafas de pasta. Rebeca empezó a dudar de la cordura de su compañero. Si este esperaba que aquel pobre hombre le hiciese una cura como es debido, tenía que estar loco de remate. Mientras se devanaba los sesos en un intento de comprender la relación entre Víctor y don Paulino, ambos se abrazaban y se daban palmaditas en la espalda como si fuesen viejos amigos, aunque todo con mucha suavidad; uno a buen seguro para no tumbar al anciano y el otro para no perjudicar más al herido. ¡Menuda pareja!

Tras el efusivo recibimiento siguieron a don Paulino a su consulta, una sala cuya decoración había pasado de moda hacía ya varias décadas, con muebles antiguos bien conservados, paredes empapeladas de verde oscuro y lámparas estilo Tiffany. Sobre la mesa, un enorme cenicero de mármol limpísimo le recordó los tiempos en que pacientes y facultativos fumaban en las salas de consulta. Se sintió a gusto en la anticuada estancia y supuso que ese habría sido el objetivo que se buscó en su día, crear una atmósfera de confianza para tranquilizar a los pacientes.

Víctor se descubrió el hombro.

—Veo que no has perdido facultades para meterte en líos —observó don Paulino con una mueca que quería parecer una sonrisa—. Si te han puesto ya la antitetánica, estupendo. Siento comunicarte que no dispongo de anestesia. Tú decides si prefieres acudir a un centro sanitario o dejar que te cosa un dinosaurio como yo.

Víctor negó con la cabeza e insistió:

—Ya le he dicho que no quiero dar parte a la Policía. Si voy a un centro sanitario, será inevitable que ellos lo hagan.

El médico giró su anguloso cuerpo y abrió una pequeña vitrina de cristal tan antigua como su dueño. La llavecita se movió en la cerradura con una suavidad sorprendente. Rebeca empezó a confiar en la habilidad del anciano, pese a que daba la impresión de no ser capaz de atarse los cordones de los zapatos. En unos segundos, tuvo pinzas, aguja, hilo y tijeras, todo dispuesto en una pequeña bandeja. Se lavó las manos y se calzó unos guantes de látex. La chica miraba hipnotizada cómo las finas manos del viejo médico se movían con lentitud pero con absoluta destreza. Don Paulino se quitó las gafas, enhebró la aguja (al primer intento), la depositó con cuidado en la bandeja y tomó unas pequeñas pinzas similares a las que ella usaba para arreglarse las cejas. Volvió a ponerse las gafas y se concentró en estudiar la herida que tenía delante.

Sacó una bolita de metal del maltrecho hombro y aseveró:

—Te han disparado con una escopeta de caza con carga del siete. No me aventuraré a decir desde qué distancia, pero has tenido mucha suerte. Si te llegan a disparar con balas...

—Yo creía que todas las escopetas disparaban balas —comentó Rebeca.

—Pueden disparar balas o perdigones, y estos pueden ser de mayor o menor tamaño, según lo que uno quiera cazar.

En este caso la munición no era de calibre grande, la que se emplea para la perdiz. La herida no es muy profunda, de modo que voy a limpiarla con mucho cuidado, después volveré a desinfectarla y veré si son necesarios unos puntos, ¿de acuerdo?

Víctor asintió inexpresivo.

—Esto te va a doler, así que grita si no lo soportas, pero preferiría que fueras discreto para no alarmar a los vecinos.

Rebeca no apartaba los ojos del anciano, impresionada por el conocimiento de las armas del que acababa de hacer alarde. Como no le pareció oportuno interrumpirle en ese momento, se levantó y abandonó la consulta en silencio. Así Víctor podría quejarse a gusto si la circunstancia lo requería; además, la perspectiva de ver cómo cosían a una persona le ponía enferma. Se encontró en medio del recibidor sin saber hacia dónde dirigirse. No le parecía correcto merodear por la casa como una vulgar fisgona, por lo cual se sentó en una *chaise-longue* de seda azul oscuro que aguardaba tentadora en una esquina. Casi seguro que la pieza era una antigüedad y no tenía otra función que la meramente decorativa, pero estaba tan agotada que no pudo evitar recostarse poco a poco. Al cabo de un par de minutos estaba dormida.

La despertó el delicioso olor del café recién hecho. Se desperezó poco a poco sin abrir los ojos, deleitada por los aromas que le llegaban desde la cocina. Unas tostadas, un café con leche, tal vez un zumo de frutas... En su rostro adormecido se perfiló una sonrisa de placer que anticipaba el que estaba a punto de experimentar en unos instantes. Una mano la zarandeó con suavidad. Esperaba oír la tranquilizadora voz de su madre que la llamaba para desayunar, pero en su lugar escuchó otra áspera, grave. Abrió los ojos con fastidio. Víctor la miraba con su sonrisa de estrella de cine y a su lado vio a un señor de la Edad de Piedra, quien sin duda debía de ser don Paulino. Tardó unas décimas de segundo en encontrar sentido a la escena y algo más en notar las contracturas de su cuerpo. Lástima...

Observó que Víctor llevaba un pantalón gris y una camisa blanca. Era evidente que se los había prestado el anciano, porque el pantalón le quedaba muy corto y la camisa, demasiado ancha. Se incorporó y siguió a los hombres a la cocina, donde la mesa estaba dispuesta con un suculento y abundante desayuno. Empezaba a decirse que el viejo médico era un dechado de virtudes, cuando advirtió la presencia en la cocina de una señora bastante sobrada de kilos que rebuscaba en el frigorífico. Le dio los buenos días y se sentó a la mesa. Hacía apenas unos minutos había tenido la certeza de estar en casa de su madre dispuesta a desayunar con ella. ¡Qué sensación tan grata la embargó entonces! Pero ahora ya era del todo consciente de la frustrante realidad. Tras ser perseguida a punta de escopeta la tarde anterior, no podía decir que aquel fuera un gran día, pero, bien pensado, era agradable encontrar gente tan generosa como para ayudarles en un momento como aquel.

La oronda mujer respondió al saludo con un gesto amable al tiempo que cerraba el frigorífico. Anunció que volvería más tarde para preparar la comida y desapareció.

—Espero que hayas descansado bien. Anoche pensamos despertarte para que te pasaras a una cama, porque en esta casa hay muchas, pero nos dio pena interrumpir tu sueño.

—Es usted muy amable. No se preocupe por mí. ¿Qué tal se encuentra el herido?

—Se portó bastante bien, dadas las circunstancias —afirmó el médico dirigiéndose a Víctor—. Hemos procedido a una nueva cura hace unos minutos; espero que no se infecte ningún punto. Hacía tiempo que no cosía, pero creo que el punto de cruz aún se me da bastante bien.

Soltó una ronca carcajada que terminó en un acceso de tos. Una vez se hubo recuperado y tras tomar unos sorbos de café, el anciano se dirigió a sus huéspedes:

—No es que sea asunto mío, porque hubiese ayudado a Víctor en cualquier circunstancia, pero podéis confiar en mi discreción si decidís contarme lo sucedido. No es frecuente que alguien venga a mi casa en plena noche con una herida de esta naturaleza.

Los jóvenes se entendieron solo con cruzar sus miradas. Víctor vació el contenido de su taza antes de comenzar a hablar. Carraspeó varias veces hasta que por fin dijo:

—Pues verá, don Paulino, voy a ir directamente al grano. Rebeca es la nieta de don Ángel Turumbay. Llegó a Cárcar hace unos días para conocer el pueblo de su abuelo, que falleció siendo ella una niña. Se aloja en la casa rural del barrio Monte. Bien... —Carraspeó de nuevo y miró suplicante a Rebeca.

—Mi madre nunca me contó gran cosa acerca de mi abuelo, no sé si me entiende —expuso la joven—. Hace unos días, no sé quién dejó una nota en la puerta de la casa que he alquilado. Decía que si no quería acabar como Celia, debía irme del pueblo. Daniel González, el Gallardo, me ha hablado de Celia Urbiola aunque no ha podido, o quizá no ha querido, explicarme lo que sucedió en realidad. Ayer por la tarde llamé a Víctor para que me acompañase a la cueva donde se encontró a la chica, pero alguien armado con una escopeta nos estropeó el paseo.

Siguió un silencio a las palabras de Rebeca. Don Paulino comenzó a dar vueltas por la cocina. Pasaron unos segundos hasta que por fin manifestó:

—Yo conocí a tu abuelo. Fue un buen practicante. —Se quitó las gafas, se frotó los ojos y volvió a ponérselas de nuevo—. Cuando ocurrió lo de Celia Urbiola, nadie quería hablar del tema porque aquí todo el mundo era pariente, amigo o vecino de una parte o de la otra.

—Nadie tiene derecho a expulsarme del pueblo, y menos a punta de escopeta.

Don Paulino aguardó un instante antes de continuar.

—Dicen que la chica estaba embarazada, y tu abuelo quiso ayudarle a solucionar el problema. Ella era muy joven, y no estaba casada.

La expresión de Rebeca se tensó. Víctor sintió lástima por ella.

El anciano carraspeó.

—En aquella época se practicaban muchos abortos, aunque no se hablara de ello. Los tiempos no han cambiado tanto desde entonces, pero en aquellos años, y hasta hace poco, era una deshonra y una vergüenza quedarse embarazada fuera del matrimonio; se conocen varios casos, en este pueblo y en otros muchos, de chicas que al conocer su estado se suicidaban, o bien, eran repudiadas por los suyos. Esto lo digo para que entendáis que el drama de una soltera embarazada era algo terrible, seguramente lo peor que le podía suceder a una joven y a su familia. Hubo quien sostuvo que don Ángel embarazó a la chica, quien murió desangrada mientras le practicaba un aborto. Otros, en cambio, aseguraban que fue degollada, que el aborto debió de salir mal y tal vez le cortó el cuello para que tuviese una muerte rápida y evitarle el sufrimiento. Hay muchas versiones de lo que sucedió en aquella cueva.

—Todas ellas horribles —se lamentó Rebeca.

—En el pueblo nunca ha aludido nadie a ese asunto, y según parece, hay quien desea que todo continúe igual. Mi consejo es que olvides el tema. Al fin y al cabo, es una vieja historia.

—¿Bromea usted? No tengo la menor intención de olvidarlo, así que se lo ruego, hábleme de aquello sin tapujos.

El hombre le dirigió una larga mirada. Después inspiró profundamente.

—Lo siento. Como te he dicho al principio, creo que tu abuelo era un buen hombre y un magnífico profesional. –Don Paulino hizo una breve pausa–. Los dos hijos del organista se marcharon justo cuando la chica desapareció, y nunca más regresaron al pueblo. Era sabido que se veían con Celia, y cualquiera de los dos podía ser responsable del embarazo. El hecho de la huida parecía ser prueba fehaciente de su implicación en la muerte de la chica, pero como nunca llegaron a declarar, la justicia de la época se centró en el único sospechoso que tenía.

—¿Cree usted que mi abuelo era inocente?

—Nunca he sabido qué creer, pero te digo una cosa: a la gente no le gusta que se remuevan asuntos tan feos.

—Ayer nos dio su opinión sobre el tipo de arma con que nos dispararon –intervino Víctor–. ¿Qué nos puede decir acerca de ella? ¿Qué tipo de persona puede tener un arma así?

—Pues lo cierto es que se trata de una escopeta de caza común y corriente. La puede tener cualquier cazador.

—¿Hay muchos cazadores en Cárcar? –quiso saber Rebeca.

—Hay un grupo considerable para tratarse de un pueblo tan pequeño. Por todo el término municipal se extiende un coto de caza propiedad del ayuntamiento en el que, con los permisos necesarios, se puede cazar perdiz, liebre, conejo, becada, paloma, malviz y jabalí. Como ves, los cazadores de aquí somos unos privilegiados –respondió el médico orgulloso.

—Muchos cazadores conservan el arma aunque ya no tengan el permiso, ¿no es cierto? –le sondeó Víctor.

Don Paulino titubeó antes de admitir:

—Pues... sí. De todos modos, lo importante es disponer de la licencia de armas. Mientras una persona tenga su licencia al día, puede tener la escopeta sin problemas.

—Así que no tiene por qué tratarse de un cazador. Uno puede tener su licencia aunque carezca del permiso de caza. ¿Podría suceder que alguien tuviese un arma sin licencia?

—Podría, pero es difícil. La Policía lleva un control muy estricto.

—Así que no hay manera de saber quién puede haber disparado contra nosotros.

—No, no la hay. Cualquiera que disponga de una escopeta y su licencia podría haberlo hecho. Yo mismo, sin ir más lejos, cuento con ambas cosas.

16

A las seis de la tarde el sol caía a plomo sobre las desiertas calles del pueblo. Aunque había dormido hasta las cuatro de la tarde, tenía la sensación de no haber descansado en absoluto. Miles de pensamientos se amontonaban en su cabeza; de pronto se sentía como una ciudadana de segunda, nieta de un asesino y posible corruptor de menores. Si en la Fundación se llegasen a enterar... No quería ni pensarlo. Podía hacer como que nada había pasado, continuar su vida como hasta ahora. Cabía intentarlo, se dijo, pero probablemente no funcionaría.

Al abrir la puerta de la calle, el golpe de calor que recibió fue como un puñetazo. Desechó los últimos pensamientos mientras encaminaba sus pasos hacia la plaza Mayor para subir la escalinata de la iglesia que conducía a la residencia. Algo en el suelo de cemento le llamó la atención. Se agachó con curiosidad. Era una cría de pájaro muerta. Carecía por completo de plumaje y tenía los ojos y el pico enormes. Sintió una arcada. Cerró los párpados y siguió su camino. Pobre animalillo; a pesar de su aspecto horrible era una criatura indefensa cuya vida había sido estúpidamente breve e inútil, como la de Celia Urbiola. Apenas el pensamiento se configuró en su mente se reprendió a sí misma, por cuanto no tenía derecho a tachar de estúpida o de inútil la vida de nadie, y mucho menos la de alguien a quien ni siquiera llegó a conocer.

Tras recibirla en la puerta del edificio, Daniel el Gallardo la guio hasta su habitación, donde Marcelo aguardaba impaciente la llegada de la chica. Si alguno de los dos reparó es sus arañazos y moratones, no dio señales de ello. Cuando Daniel pidió a su compañero que bajase al bar a por unos cafés con hielo y unas galletas, este lo fulminó con la mirada, pero obedeció sin rechistar; todo era poco para complacer a la guapa Rebeca. Normalmente no habría consentido que lo utilizaran como chico de los recados, pero en los últimos días las circunstancias habían cambiado mucho.

En cuanto se quedaron solos, Daniel comenzó a sacar lienzos del armario ropero. Se mostraba nervioso, como si la experta del Teatro-Museo Dalí fuese a poner nota a su trabajo. En unos segundos la estancia estuvo cubierta de pinturas, en su mayoría copias de obras de Salvador Dalí, aunque otras eran originales del propio Daniel: paisajes del pueblo, detalles de la iglesia, algunos retratos... En uno de estos aparecía Anastasia como una mujer atractiva pese a las canas; toda su fuerza se concentraba en los ojos grises, enigmáticos, chispeantes. Había también un retrato de Marcelo que no la dejó indiferente; la expresión del modelo denotaba al mismo tiempo inteligencia y sensatez.

—Tengo más retratos, si eso es lo que te gusta.

Extrajo varias piezas más del armario ante la mirada incrédula de Rebeca. Un lienzo medio escondido entre otros le llamó poderosamente la atención. Se trataba del retrato de un futbolista que lucía una equipación blanca, cuya camiseta cruzaba una banda perpendicular de color azul pálido. En el cuadro aparecía muy joven, con gesto divertido y el balón bajo el pie. Rebeca sonrió sin darse cuenta.

—Víctor jugó en el Club Deportivo Cárcar durante muchos años. Era un extraordinario jugador. Algún día le regalaré este cuadro. Total, para mí es un estorbo. Claro que Marcelo también es un estorbo y vivo con él, pero a Marcelo no lo puedo regalar. ¡Ya me gustaría a mí!

—Es un detalle precioso por su parte —opinó ella, ignorando el sarcasmo—. Se nota que aprecia mucho a Víctor, y me consta que él siente también un gran afecto por todos ustedes.

Daniel se giró sin responder. Rebeca se aproximó a los lienzos que cubrían ya todo el cuarto. Ante sí tenía por lo menos treinta obras. Se acercó a una de las copias de Dalí y por un momento la olisqueó como un sabueso. Arrugó la nariz y examinó la pincelada con detenimiento, con el rostro impasible pese a estar en verdad impresionada por la calidad de los trabajos. Se volvió hacia Daniel. Vaciló y después sacudió la cabeza. Había dado por hecho que aquel pobre hombre era un aldeano, tal vez analfabeto, pero por fuerza tenía que estar equivocada. Daniel González tal vez no fuese un erudito pero desde luego distaba mucho de ser el ignorante que supuso. Su mirada se detuvo en una pieza medio escondida tras otras de mayor tamaño: el *Cristo crucificado* de Dalí. No un Cristo cualquiera, sino el robado en 2003 en Nueva York. Eso ya no era tan común. El Gallardo carraspeó incómodo. Antes de que ninguno de los dos tuviera ocasión de hablar, oyeron la inconfundible voz de Marcelo que entonaba una jota y se acercaba por el pasillo. Cantaba:

—Los marranchos en Estella llevan un precio muy alto. Por eso en casa de los pobres no hay jamón de un año pa otro...

Mantuvieron un silencioso duelo de miradas, ambos con la respiración contenida por unos instantes, en que cada uno trataba de adivinar hasta qué punto el otro conocía la historia de la isla Rikers. Cuando Marcelo llegó con la bandeja de los cafés, la tensión se desvaneció al instante y los tres se lanzaron

125

hacia las pastas como si no hubiera nada más importante en la vida. Fue Marcelo el que rompió el hielo mientras se lamía el chocolate de los dedos.

–¿Verdad que es un genio? A mí me gustan todos sus cuadros, aunque algunos no hay por dónde cogerlos. Este de los relojes, por ejemplo –dijo, y señaló una réplica de *La persistencia de la memoria*–, parece obra de un loco, pero aun así está muy bien pintado.

–Es irónico que seas tú quien hable de locura –observó Daniel.

–Este *Cristo crucificado* tiene una calidad óptima, y la técnica es la misma que utilizó Dalí cuando lo pintó en 1965 –dijo Rebeca.

Daniel se daba perfecta cuenta de que lo estaba sondeando. Hasta aquel momento no se le había pasado por la cabeza que nadie pudiera cuestionar su trabajo, pero, por una increíble casualidad, la nieta de don Ángel resultó ser una experta en la obra de Dalí. Quien a los suyos parece, honra merece, se dijo.

–El cuadro es bonito, no digo que no –admitió Marcelo–, aunque parece hecho a lápiz, y no creo que valga tanto como los otros.

–Pues resulta que este boceto del *Cristo crucificado* a tinta y lápiz vale alrededor de medio millón de euros. Me refiero al original, claro. La dedicatoria «Para el comedor de los presos» está muy lograda; la caligrafía es idéntica a la de Dalí.

Rebeca se mostraba prudente al hablar, sin alterar el tono ni traslucir emoción alguna. La idea era observar a Daniel, captar sus reacciones. En su vida había visto nada similar, pero claro, los falsificadores no tenían por costumbre pasarse por el museo para mostrar cuán perfectas eran sus réplicas.

–¿Presos? ¿Qué presos? No entiendo nada –refunfuñó Marcelo desconcertado.

–La historia de este cuadro es muy interesante. Hablo del auténtico, por supuesto –contestó Rebeca sin dejar de mirar a Daniel a los ojos—. En 1965, Dalí y su esposa Gala pasaban el invierno en Nueva York hospedados en el hotel Saint Regis. Pues bien, el matrimonio recibió una invitación para asistir a una cena de postín, pero aquella noche el pintor se sintió indispuesto y mandó en su lugar a un amigo llamado Nico S. Yperifanos. Era griego —aclaró—. Durante la cena, este caballero estuvo sentado junto a la reformista comisionada de prisiones Anna Moscowitz, quien aprovechó la ocasión para pedir al artista que diera una charla a los reclusos de la isla Rikers, pues al parecer, un número importante de presos tenía aficiones artísticas. Cuando llegó el día fijado para la charla en el penal, Dalí sufría un acceso febril bastante alto, y para compensar su ausencia, en dos horas pintó un boceto que regaló al establecimiento penitenciario. Este cuadro es una réplica de aquel. Por deseo del autor, la obra estuvo colgada en el comedor de los hombres durante muchos años, dieciséis para ser exactos, y un día un interno le arrojó una taza de café. Luego permaneció bastante tiempo olvidada en algún armario hasta que alguien la rescató, se restauró y se colocó en la entrada del complejo carcelario protegida por una vitrina y dos cerrojos. Y allí se pudo admirar hasta que en marzo de 2003 se dieron cuenta de que alguien había dado el cambiazo.

—¿Cómo se dieron cuenta? —inquirió Marcelo intrigado.

—Según parece, la copia era bastante mala. Además, los ladrones no fueron demasiado meticulosos, pues en vez de colocar la falsificación en el marco dorado del original, lo que hicieron fue graparla. No debía de importarles mucho que el robo se descubriese pronto, porque de lo contrario se hubiesen tomado alguna molestia.

—Es una historia increíble. ¿Cómo acaba? —quiso saber Daniel.

Rebeca era consciente de que la estaba poniendo a prueba.

—Parece ser que se detuvo enseguida a un guardia implicado en la sustracción y este delató a otros dos autores, pero que yo sepa, el cuadro aún no ha aparecido. Se cree que uno de los ladrones lo destruyó antes de ser detenido.

—Lástima. De no haberlo destruido, seguro que lo hubiesen recuperado; las obras siempre se encuentran —afirmó Daniel.

—¿Y tú qué sabes de eso? —le preguntó Marcelo, que no salía de su asombro.

—Pues sé lo que leo en la prensa y veo por la tele, eso es todo. Cada uno tiene sus aficiones. Por ejemplo, en 1991 se robaron nada menos que veinte Van Gogh en Ámsterdam y fueron recuperados todos solo unas horas más tarde. En 2004, *El grito* y *La Madonna*, los dos de Munch, fueron sustraídos del museo del pintor en Oslo y localizados dos años después, y este mismo año se han encontrado cuatro cuadros de Van Gogh, Degas, Cézanne y Monet, robados en 2008 en Suiza y valorados nada menos que en ciento doce millones de euros.

—¡Vaya! Veo que está muy bien informado. Me pregunto por qué. —Daniel carraspeó al tiempo que eludía la mirada de Rebeca.

—Por mera curiosidad. Solo digo que las obras de arte acaban por aparecer, ya que los ladrones son gente descuidada. Además, es prácticamente imposible introducir esas piezas en el mercado.

—No me diga... Pues resulta que a veces las obras no aparecen. En diciembre de 2002 robaron en Ámsterdam dos Van Gogh de los que no se ha sabido más, y habrá que ver si se da con los cinco cuadros del Museo de Arte Moderno de París que acaban de sustraer, valorados en cien millones de euros; Picasso, Léger, Matisse, Braque y Modigliani, nada menos. En junio voló un cuaderno con treinta y dos dibujos del museo Picasso de París, con un valor de ocho millones de euros. Yo no estaría tranquila si fuera la responsable de esos museos, por más que diga usted que las piezas acaban por encontrarse.

Algunos de estos robos son encargos de aficionados para engrosar sus colecciones privadas, no esperan cobrar una recompensa como los meros ladrones de obras de arte ni tampoco aspiran a venderlas.

—¿Pero qué os pasa? ¿Quién es toda esa gente de la que habláis? Creo que os viene de cuna el ser tan sabihondos. ¡Hala, hala, comed algo, a ver si llenar el estómago os aclara la mollera!

Daniel y Rebeca se sostenían la mirada sin pestañear siquiera. Sin embargo, se acercaron a la bandeja y tomaron una pasta cada uno, tal como había sugerido Marcelo.

—Quiero que sepa, Daniel, que es usted un gran pintor. No me refiero solo a las copias de Dalí, sino que sus retratos son realmente buenos. Puede estar muy orgulloso.

El aludido respondió con una reverencia. Marcelo miraba complacido la escena. Al menos habían dejado de competir con sus ridículos conocimientos de robos de obras de arte. ¡Menuda pareja! La alegría le duró al Gallardo hasta que Rebeca preguntó:

—¿Volvió a ver a mi abuelo después de lo que ocurrió?

—Pues sí. Tu abuelo vino a visitarme en numerosas ocasiones.

Rebeca no pudo evitar un gesto de sorpresa.

—¿Quiere decir que volvió después de..., de...?

—Después de cumplir condena, sí. No hay mucho que contar. Procuraba que nadie se enterase de que estaba en el pueblo, sabía que no era bien recibido. Sin embargo... —Daniel se rascó la cabeza pensativo—, a veces salía para verse con alguien.

—¿Con quién?

Rebeca sentía que el corazón le golpeaba en el pecho.

—No lo sé.

—¿Cree usted que mi abuelo se veía con una mujer?

—No sabría contestar a eso. Ahora que lo pienso, don

Ángel era bastante misterioso en su comportamiento, pero yo era un joven muy ingenuo y nunca cuestioné sus actos. Ni se me ocurrió preguntar.

Los tres guardaron un largo silencio. Marcelo no se atrevía ni a respirar para no molestar. Fue Rebeca quien habló:

—No deja de ser curioso que esta semana se haya descubierto el robo de un cuadro en el Teatro-Museo Dalí. Los ladrones también han dejado una copia, solo que esta es excepcional, no como lo sucedido en el robo de la isla Rikers. De hecho, es imposible saber cuánto tiempo lleva expuesta la falsificación.

—Pues sí que es un caso curioso.

El Gallardo dio unos pasos por la habitación hasta detenerse de espaldas a Rebeca. Una leve sonrisa afloró en sus labios cuando dijo:

—Espero que le echen el guante al responsable, de veras.

17

Aquella noche, como casi todas las de verano, una muchedumbre se concentraba en los jardines de la residencia junto al mirador del regadío. Unos paseaban y disfrutaban de la suave brisa que soplaba; otros permanecían sentados en los bancos de madera, de cháchara mientras esperaban la hora de irse a dormir.

Daniel el Gallardo se mantenía algo alejado de los grupos; hacía días que no se sentía con ánimo para alternar con la gente del pueblo. Desde que Rebeca abandonara su habitación aquella tarde, no había dejado de recordar, de preocuparse, de cuestionarse cosas. Consideraba muy seriamente la opción de deshacerse de los bocetos y estudios parciales que guardaba en una vieja carpeta de cartón olvidada en el fondo de algún armario de su casa; sobre todo, de uno que había pintado hacía al menos cuarenta años. Los ojos le brillaron con intensidad ¿Dónde estaría aquel cuadro?

Resultaría muy doloroso volver a aquella casa. Desde el día en que la forastera se le acercó en el monte San Pedro, rememoraba una y otra vez el último encuentro con su tío Ángel. Era como un bucle que lo atormentaba sin tregua, cuando él solo aspiraba a vivir en paz. Lamentó habérselo contado a Rebeca.

Un leve crujido a su lado le hizo girar la cabeza. Ver a Anastasia en aquel momento fue como caerse de la cama. La mujer no saludó, se limitó a detenerse junto a él en silencio. Así permanecieron los dos, mudos, mientras observaban el regadío, disfrutaban de la caricia de la brisa nocturna y escuchaban el susurro de las hojas al rozarse unas con otras.

—Recuerdo cuando me llevaste a la ermita de la Virgen de Gracia en tu caballo —susurró ella al fin con voz almibarada—. Era un caballo precioso. Tú ibas muy ufano, con las riendas bien sujetas. Yo montaba a mujeriegas, como se hacía en la época; con la falda extendida para que me tapara las piernas.

Daniel miró hacia el punto donde se alzaba la ermita, en mitad del regadío. El recuerdo de las manos de Anastasia asidas a su cintura le provocó un estremecimiento. Hacía tantos años de aquello...

—La verdad es que cada año llevaba a una chica diferente en el caballo. Seguro que te llevé, pero no lo recuerdo —mintió. Ni siguiera la miró a la cara.

Si hubiese tenido unos cuantos años menos, Anastasia habría echado a correr, pero tuvo que tragarse el orgullo y alejarse despacio a cortos pasos, uno detrás de otro, con cuidado de no tropezar.

Víctor Yoldi entró en el Jadai a las nueve en punto. Apenas había una docena de personas, pero él, cliente habitual, sabía que era un número elevado. Unos adolescentes jugaban al Trivial en una mesa al fondo del bar, y por el olor que percibió, Víctor dedujo que fumaban algo más que cigarrillos. En la barra había un par de banquetas ocupadas por otros habituales que hojeaban el *Diario de Navarra* o la revista *Interviú*. Saludó, buscó el *Marca* para leer la información del Mundial y se acomodó en una banqueta. El ambiente del bar era fresco y la luz, tenue. Le agradaba aquel bar y también el dueño del establecimiento, con quien tenía una buena amistad. A menudo les daban las tantas charlando sobre cualquier tema de actualidad, ya fuera cine, fútbol, baloncesto, Fórmula Uno. Cualquier cosa con tal de no irse a la cama pronto durante el fin de semana. Los días laborables era más formal, solo tomaba una cerveza, leía el periódico y después se iba a casa.

No había nadie detrás de la barra, e imaginó que Nicolás, el dueño, estaría en el almacén. Jonás Sádaba entró en el local con una muchacha del pueblo cuyo nombre no recordaba. La última vez que advirtió su presencia la chica aún iba a la escuela, y ahora tenía delante a una jovencita exuberante y provocativa, toda una Lolita. No es que él no tuviera sus escarceos, pero no le parecía apropiado ligar con adolescentes como la que en aquel momento sonreía a Jonás, ahora al otro lado de la barra, como si fuese Tom Cruise en *Cóctel*.

Entró un mozo viejo, de nariz y mejillas coloradas, que no se perdía ni un solo día la ronda por los bares del pueblo y caminaba como si le dolieran los pies. Se dirigió a la barra, avanzó hasta detenerse entre Víctor y la chica y saludó:

—¡Hola, Víctor! Hacía días que no te veía por aquí. ¡Jonás, ponme un tinto, majo! —El hombre se fijó en la joven, la obsequió con una exhibición de sus escasos y negros dientes y preguntó:

—¿Y tú de quién eres, maja?

La chica le dio la espalda para poner de manifiesto que su charla no le interesaba lo más mínimo.

—¡Vaya! Hay que ver lo buena que te has puesto —babeó el recién llegado.

La chica le hizo un corte de mangas. Su expresión mutó hacia una sonrisa cuando se volvió hacia Jonás, quien le sirvió una cerveza con limón como recompensa.

—¿Qué pasa, Víctor? ¿Te has estado peleando con el gato? —preguntó jocoso el camarero.

—No pareces muy asombrado —contraatacó el aludido.

—Me importa un carajo lo que te pase, pero yo, desde luego, tengo más cuidado con dónde meto las narices. Y todo lo demás... ¿eh, Sonia?

La chica asintió con un gesto, obsequiándolo de nuevo con su sonrisa adolescente.

—Como hace varios días que no vienes, tienes que ponerte al día con la porra de la Fórmula Uno. Esta semana lo vas a tener difícil, porque los favoritos ya están elegidos. Te va a tocar pagar. —Jonás dejó de secar los vasos. Miró muy fijo a Víctor y añadió—: Supongo que follarte a tu nueva novia es más importante que todo lo demás, ¿no? Parece que esa tía te trae bastantes problemas, pero seguro que lo compensa con lo buena que está.

—Y tú qué coño sabes de ella...

—La conozco bastante mejor de lo que te puedas imaginar. Digamos que la conozco en profundidad... —rio mientras se alejaba para atender a otro cliente.

Víctor no le quitaba ojo de encima, con el ceño fruncido y el periódico entre las manos. Aquel fulano nunca le había gustado, lo consideraba un cabrón con pintas, de los que tratan a las chicas como trapos de cocina. La verdad es que nunca habían tenido nada en común. Bueno, nunca hasta ese momento, se dijo, pues al parecer Jonás Sádaba ya conocía a Rebeca, cosa que le resultaba incomprensible por un lado y desconcertante por otro. Sintió algo parecido a los celos, aunque no estaba muy seguro de que fuera eso, pues nunca antes lo había experimentado. El caso es que sentía el irresistible impulso de atizar a ese hijo de puta que se comportaba como el gallo del gallinero. Consideró la posibilidad de sondear a Rebeca, pero tras meditarlo mejor, concluyó que él no era nadie para pedirle explicaciones. Cerró el periódico en el preciso instante en que ató cabos. Aquel cabrón conocía en profundidad a Rebeca, según había dicho. Jonás era sobrino carnal de Celia, la chica a la que mató don Ángel, el abuelo de la joven. Se examinó con atención los brazos llenos de magulladuras y moratones. El dolor de su hombro no había remitido desde el momento mismo en que recibiera el disparo. Observó cómo Jonás se pavoneaba tras la barra, de qué forma manejaba vasos y botellas como un *showman*. Le habría escupido a la cara si no hubiera habido público. En lugar de eso, abandonó el bar.

Anastasia llegó a su habitación con el corazón encogido tras su frustrante encuentro con Daniel. Tenía dos llamadas perdidas en el móvil, ambas de su hija mayor, de quien no sabía a ciencia cierta si se encontraba en África o en la India, aunque eso no importaba demasiado; en cualquier caso, estaba muy lejos. Las llamadas se habían producido tan solo minutos antes. Dudó unos segundos, pues no se encontraba con ánimos para hablar con ella en aquel momento; por otra parte, llevaba más de una semana sin noticias de su primogénita, y el detalle de su insistencia, con dos llamadas seguidas, le resultó inquietante. Si su niña tuviese algún problema y ella no respondiera a su llamada solo porque estaba disgustada con Daniel... Entonces, actuaría igual que una madrastra. Pulsó la tecla para conectar con la última llamada recibida, pero algo debió de fallar, pues la voz que contestó desde el otro lado de la línea correspondía a alguien cuya edad superaba en unos cuantos años la de su hija.

—Hola, soy Anastasia —respondió al dígame de Aurora. Y sorprendida por sus propios reflejos, añadió—: Creo que me llamaste anoche.

—¿Yo? Debes estar confundida. Ayer por la noche no hice ninguna llamada.

—¡Claro que sí! —aseguró.

Desde luego, había conectado con el teléfono de Aurora por error al seleccionar las llamadas perdidas. Ahora bien, si Aurora no efectuó la llamada, solo pudo hacerlo su hijo, lo cual carecía del menor sentido. Una de las dos estaba perdiendo la cabeza, nada extraño dada su edad. Sin buscar más explicaciones, las dos mujeres se interesaron por su respectivo estado de salud y tras una larga despedida, repleta de fórmulas de cortesía, finalizaron la llamada. Cuando colgó el teléfono, Aurora estaba más extrañada aún que Anastasia y, sin duda, mucho más preocupada. Su hijo era lo más tonto que había conocido, aparte del padre de la criatura, claro. Pero ya era demasiado tarde para cambiarlo y tampoco podía echarlo de casa, al fin y al cabo era lo único que le quedaba. Bueno, se corrigió pensando en su importante cruzada personal, casi lo único.

18

Llevaba ya un buen rato nadando cuando las campanas de la iglesia comenzaron a tañer. No tocaban a misa ni tampoco daban la hora. La otra razón del toque era el anuncio de un fallecimiento, un sonido peculiar, siniestro, que le ponía los pelos de punta. Nunca había conocido un lugar como aquel donde las campanas persistían aún en anunciar la vida y la muerte de sus vecinos en pleno siglo XXI. Ahora todo el mundo se echaría a la calle para preguntar por la identidad del finado. Llegó al extremo de la piscina, casi vacía a esa hora de la mañana, se sumergió de nuevo y nadó los siguientes veinticinco metros. Deseó en lo más profundo de su ser que se tratara de alguna persona de edad avanzada, no de una jovencita como la que había muerto la semana anterior.

Como si no tuviera suficiente con todo lo que acontecía en Cárcar, la última conversación mantenida con Hugo Castells daba vueltas en su cabeza como una avispa que busca dónde clavar su aguijón. Su jefe la había telefoneado a la hora de la cena, y se alegró de poder salir por unos minutos del reducido y enrevesado entorno de Cárcar para abordar cuestiones de mayor calado intelectual. Supo que *Galarina* no era la única obra falsa; se abrigaban serias sospechas respecto a otra. El proceso de verificación sería lento y se mantendría en absoluto secreto, pues el prestigio de la Fundación iba a quedar muy maltrecho si la noticia trascendía y llegaba a conocimiento de la prensa.

Era inevitable que Rebeca relacionara las conversaciones mantenidas con Hugo Castells por un lado y Daniel González por otro, dado el notable talento de este para reproducir obras de Dalí. Sin embargo, se decía, el prototipo de delincuente del mundo del arte no era precisamente un pueblerino ya anciano. Sabía que mucho tiempo atrás, el asistente de Dalí, John Peter Moore, fue declarado culpable de alterar la obra del genio por hacer pasar un cuadro por otro diferente. La lealtad más bien escaseaba en aquella época... No podía expresar sus sospechas en voz alta, claro está, pero ¿tendría ese asistente indigno algo que ver con las falsificaciones detectadas ahora? No es que fuera muy relevante saber si estaba o no implicado, puesto que el famoso capitán Moore llevaba ya cinco años muerto, pero no había por qué desdeñar tal posibilidad.

Continuó con sus largos en la piscina, cuya agua estaba ya más templada; su cuerpo se movía al compás de sus neuronas. Cuando finalizó su sesión la otra persona que nadaba en la piscina, dejó de hacerlo ella también, aunque permaneció en el agua flotando boca arriba, cara al cielo. De pronto se sentía ligera, muy ligera, mientras se dejaba llevar por esa calma que transmite el líquido en reposo. Con los oídos sumergidos bajo la línea del agua, tuvo unos instantes de abandono absoluto. Abrió muy despacio los ojos y vio cómo media docena de grandes aves planeaba sobre su cuerpo a muchos metros de altura. Eran buitres como los que ya había tenido ocasión de contemplar cuando paseaba entre los Fosales y el camino de los pinos. Sonrió satisfecha.

Cuando por fin sacó la cabeza del agua, la triste cadencia de las campanas le llegó límpida a los oídos. Al momento dejó de considerar con admiración las majestuosas aves para verlas como un símbolo de mal agüero; alguien había muerto y los buitres merodeaban por la zona. El tañido de las campanas pareció tomar un cariz morboso. El encanto del momento se había esfumado. Sin pensarlo dos veces, salió de la piscina y se dirigió a la ducha. Por suerte había muy pocas personas en el césped, y ninguna a la cual conociera, de modo que no hubo de dar explicaciones respecto a los múltiples arañazos que surcaban su cuerpo.

Una vez más, los carcareses lamentaban la muerte de otro vecino. El trasiego de gente alrededor de la residencia fue continuo durante toda la mañana, pues habían dispuesto el cadáver en la única sala de que constaba el tanatorio local, situado en el área oriental del edificio. Anastasia, Patricio el Gitano y Daniel el Gallardo llevaban horas dando vueltas alrededor de la iglesia mientras contemplaban el ir y venir de familiares y amigos del finado. Ninguno de los tres decía nada. Patricio se mostraba más afectado que sus acompañantes, no porque sintiera un afecto especial por el difunto, con el que apenas había tenido trato, sino porque su carácter sensible, su empatía, le hacían muy susceptible al dolor ajeno. Las campanas de la iglesia no cesaban en su repique monótono y pausado, y muchos curiosos se acercaban para preguntar por la identidad del desaparecido. Por completo ajeno al drama, Marcelo Agreda se acercó al banco en el que se acababan de acomodar sus compañeros de la residencia y entonó una estrofa:

—En la tierra hay minas de oro y en el mar grandes caudales, y entre la tierra y el mar, no valen lo que tú vales.

—Marcelo, no cantes ahora —le riñó Anastasia—. ¿No ves que ha muerto una persona?

Marcelo abrió unos ojos como platos tapándose la boca con la mano. Pasados unos segundos preguntó por la identidad del fallecido, pues el toque de las campanas de la iglesia a él le había pasado inadvertido. Al fin y al cabo, en el campo apenas se oyen, y como se había pasado la mañana entera recogiendo tomates...Todos los demás intercambiaron miradas. Marcelo estaba como un cencerro. Hacía ya muchos años que no tenía ni tomates ni huerta que trabajar.

Jonás Sádaba vagaba por su casa como un alma atormentada. Huraño y taciturno, no soportó que su madre le dirigiera siquiera la palabra. «¡Me tienes hasta los cojones!», le gritó cuando ella le preguntó si le pasaba algo. La mujer se encogió de hombros y, sin dar mayor importancia a la actitud de su hijo, le comentó que se iba a la peluquería porque aquella tarde había funeral. En cuanto oyó cerrarse la puerta, se dejó caer en el sofá y, con un suspiro, se llevó ambas manos a la cabeza como si esta necesitara un soporte. Estuvo así unos segundos, intentando pensar con claridad. La noticia recibida la noche anterior lo tenía paralizado. La tal Sonia se la había jugado bien; quería cazarlo y lo había conseguido. Saltó del sofá y se dirigió a la puerta de la bodega. La luz era bastante pobre, pero él conocía al milímetro cada recoveco de las gruesas paredes de piedra. La temperatura descendía a cada peldaño que bajaba, motivo por el cual su padre había utilizado aquella estancia subterránea para guardar vino y productos agrícolas. Sin embargo, desde que él abandonara el hogar familiar la bodega apenas se usaba, y como ya no trabajaban la tierra, no tenían nada que mereciera la pena conservar en ella. Solo los aperos del campo permanecían olvidados en ese lugar que ahora servía de trastero. Tardó en acostumbrarse a la tenue luz interior que iluminaba apenas un amasijo de trastos, muchos de los cuales le resultaban extraños; él era muy pequeño cuando su padre se marchó de casa, por lo que nunca tuvo ocasión de aprender cuál era su utilidad. Es más, pensaba que debía de ser el único joven de su edad que nunca había trabajado en el campo.

El hecho de que su progenitor desapareciera de su vida de modo tan repentino lo traumatizó. Su madre le explicó que su padre era tan cobarde que ni siquiera fue capaz de despedirse de él, pero Jonás siempre necesitó una explicación, una razón para comprender que lo abandonase. Cuántas veces soñó con recibir una carta o un regalo por su cumpleaños, o verlo aparecer por la puerta el día de Nochebuena... Pero eso nunca ocurrió, y al fin llegó a la convicción de que su padre no lo quería, motivo por el cual nunca se tomó la molestia de saber de él. Los escasos recuerdos que guardaba de Ignacio Sádaba se fueron diluyendo con el transcurso de los años, y a aquellas alturas abrigaba serias dudas de que ese hombre robusto lo hubiera llevado alguna vez sobre los hombros o le hubiese contado la historia de doña Blanca de Navarra cuando se acurrucaba a su lado en la cama en las frías mañanas de invierno. La idea de convertirse en padre le producía dolor físico; Ignacio no era un padre para él, pero tampoco sabía cómo se comportaba un padre de verdad.

Inmóvil al pie de la escalera localizó el único elemento que le interesaba de entre cuantos almacenaba aquella vieja bodega. Atravesó la estancia. Frente a una esquina donde la humedad había dejado su huella, abrió un baúl del que sacó la vieja escopeta de su padre. Junto a ella había una caja de metal que antaño contuvo galletas María y en la cual, según recordaba, se guardaban los cartuchos. Advirtió que el cofre tenía un doble fondo, pues la superficie interior era de menor profundidad que la exterior. Qué raro, pensó, ni siquiera está bien disimulado, cualquiera se daría cuenta de este detalle. Vació el contenido del arcón y se concentró en la tarea de extraer la base de madera que hacía de falso fondo. Cuando lo consiguió, no supo a ciencia cierta si el esfuerzo había merecido la pena, pues se había clavado al menos dos astillas entre las uñas, y eso dolía. Lo primero que encontró fue un sobre viejo con un sello muy antiguo, con una imagen borrosa que no correspondía a Juan Carlos de Borbón, así que debía de ser Franco. Contenía una carta dirigida a la atención de su padre. Un tal don Francisco Javier Ruiz de Azúa, abogado de Pamplona, era el remitente. ¿Para qué querría su padre un abogado? Y lo que era aún más extraño: ¿por qué iba un abogado a escribir a su padre, si este era analfabeto? Extrajo la carta del sobre, igual que debió de hacerlo su padre muchos años atrás. Antes de comenzar su lectura, albergó por un segundo la esperanza de que su padre hubiera querido dejar en orden sus cosas antes de marcharse; tal vez quiso hacer testamento, cuidar de que su hijo gozara de cierto bienestar en su ausencia.

El texto de la misiva no respondió en absoluto a sus expectativas, aunque, en efecto, tenía mucho que ver con su familia. Cuando la terminó de leer, la volvió a introducir en el sobre y se lo guardó en el bolsillo del pantalón. No se interesó por el resto del contenido del baúl; habría tiempo de examinarlo en otro momento. Colocó de nuevo la superficie de madera en su lugar y cerró la tapa con sumo cuidado para no dejar huellas de su registro. Con la escopeta y la caja de cartuchos en las manos, subió de dos en dos los peldaños que llevaban hasta la planta baja de la casa. Del colgador de la entrada tomó una chaqueta con la que ocultar el arma y se marchó.

19

El funeral se iba a celebrar a las siete de la tarde, pero los numerosos asistentes esperaban ya en los Fosales, otros aguardaban a doscientos metros de allí, en la puerta del tanatorio, para acompañar al féretro y a la familia a lo largo de ese corto trayecto. El coche fúnebre permanecía aparcado junto a la puerta de la iglesia para trasladar el cuerpo al cementerio cuando hubiese concluido el oficio. El ambiente no era del todo triste alrededor de la iglesia de San Miguel; de hecho, reinaba cierto aire festivo debido a la presencia de tantas personas conocidas o extrañas, las primeras por el placer de volver a verse y las segundas por mera curiosidad. El difunto era un hombre de edad avanzada que había tenido una vida plena. Era ley de vida que un día llegaría su hora. Así parecía verlo todo el mundo en aquella tarde de verano, y salvo algunos presentes muy cercanos y sensibles, la mayor parte de los congregados estaban encantados de tener un motivo para arreglarse y salir de casa. Las damas iban peinadas de peluquería, y los hombres, afeitados y perfumados; habían cambiado su ropa de diario por atuendos más elegantes.

Rebeca observaba embelesada todo aquello. Sonaron las campanas. Solo tres toques. Aún faltaba un cuarto de hora para las siete de la tarde. En aquel momento se le acercó un hombre cuyo porte le pareció de alguna forma distinto al de los vecinos del pueblo, y de quien pensó que debía de rozar casi el siglo de edad. De pequeña estatura, con la piel del rostro tan fina como un pergamino del antiguo Egipto, pese a la alta temperatura, vestía una chaqueta de lana que le cubría el delgado y encorvado cuerpo.

—Buenas tardes, señorita —saludó el recién llegado—. Me acabo de enterar por unos conocidos de que es usted la nieta de don Ángel Turumbay.

Rebeca dio un respingo.

—Discúlpeme por mi falta de tacto. Soy Nazario Baigorri Lanas, antiguo practicante de Lodosa. Conocía al difunto desde hace muchos años y por eso he venido a darle el último adiós, a pesar de que mi salud me tiene encerrado en casa durante largas temporadas. Ya apenas queda nadie de mi generación. —Suspiró y añadió—: Su abuelo y yo fuimos buenos amigos, o cuando menos, buenos compañeros, así que no he querido dejar pasar la oportunidad de saludarla.

Anastasia los observaba sin perderse detalle, consciente del interés que esa conversación podía suscitar entre ciertas personas. Como para corroborar esa impresión apareció junto a ella Aurora, quien espetó malhumorada:

—El viejo practicante aún no la ha palmado. Lástima. Y encima viene a saludar a la nieta de su amigo el asesino.

Anastasia guardó silencio. Entendía el rencor de su amiga, pero Rebeca no era responsable de los actos de su abuelo, al que por otra parte apenas llegó a conocer. El problema era que en Cárcar se habían pasado años, lustros y décadas sin hablar de ese asunto. Nadie del pueblo se había atrevido a sacar el tema para no crear suspicacias y ahora, de repente, estaba en boca de todos por la llegada de la nieta de don Ángel. Ella, sin embargo, trataba de mantenerse al margen, no quería enemistarse con nadie y mucho menos con Daniel. Así pues, guardaba silencio cada vez que salía a relucir la cuestión, tal como llevaba haciendo los últimos setenta y cinco años. ¡Dios Santo! Se ruborizó al pensar en lo tremendamente vieja que eso la hacía.

A Rebeca se le presentaba la oportunidad de poder sonsacar a aquel hombre, pero su repentina aparición la había dejado bloqueada. No tenía la menor idea de qué podía saber su interlocutor acerca del crimen del que fue acusado su abuelo, o si el tal Nazario querría tratar el tema con ella o no, de modo que se limitó a esperar.

—Tengo entendido que sufrió un desmayo el miércoles pasado en el mercadillo de mi pueblo —comenzó don Nazario sin más preámbulos—, y veo, si me permite la observación, que está llena de arañazos. No quiero ser indiscreto, pero ha llegado a mis oídos que viene sufriendo usted algún que otro contratiempo.

¿Cómo podía haberse enterado aquel anciano de lo ocurrido en Lodosa? Rebeca se tomó unos instantes para ordenar sus ideas antes de reconocer que, en efecto, alguien estaba molesto por su presencia allí y, sobre todo, por sus preguntas. La estaban obligando a marcharse del pueblo a base de amenazas.

—Siento oír eso. Supongo que lo sucedido con su abuelo estará detrás de esas amenazas. No me extraña, pero me entristece.

El hombre guardó un largo silencio y después continuó hablando con los ojos clavados en el suelo.

—Se comentó que don Ángel mató a la chica mientras le practicaba un aborto, supongo que eso ya lo sabrá usted. Algunos decían que su abuelo pudo poner fin a la vida de la joven de un modo rápido para evitarle mayores sufrimientos, lo cual naturalmente pudo suceder si se hubiera tratado de un aborto instrumental. La infección es algo horrible, y en aquel tiempo la medicina no era lo que es hoy. Y claro, estaban en una cueva. –Don Nazario se masajeó ambas mejillas con la misma mano, después levantó la mirada hacia el horizonte que se dibujaba detrás de Rebeca–. Lo cierto es que mi opinión difiere mucho en lo que respecta a ese punto. –Se tomó un pequeño descanso e inspiró a fondo–. Don Ángel fue a verme la mañana del día en que según dicen murió aquella joven. Llegó temprano, montado en su caballo *Romero*. Un caballo estupendo, por cierto. –Suspiró–. En esa ocasión, dos asuntos lo llevaban a mi casa: el primero era hacerse con una porción de tallo de laminaria; el segundo, recoger una inyección para la nieta de una persona muy influyente en el pueblo. Dada la naturaleza de ambos tratamientos, siempre he tenido fundadas dudas de que estuviesen destinados al mismo paciente.

–¿Qué es el tallo de laminaria?

–Por lo que oí en su día, la chica estaba embarazada, ignoro de cuánto tiempo. En la época, las matronas solían utilizar esa planta para provocar contracciones, que podían inducir al parto o provocar un aborto. En la actualidad, un feto es viable a partir de la semana veintisiete o veintiocho; hace años lo era a partir de la treinta y cuatro si el peso al nacer era bueno. Si esta técnica hubiese fallado, la chica se habría desangrado, pues en caso de que no se consiga controlar la pérdida de sangre, la persona muere. Se trata, eso sí, de una muerte dulce. Para que te hagas una idea de lo que digo, hay suicidas que se cortan las venas en la bañera a sabiendas de que poco a poco se irán quedando adormilados y al final la muerte les llegará como un sueño apacible. La verdad, no creo que don Ángel se propusiera practicar un aborto instrumental, pues vino a casa en busca de la planta, y eso me lleva a pensar que no hubo ninguna razón para que degollara a la chica. Lo más probable es que usara con ella el tallo de laminaria y, en mi opinión, no había motivos para que el aborto saliera mal. Casi diría... –Caviló unos instantes–. Diría que ese bebé habría vivido en caso de que el embarazo fuera de más de treinta y cuatro semanas. Su abuelo era un gran profesional, señorita. —Don Nazario la miró unos segundos.

—Pero eso es una suposición claro. En cualquier caso don Ángel no tenía motivos para degollar a Celia, porque en el supuesto de que se hubiera desangrado a consecuencia del aborto, su muerte ya habría sido plácida. Yo mismo firmaría por tener un final así.

Volvieron a tañer las campanas. Sonaron los cuatro cuartos, seguidos de siete toques. De inmediato la multitud comenzó a arremolinarse junto a la puerta de la iglesia para entrar antes de que llegara el féretro, lo cual dio lugar a que don Nazario y Rebeca se vieran inmersos en una marea humana que puso fin a la conversación. El anciano practicante tomó la mano de la joven y la apretó con fuerza en señal de apoyo, gesto que a pesar de su sencillez provocó un estremecimiento en ella. Con el corazón en un puño, observó la entrada del hombrecillo en la iglesia, arrastrado por la multitud. Se dijo que, si estuviera vivo, su abuelo habría sido alguien muy parecido a don Nazario. Un fluido salado inundó sus ojos. A través de la cortina de lágrimas percibió la figura inmóvil del Hombre Sarmiento, que la contemplaba con sus pequeños ojos negros.

Por más que esté de vacaciones, un periodista nunca deja de serlo, se decía Víctor Yoldi mientras navegaba por la red para investigar algo que bien pudo haber indagado años antes, pero la cuestión era que hacía apenas unos días no tenía el menor interés en perseguir psicópatas. Ahora tampoco lo tenía en realidad, pero al parecer los psicópatas lo iban persiguiendo a él. Y no solo se enfrentaba a alguna mente enferma, que bien podía ser el propio Jonás, sino que aquel gilipollas se estaba follando a su chica. Apartó las manos como si las teclas le quemasen las yemas de los dedos. ¿Su chica? Él sí que estaba perdiendo la cordura por momentos. Más le valía espabilar si no quería parecer un memo. Rebeca y él eran como agua y aceite: podían juntarse, pero nunca mezclarse. En cualquier caso, tenía que hacer algo, porque el problema de ella era también el suyo y eso lo ponía muy nervioso. En buen momento se le ocurrió a la puñetera forastera ir en busca de sus raíces.

Agarró por enésima vez el puñado de bolitas de plomo que llevaban días en un cenicero sobre su escritorio; se trataba de los perdigones de calibre siete que don Paulino le había extraído del hombro. Se los llevó de la consulta como un recuerdo, pero le daba por juguetear con ellos como si fuesen bolas antiestrés. Reconocía que su acción tenía un cariz algo enfermizo. ¿Habría sido Jonás quien los persiguió a punta de escopeta por la Peña Caída? Por desgracia, no tenía modo de saberlo, y tampoco esperaba que él lo admitiese jamás. Dejó los perdigones en el cenicero y procuró concentrarse en la pantalla del ordenador. Llevaba varios intentos tratando de introducir la entrada correcta en el buscador sin obtener resultado alguno. Lo cierto era que desconocía por completo la historia de la chica que murió en la cueva, e ignoraba tanto el año del asesinato como los nombres de las personas implicadas. Solo sabía que don Ángel Turumbay había sido condenado por asesinato, pero ese nombre no lo llevaba a ninguna parte cuando lo tecleaba en el buscador. Meditó unos instantes. Trataba de encontrar información acerca de un hombre que en los años cuarenta había cometido un crimen, de forma que el asesino debió de nacer como muy tarde a principios de los años veinte. Estaba claro, pues, que no podía aparecer en Internet. Se retrepó en la silla y cerró los ojos. No estaba haciendo bien su trabajo, era consciente de ello; había algo que se le escapaba. Los temas sobre los que escribía habitualmente en el periódico eran noticias regionales de escasa importancia, y la información que no conseguía al entrevistar al personaje de turno la obtenía en la red. Sin embargo... Una repentina idea lo iluminó. Resultaba algo tan obvio que debió haberlo visto desde el principio, sobre todo trabajando como trabajaba en el periódico más antiguo de la provincia.

20

Α las nueve de la mañana, una luz límpida entraba por la única rendija de la persiana que había dejado abierta; otro caluroso y largo día de verano. Se desperezó lentamente y gozó de la frescura de la sábana que la arropara durante la noche. Por suerte, la casona donde se alojaba tenía gruesas paredes de piedra, con ese grosor que ya no se encuentra en las casas de ahora y gracias al cual el fresquito se conserva en verano y el calor en invierno. Hizo un rápido balance de las cosas que le habían sucedido durante los diez días de su estancia allí: por un lado, descubrió la implicación de su abuelo en el asesinato de una joven, después le dieron un navajazo y casi a continuación le hicieron llegar una nota conminatoria para que abandonara el pueblo. Hasta aquí la cosa era muy irritante, pero a todo ello se añadía la odisea de la cuesta de la Peña Caída. ¡Menos mal que Víctor la acompañaba!

Para ser sincera, también había tenido algo de diversión. Una sonrisa se perfiló en su rostro al recordar el día siguiente al de su romance en Pamplona, cuando asombrada descubrió miles de ramitas en su pelo y en su ropa. Por un momento experimentó el temor de haber practicado sexo sin protección.

Frunció el ceño. Solo le faltaba quedarse embarazada de un desconocido. Estúpida.

Su siguiente pensamiento fue para don Nazario Baigorri Lanas. La información que le había revelado no era ni mucho menos baladí. Rememoró toda la conversación y trató de recordar cada palabra, cada dato proporcionado por el anciano respecto a la visita de su abuelo el día del crimen. De pronto, dio un respingo. Saltó de la cama y bajó al piso inferior para tratar de descubrir en qué lugar de la casa guardaría la guía telefónica una persona normal. Se dirigió al salón, y allí localizó el teléfono. Se trataba de un modelo antiguo, de disco, color rojo sangre. Sonrió al verlo, pues era casi idéntico al que había en su casa cuando era niña. Registró la repisa inferior de la mesita del teléfono. Sorprendida por la delgadez de la guía, la abrió y buscó la letra «L». Marcó el número correspondiente a la única persona de todo Lodosa que se apellidaba Baigorri Lanas. Los tonos indicaban que en casa de don Nazario sonaba el teléfono. Rezó por que el hombre se hallara en casa y que su oído no estuviese tan marchito como el resto de su cuerpo.

Por fin oyó el clic que esperaba. Una voz cascada respondió con un «dígame».

—¿Es usted don Nazario? —preguntó casi gritando.

El hombre contestó que sí y ella se presentó como la nieta de don Ángel Turumbay, de Cárcar.

—Perdone que lo moleste, pero ayer con las prisas no tuve tiempo de asimilar todo lo que me iba contando y... —Tras una leve vacilación, añadió—: Verá, hay una pregunta que me gustaría hacerle. —Carraspeó y guardó silencio.

—Hija, date prisa, a mi edad, cada minuto puede ser el último.

—Pues quería saber si fue usted llamado a declarar en el juicio de mi abuelo.

El hombre se tomó su tiempo para responder. Por fin, tras un bronco carraspeo dijo:

—Veo que eres tan perspicaz como tu abuelo. La verdad es que estuve meses esperando recibir la citación para ir a declarar. Tenía preparadas cada palabra y cada pausa que iba a hacer en mi exposición y estaba deseoso de acudir ante el juez, porque soy una persona que cree en la justicia. Pero la citación nunca llegó. Nadie vino nunca a preguntarme por la visita que don Ángel me hizo el día del asesinato. —Hizo una pausa y tras el habitual carraspeo volvió a tomar la palabra—: Es algo que nunca he comprendido, y mira que le he dedicado horas y horas de pensamientos inútiles. En el juicio contra tu abuelo, mi testimonio era fundamental. Al menos eso creía yo, y lo sigo creyendo. El asesinato se castigaba con la pena de muerte, por lo cual, me pareció una temeridad que no se investigara más a fondo lo acontecido el día que mataron a Celia Urbiola.

Rebeca se estremeció. Estaba claro que su abuelo había vivido lo suficiente para engendrar a su padre, de modo que algo debió de ocurrir para que esa pena no se cumpliese.

—¿Supo usted algo más acerca del juicio o de la sentencia?

—Pues la verdad es que no. En aquella época a nadie le gustaba meter las narices en asuntos tan feos, la ley era algo complejo, ajeno a las gentes del campo. Solo tuve conocimiento de que dos médicos, el de Cárcar y el de Andosilla, fueron testigos de la autopsia de la chica. No te lo aseguro, pero tal vez don Paulino pueda darte más información; por desgracia, su colega de Andosilla falleció hace muchos años. Yo, por mi parte, nunca he tratado el tema con don Paulino y dudo de que él haya hablado con nadie de asunto tan delicado.

A las palabras del anciano siguió un prolongado silencio, hasta que Rebeca se decidió a preguntar:

—¿Ha dicho usted don Paulino?

—Eso he dicho, sí.

Estaba ya a punto de despedirse cuando se le ocurrió otra pregunta:

—¿Cómo supo usted quién era yo? Cuando ayer se dirigió a mí sabía todo lo que me ha sucedido desde mi llegada al pueblo y, sin embargo, nunca nos habíamos visto.

Don Nazario volvió a carraspear. No sin cierto apuro, reconoció que la noticia del navajazo había corrido en Lodosa más rápido que un encierro de San Fermín. La chica que acudía cada día a arreglar su casa le dio todo tipo de detalles. Una vez en Cárcar, le bastó con preguntar a un conocido de la residencia. Que Rebeca estuviera cerca de la iglesia aquella tarde fue una afortunada casualidad. La joven agradeció al antiguo practicante su ayuda y prometió hacerle una visita antes de concluir sus vacaciones para ponerle al corriente de lo que pudiera descubrir. Se despidió y se dirigió rápidamente a la cocina para prepararse un buen desayuno. Mientras la cafetera estaba en el fuego marcó el número de Víctor Yoldi. Su corazón latía desatado mientras se sucedían los tonos del teléfono. Cuando al fin oyó la voz masculina, suspiró aliviada.

Daniel el Gallardo amaneció decidido a afrontar la inevitable visita a su casa de la calle Salvador Ordóñez. Como de costumbre, desayunó en compañía de Anastasia, Patricio y Marcelo, y en ningún momento suavizó el rictus de amargura con que se había despedido la noche anterior. Ninguno se sorprendió ni se molestó en preguntar por el motivo de su mal humor. Anastasia estaba tan dolida con él, que ni siquiera lo miró a los ojos; si él era orgulloso, ella no lo era menos, de manera que ya podía ir espabilando si quería conservarla como amiga o lo que fuera.

Daniel abandonó la residencia a las nueve de la mañana. Tardó tres minutos exactos en llegar ante el que fue su hogar, y otros tres en controlar el temblor de sus manos en el intento de introducir la llave en la cerradura. Cuando logró franquear la puerta de entrada, tuvo que sentarse un rato para serenarse; hacía años que no pisaba aquella casa y la emoción y los recuerdos lo embargaban. Ya restablecido el orden en su cabeza y en su respiración, se levantó y se encaminó al cuarto oscuro. Se trataba de una habitación ciega en la cual se amontonaban cuadros, estudios y bocetos pintados a lo largo de muchos años. Allí estaba también su caballete, así como algunas cajas de pinturas cuyo destino no podía ser otro que el cubo de la basura. Dejó a un lado su bastón, dispuesto a repasar uno por uno todos los trabajos almacenados para hacer con ellos dos montones, uno para guardar y otro para tirar. Tardó una hora en encontrar el que buscaba. Una vez retirado el polvo acumulado por tantos años de abandono, contempló el cuadro a la débil luz de la bombilla que colgaba desnuda del techo. Poco a poco se sintió transportado a la época en que su tío Ángel aparecía por sorpresa y le traía algún que otro encargo. Daniel carecía de estudios, pero tenía un don para la pintura que su tío supo ver y valorar. La primera vez que lo visitó se llevó varios de sus cuadros y, al parecer, en Barcelona se los mostró a algún coleccionista con buen ojo para los negocios. A partir de entonces, siempre que iba a Cárcar le llevaba alguna fotografía del cuadro que debía reproducir. Algunos los vendía a extranjeros, otros a ricachones de toda la geografía española, o eso al menos le contaba don Ángel, y debía de ser tan cierto como que el mundo es mundo, porque siempre recibía poco tiempo después el jugoso fajo de billetes correspondiente a su parte de las ganancias. ¡Qué tiempos aquellos en que era un joven sobrado de talento, con miles de pesetas bajo el colchón para gastarlas en algún viajecito en los que siempre encontraba a una chica guapa a quien encandilar!

Llegado a este punto de sus recuerdos tuvo una revelación: desde luego fue muy ingenuo, pues no recordaba que jamás se cuestionara aquel extraño negocio que su tío ejercía por él y que tanto dinero le reportaba. Siempre pensó que le pagaban por su talento. ¿Pero quién habría pagado aquellas elevadas sumas por la copia de un Dalí? Era más lógico pensar que si alguien disponía de cantidades ingentes de dinero lo invirtiera en un original, no en una mera reproducción. Sin embargo, él no dudó ni por un momento de la palabra de su tío, fuera lo que fuese lo que este le dijera. Así por ejemplo, nunca puso en duda que don Ángel fuera a la cueva para ayudar a la pobre Celia. Sí, eso tenía sentido en su cabeza, pero ¿y si no fuese cierto? ¿Y si la hubiera degollado de verdad? Algunas personas eran de esa opinión, y aun así tenían en buen concepto a su tío, pues suponían que actuó por compasión. Para él, sin embargo, tal posibilidad tenía un cariz macabro y reducía a su tío Ángel a la condición de asesino, pues la única verdad era que quien rebana el cuello de una persona con un cuchillo es un asesino, o al menos, un carnicero.

Lleno de inquietud, apartó algunos bosquejos y pinturas secas para arrojarlos al contenedor de basura, después de lo cual abrió el armario para guardar bajo llave los lienzos de más calidad. En plena operación encontró el tapabocas que usaba su tío durante sus visitas invernales, más para ocultar su identidad que para protegerse del frío. Nunca quiso que nadie supiera que regresaba al pueblo de vez en cuando; no obstante, él recordaba muy bien que don Ángel se vio en varias ocasiones con algún vecino de Cárcar, y ello indicaba que alguien sabía de él y de sus visitas. De pronto, aquellos hechos remotos adquirían un nuevo sentido para él. ¿Con quién se veía su tío en secreto? ¿Y por qué?

Se dijo que no había mucho más que hacer allí y que sus pensamientos eran cada vez más lóbregos, por lo cual decidió dar por concluida la incursión. No pensaba volver a aquel lugar en unos cuantos años, si tenía la suerte de vivirlos. Tomó el lienzo y abandonó el que fuera su domicilio durante toda una vida. Esta vez la llave entró con toda suavidad en el ojo de la cerradura, como si la propia casa quisiera facilitarle la huida.

El esfuerzo y el sueño perdido habían dado sus frutos, aunque no los que Víctor hubiera deseado. Se sentía decepcionado consigo mismo por haber tardado tanto en pensar en la hemeroteca del periódico. Rebeca no se equivocaba, era un periodista de segunda fila. En cualquier caso, ahora se enfrentaba a una disyuntiva: explicarle lo que había descubierto o mantenerla en la ignorancia. Habida cuenta de que ella no era tan inútil como él, la probabilidad de que obtuviera la información por las mismas vías era bastante elevada; solo tenía que averiguar cuál era el diario más antiguo de la Comunidad Foral. Abrió de nuevo el archivo que tanto le había conmocionado y volvió a leer su contenido por enésima vez. De no ser porque toda aquella historia le afectaba tan de cerca, habría disfrutado con la lectura de semejante reliquia periodística:

15 de febrero de 1945

EL DOBLE CRIMEN DE CÁRCAR

En el Gobierno civil se recibió ayer una comunicación del jefe del puesto de la Guardia Civil de Andosilla, en la que daba amplios detalles del descubrimiento del crimen perpetrado en Cárcar en la persona de la joven Celia y una criaturita que estaba próxima a nacer.

El crimen ha sido descubierto merced a la delación y la entereza de una hermana de la víctima llamada Aurora Urbiola, a quien el criminal había perseguido, aunque inútilmente, con perversas intenciones.

Esta muchacha de catorce años se presentó el día 10 al Juez de instrucción de Estella para darle cuenta de las muy fundadas sospechas que albergaba de que el practicante de Cárcar, Ángel Turumbay, era autor, o por lo menos sabedor, de la desaparición de su infortunada hermana, tanto por lo que había ocurrido como por la estrecha amistad que a ambas unía con dicho practicante y el ascendiente que este tenía en su casa.

Detenido el practicante, fue sometido a un estrecho interrogatorio, del que se defendió hábilmente, justificando dónde estuvo la fecha en que se advirtió la ausencia de la joven Celia, o sea, el día 2 del actual.

La coartada estaba tan bien urdida y era tal la reputación de hombre de orden y bien sentado de que gozaba el practicante, que la Guardia Civil, poco menos que presentándole sus excusas, lo dejó en libertad.

Aurora Urbiola insistía en sus sospechas, que fundamentaba con razonamientos de tal índole que el juez no tuvo más remedio que tomar la denuncia en la consideración que merecía, y en consecuencia, ordenó a la Guardia Civil de Andosilla que detuviese de nuevo al practicante para someterlo a un careo con la joven Aurora, careo que tuvo lugar en el mismo Cárcar, ante el Juzgado de Estella.

La joven mantuvo enérgicamente su acusación y otra vez volvió a defenderse el practicante, quien negó cualquier participación en el hecho que se le atribuía.

No obstante su negativa, el juez de Estella, al que por lo visto no convencieron las justificaciones del practicante, ordenó a los guardias que lo llevasen esposado a la cárcel de la localidad; y cuando se disponían a emprender la marcha, el detenido confesó sus abominables crímenes con una sangre fría aterradora.

Dijo que el día 2 del actual mes, sobre las ocho y media de la noche, salió con Celia Urbiola de paseo por las afueras del pueblo y andando tranquila y amigablemente, ella confiada y ajena a su triste fin, y él sin dar señales de la menor inquietud para que la joven no desconfiara, llegaron hasta las cuevas que hay a un kilómetro de Cárcar; y cuando ella penetraba en una de esas cuevas, conocida como «del Ángel», el practicante, que iba detrás, le disparó un tiro a bocajarro en la cabeza; el proyectil le penetró a la víctima por el occipital y le salió por el ojo izquierdo.

La desdichada Celia murió al instante y su cadáver fue arrastrado por su seductor y asesino hasta más adentro de la cueva, aunque tuvo la precaución de colocar una gran piedra delante de la cabeza de su víctima para que el cuerpo no pudiera ser visto desde el exterior.

El criminal volvió enseguida al pueblo, y para prepararse lo mejor posible la coartada, se presentó en casa del juez municipal de Cárcar para hacer una visita facultativa a una nieta de esta autoridad que se encontraba enferma, y con toda la tranquilidad del mundo le puso una inyección.

Desde el domicilio del juez se dirigió a casa de su amigo el hojalatero Agreda y le devolvió la pistola que este le había prestado.

Hay que advertir que el hojalatero le dejó la pistola porque el practicante, que es somatenista, le dijo que la necesitaba a causa de su condición con motivo de un viaje que pensaba hacer el día 2 a Lodosa y el día 3 a Abárzuza. Es de suponer que el tal Agreda debió de extrañarse de que le devolviera el arma el día 2 y con dos cartuchos vacíos y que debieron de mediar entre ambos explicaciones. El hojalatero Agreda ha quedado también detenido a resultas del proceso que se instruye.

El cadáver de la infeliz muchacha fue encontrado boca abajo, al haber sido impulsada por el tiro que alevosamente le descerrajó por detrás de la cabeza el criminal. Habían transcurrido dos semanas desde el asesinato, por lo que los restos estaban en completo estado de putrefacción. Luego, en la diligencia de autopsia que practicaron los médicos titulares de Cárcar y Andosilla, se comprobó que, además del asesinato de la desventurada joven, y como consecuencia del mismo, se había perpetrado un infanticidio.

Y todo ello, como muy bien decía el indignado alcalde de Cárcar en su parte de anteayer, con todas las agravantes del Código Penal: premeditación, alevosía, nocturnidad, desprecio de sexo, abuso de superioridad y, la más grave de todas, aunque de carácter moral, la confianza ciega que la pobre muchacha tenía en el repugnante individuo que la sedujo para acabar matándola.

A última hora nos comunican desde Cárcar que el hojalatero Agreda ha sido puesto en libertad.

21

Cuando concluyó la lectura del artículo permaneció con la mirada fija en la pantalla del ordenador. ¿Cómo decirle a Rebeca que su abuelo fue un indeseable, un asesino de la peor calaña? No había en aquel texto resquicio alguno para pensar que el crimen cometido fuera de carácter piadoso: el supuesto aborto nunca tuvo lugar y la joven Celia murió de un disparo en la cabeza. Reconoció con tristeza que era demasiado cobarde para afrontar semejante misión. Prefería que ella se marchase a Barcelona sin conocer la verdad. Al fin y al cabo ¿quién no idealiza a su padre? En el caso de Rebeca, su abuelo Ángel era el único padre que conoció, y demonizarlo ahora que no tenía a nadie más en el mundo era sumamente cruel.

Sonó el teléfono. Su voz le llegó a través del auricular como un soplo de aire frío. No esperaba tener que mantener una conversación con ella tan pronto. Sin embargo, no pudo negarse a su demanda. Si quería que la acompañase, lo haría. Cuando colgó se preguntó por la naturaleza de la visita que la joven le proponía llevar a cabo esa mañana. Aquel hombre se había mostrado muy amable y generoso con ellos, pero todo estaba hablado. ¿O tal vez no?, se dijo, y su inquietud se acrecentó un poco más.

Unas horas después, Víctor y Rebeca llamaban a la puerta de don Paulino. Este se sorprendió no poco al ver a la pareja, y ni Rebeca ni Víctor fueron capaces de discernir si la sorpresa le resultaba grata o no. Se acomodaron en torno a la mesa de la cocina tal como hicieran días antes; en esta ocasión, no obstante, los tres se mostraban nerviosos.

—Le agradezco mucho que nos reciba —comenzó Rebeca—. He tenido ocasión de conocer a una persona que, al parecer, tiene más información que las gentes de Cárcar —carraspeó— respecto a algunas cuestiones relacionadas con el crimen de Celia Urbiola y...

—¿Quieres ir al grano? —se impacientó Víctor—. Nos tienes en vilo a los dos.

—Pues bien, sucede que el señor Nazario Baigorri Lanas, antiguo practicante de Lodosa, me ha explicado que estuvo con mi abuelo la mañana del día en que murió Celia, porque había acudido a su casa en busca de tallo de laminaria y de otro medicamento que necesitaba sin falta. Por ese motivo, el señor Nazario cree que mi abuelo Ángel se proponía practicar un aborto; sin embargo, nunca lo llamaron a declarar y eso es algo que no ha comprendido nunca, ni entiendo yo tampoco. Además, afirma que usted estuvo presente en la autopsia de la joven en su condición de médico titular de Cárcar.

Víctor fue consciente de que, una vez más, la chica se le había adelantado. Aunque leyó varias veces el artículo del periódico, ese detalle le había pasado inadvertido.

—Es decir, que el otro día nos mintió —remató Rebeca—, y me pregunto por qué. También quiero conocer los detalles de aquella autopsia.

Sabía que estaba siendo dura. Sentía lástima por el hombrecillo que tanto les ayudó la noche de la persecución en la Peña Caída, pero o se mostraba inflexible o nunca lograría averiguar la verdad. ¡Tozudos carcareses!

Don Paulino, con la respiración agitada, tenía los ojos fijos en sus escuálidas manos. Pasaron unos segundos hasta que levantó la mirada, y algunos más hasta que comenzó a hablar:

—Participé en la autopsia, sí. Siento habéroslo omitido, pero llevo toda la vida tratando de olvidar ese pasaje. Cuando vinisteis el otro día no os conté todo lo que sabía porque lo sucedido fue algo horrible. De nada sirve revivir aquello. Mira, hija —se dirigió a Rebeca con un brillo de emoción en los ojos—, debes olvidar que tu abuelo vivió aquí y conservar los buenos recuerdos que sin duda te dejó.

—Ya es demasiado tarde para eso, don Paulino; tengo que llegar hasta el final de esta historia. No podría vivir en la ignorancia después de todo lo que ha ocurrido, y descubra lo que descubra, tendré que asumirlo y vivir con ello.

Con un suspiro, el anciano confesó:

—Tardaron unas dos semanas en encontrar el cadáver, que, como ya sabéis, apareció en la cueva del Ángel. El cuerpo estaba ya en mal estado y fue muy desagradable tener que analizarlo, a pesar de lo cual, el médico titular de Andosilla y yo lo hicimos lo mejor que pudimos, dado que nos enfrentábamos a un asesinato por primera vez. El tema estaba bastante claro, no había que ser un genio para descubrir la causa de la muerte: Celia recibió un disparo en la cabeza, con orificio de entrada en la zona occipital y salida por el ojo derecho. Además, se encontraba en avanzado estado de gestación; el bebé murió con la madre, claro. Ni se practicó aborto ni se encontró resto de sustancia alguna en el examen ginecológico. —El anciano carraspeó, a todas luces incómodo; luego, guardó silencio.

Rebeca temblaba.

–No entiendo nada –dijo–. Lo que usted dice no encaja con que él fuera a practicarle un aborto, ni tampoco con la versión de que la degolló por piedad.

–Lo sé. Ignoro de dónde salió esa historia, aunque es más benévola con tu abuelo que la versión oficial. Más te hubiese valido quedarte con esa mentira que conocer la verdad.

–¿Cree usted que mi abuelo Ángel pudo matar a una persona a sangre fría? –le sondeó Rebeca al cabo de unos instantes.

–Ni lo creí entonces ni lo creo ahora, esa es la verdad. Sin embargo, el juez lo consideró culpable.

La temperatura ambiente pareció descender de pronto. Rebeca tardó en reaccionar.

–Hace unos días nos habló de los hijos del organista. Al parecer, tenían relaciones con la joven Celia y huyeron del pueblo al enterarse de su desaparición.

–Es cierto. Ambos eran sospechosos de haber dejado embarazada a la chica. Cualquiera habría dejado Cárcar de haber estado en su lugar, ya que Abundio Urbiola, el padre de Celia, amenazó con matarlos a los dos. No sé por qué razón nunca regresaron.

Los tres guardaron silencio como si ya estuviera todo dicho, hasta que Rebeca recordó algo:

–¿Qué puede decirnos de esta fotografía?

Don Paulino se quitó las gafas.

–Esta foto tiene muchísimos años. La hizo un fotógrafo de Lodosa que se llamaba Gastón. Allí íbamos todos los vecinos del pueblo, porque en Cárcar nadie tenía cámara.

–Dimos con ella en la cueva donde se localizó el cadáver. Se trata de mi abuelo, como habrá visto. Nadie es tan estúpido como para cometer un crimen y dejar su foto en el lugar de los hechos, ¿no cree?

El médico se colocó de nuevo las gafas y la miró fijamente.

—Este no es tu abuelo, maja.

—¿Cómo que no? —exclamaron Rebeca y Víctor al uní-sono.

—El hombre de la fotografía es Daniel el Gallardo.

22

Jonás Sádaba regresaba de Pamplona con el corazón encogido. Sus pesquisas dieron fruto con demasiada rapidez para
que fuese capaz de asimilar la gravedad de su descubrimiento
Se sentía como un niño perdido cuando salió del despacho
del abogado Ruiz de Azúa; no el Ruiz de Azúa que escribiera
aquella carta a su padre, sino el hijo de aquel, quien heredó la
pasión de su padre por las leyes, además de su despacho y
la cartera de clientes. Tras haber leído con atención aquella
vieja carta manuscrita, con una letra más propia de un médico
que de un abogado por lo ininteligible de su caligrafía, Jonás
buscó en la guía telefónica el apellido Ruiz de Azúa y enseguida dio con el despacho del abogado, con la suerte añadida
de que él conservaba todos y cada uno de los archivos de los
casos que su padre llevó a lo largo de su carrera. De hecho,
en varias ocasiones, el hijo había continuado con algunos de
los que su progenitor no pudo finalizar en vida. Así pues,
previa comprobación de que Jonás era quien decía ser, mediante una simple verificación del DNI, el letrado desem-
polvó el archivo del caso de Ignacio Sádaba. Se guardaba en
una carpeta excepcionalmente fina debido a que la investigación quedó inconclusa. La carpeta contenía unas páginas de

periódico y un folio con anotaciones del abogado respecto al origen de su investigación: «El señor Ignacio Sádaba se presenta en mi despacho aduciendo que su esposa pudo estar implicada en un crimen. El señor Sádaba requiere consejo legal respecto a cuál debe ser su proceder en esa cuestión e insta que se investigue el asunto».

A raíz de las investigaciones efectuadas se agregaron al expediente unas cuantas reseñas periodísticas en las que se mencionaba el asesinato al cual aludía el señor Sádaba. La novedad residía en que la exposición de los acontecimientos publicada en el periódico en los días que siguieron a los graves incidentes, en nada se asemejaba a la versión que el señor Sádaba había referido al abogado. Tanto Jonás como Ruiz de Azúa hijo se preguntaron si acaso en aquel pueblo nadie leía la prensa regional. Pero de nada servía hacer conjeturas. Los hechos estaban muy claros en los distintos artículos del diario, y en ningún momento se mencionaba nada acerca de un aborto. El letrado no tuvo ocasión de investigar la posible implicación de Aurora Urbiola en los acontecimientos, pero según la información publicada en el periódico de aquella fecha, Aurora fue precisamente quien denunció a don Ángel Turumbay. La carta que el abogado remitió a su cliente para informarle de los progresos realizados nunca tuvo respuesta, e Ignacio Sádaba no volvió a aparecer por el bufete, de modo que el caso quedó sin resolver. Jonás salió del despacho con la carpeta bajo el brazo; tenía la intención de estudiar su contenido detenidamente y sacar sus propias conclusiones. Si bien no conseguía encajar cada una de las piezas en su lugar, y aunque era consciente de que le faltaba mucha información, no podía obviar el hecho de que su padre sospechara de su propia esposa.

Sin embargo, fue don Ángel Turumbay quien dio con sus huesos en la cárcel. Según los informes policiales, durante el interrogatorio el practicante admitió ser el autor del asesinato y aceptó su culpabilidad aun a sabiendas de que la pena más probable sería la de muerte. ¿Por qué entonces su padre sospecharía de Aurora, su esposa? Por desgracia, él ya no estaba para aclarar ese tema, como tampoco estaban don Ángel, Celia... Solo su madre podía arrojar luz sobre el asunto, si es que en verdad había algo que aclarar. Aunque tras no haberlo hecho en tantos años, seguro que no lo iba a hacer ahora. Sus razones tendría, concluyó Jonás con el ceño fruncido.

Por más que Rebeca insistía en probar distintas combinaciones de palabras en su buscador de Internet, no encontraba nada que pudiera tener una mínima relación con su abuelo ni con Celia Urbiola. Tras visitar a don Paulino necesitó un buen rato para digerir la información que este les había proporcionado. La cosa iba cada vez peor para ella. Cuanto más sabía, menos le gustaba todo aquello, pero tenía que llegar al fondo del asunto. Lo que no entendía era la presencia de la foto de Daniel el Gallardo en la cueva. Quizá lo mejor fuera preguntar directamente al propio Daniel.

Por otro lado, aún tenía la esperanza de que los hijos del organista fuesen los responsables del atroz crimen. Otra cosa muy distinta era que ella lograra descubrirlo. De pronto cayó en la cuenta de que Víctor Yoldi no había abierto la boca en ningún momento durante toda la entrevista con don Paulino. ¡Qué raro!

Llevaba más de una hora navegando por la red sin ningún éxito cuando la asaltó la sospecha de que se equivocaba en el procedimiento. En los años cuarenta, desde luego no existía Internet y la informática todavía iba a tardar décadas en desarrollarse, pero suponía que todas las informaciones y noticias de cualquier índole conservadas en bibliotecas, periódicos o agencias de noticias estarían ya introducidas en la red. Si eso era así, ¿por qué narices no encontraba nada relativo a un asesinato cometido en Cárcar? Se quedó unos segundos con la mirada perdida en la pantalla de su ordenador. Como si un espíritu se hubiera comunicado con ella, la luz se hizo en su cerebro de un modo súbito, sorprendente. La gente de este pueblo consigue que mis neuronas funcionen bajo mínimos, se justificó, y en el acto se avergonzó de ese pensamiento. Nada podía excusar su estupidez, y denostar a cualquier grupo social era algo impropio de ella. Buscó en Google las cabeceras de la prensa diaria de Navarra y una vez las encontró se lanzó a rastrear la información que precisaba en sus hemerotecas, donde, en efecto, localizó referencias que respondían a los criterios adecuados para ella. Por fin tenía lo que había ido a buscar. Millones de mariposas echaron a volar en su estómago. Se sintió incapaz de seguir adelante. Apagó el ordenador y salió de la casa.

El Land Rover de Jonás entraba en el pueblo mucho antes de lo que el joven hubiera deseado. Condujo a veinte kilómetros por hora durante el corto trayecto que mediaba entre la carretera y su casa en el barrio Monte; la estrechez de la calzada permitía que dos coches circularan por ella al mismo tiempo solo si uno de los dos se adhería literalmente a la pared. Así fue como aparcó el todoterreno ante su casa; sacó la escopeta que llevaba en la parte trasera y justo cuando cerraba la portezuela del vehículo apareció ella. Tras varios días de deleite con la evocación de los recuerdos de aquella noche, la repentina aparición de Rebeca lo dejó fuera de juego. Todos los pensamientos referentes a su padre pasaron a un segundo plano y como por arte de magia toda la sangre se concentró en sus mejillas. No le cupo duda alguna de que tenía la cara encendida, pues le ardía como si se hubiese tragado una antorcha. La chica se detuvo a su lado.

—No esperaba volver a cruzarme contigo.

Jonás, mudo, tenía la mirada fija en la bolsa que llevaba la joven.

—Precisamente vengo de comprar unas cervezas y otras cosas que necesitaba. ¿Te apetece una?

Jonás asintió, muy serio, con los puños apretados.

—Tal vez quieras ver la casa rural, si es que nunca has estado en ella. Es una verdadera preciosidad.

Trataba de afrontar el inesperado encuentro hablando sin parar. Para cuando fue consciente de su invitación, él ya la había aceptado. Tardaron dos minutos en llegar y recorrieron el corto trayecto en el incómodo silencio que suele acompañar a las situaciones comprometidas. Una vez en la casona, Jonás se despojó de la funda que llevaba colgada del hombro y la dejó apoyada en la mesa. Rebeca abrió dos cervezas que bebieron con avidez, porque, entre otras cosas, eso les eximía de tener que hablar.

—Sígueme y te enseñaré la casa —propuso Rebeca cuando terminó su cerveza. Literalmente se la había bebido de un trago.

Como si se tratara de una obligación ineludible, mostró a su invitado una por una cada estancia de la planta baja. En menos de un minuto llegaron a la habitación de Rebeca con su resplandeciente dosel. Nada más cruzar el umbral de la puerta, la chica se arrepintió de haberlo hecho. Jonás guardaba silencio desde su encuentro en la calle y ella, en cambio, no había parado de decir tonterías.

Lo miró a los ojos, unos ojos brillantes, de mirada intensa y dura. El joven se adelantó unos pasos, la aferró con fuerza y pegó su boca a la de ella. Con el cuerpo tenso y los labios fríos, trató de zafarse, pero la tenía bien sujeta. Tras unos segundos de incredulidad, logró despegar su boca de la de él y se separó con fuerza de su lado, consciente de que Jonás se lo había permitido, pues era mucho más fuerte y podía manejarla como a una muñeca. Se sintió violenta, como si no fuera el

171

mismo chico con el que había pasado la noche del 5 de julio en Pamplona. Se armó de valor y se volvió para abandonar la habitación. Notó que la seguía escaleras abajo. Se dirigió hacia la puerta de la calle con el deseo de que Jonás se marchara sin causarle más problemas. Al pasar por la cocina, el joven recogió el arma. Cuando llegaron a la puerta, Rebeca dijo:

—Ha sido una mala idea venir a mi casa. Lo siento, no debí invitarte. —Jonás entornó los ojos.

—He tenido yo la culpa, perdona si te he molestado.

De nuevo volvía a ser el joven que ella creía conocer.

—No pasa nada. —Se fijó entonces en el arma y preguntó—: ¿Eso es una escopeta?

—Sí.

Rebeca se estremeció.

—No debes tenerme miedo. Nunca he disparado contra nada de mayor tamaño que un conejo.

Ella lo miró. Vio en su rostro la viva imagen de la desolación, avergonzado probablemente por su comportamiento de hacía unos minutos. En aquel momento sintió lástima por él. Le puso la mano en el brazo y él respondió al gesto con una sonrisa tímida.

Tras un silencio, Jonás llevó su mano hasta la cara de la joven y posó con suavidad un dedo sobre el arañazo más evidente. Lo siguió con lentitud, con una ternura que en nada recordaba la brusquedad que había mostrado en la habitación. Ella se sintió violenta al principio, pero después se dejó llevar. Su cuerpo comenzó a relajarse poco a poco.

—Verás —comenzó, y su voz era más bien un susurro—, creo que debes irte...

Jonás asintió. Abrió la puerta, pero antes de cruzar el vano, se volvió hacia ella para decir:

—Celia Urbiola era mi tía. Prefiero que lo sepas por mí, porque tarde o temprano alguien te informará. Mi madre era su hermana menor.

172

A Rebeca se le heló la sangre en las venas. Deseó que Jonás y su arma abandonaran su casa lo antes posible. Un instante después, la puerta se cerraba ante ella.

Tardó un rato en moverse. Cuando por fin lo hizo, advirtió la presencia de un papel doblado sobre la mesita del recibidor. Su corazón se detuvo por un momento. En el momento que se rehízo fue al salón y solo cuando estuvo acurrucada en el sofá, protegida por un grueso cojín, se atrevió a abrir la nota. Decía: «SI NO TE MARCHAS, EL PRÓXIMO FUNERAL SERÁ EL TUYO».

Leyó las macabras palabras una y otra vez, hasta que perdieron todo sentido. La nota amenazante, la escopeta en su cocina, la noticia de que Jonás era sobrino de Celia Urbiola... Todo era tan excesivo que se sentía incapaz de comprender la trascendencia de cada detalle. ¿Sería Jonás quien los persiguió por la peña a escopetazos? Por otro lado, la nota había aparecido mientras él estaba en la casa. ¡Dios Santo!

Cuando se cansó de hacer cábalas encendió el ordenador y se conectó a Internet. La página del *Diario de Navarra* se cargó con relativa rapidez en la pantalla y enseguida vio el enlace de la hemeroteca del periódico. Contenía todos los números publicados desde 1903 hasta la actualidad. Los más antiguos tenían un precio superior, y podía adquirir páginas sueltas o números completos. Introdujo en el buscador «Ángel Turumbay. Cárcar», tal como había hecho antes de salir de casa, e igual que antes aparecieron trescientas once referencias, ordenadas por porcentaje de coincidencia con los datos introducidos. Las primeras diez eran las que trataban la noticia de la muerte de Celia Urbiola. Su mirada se centró en fragmentos como «el crimen de Cárcar», «el reo Ángel Turumbay», «pena de muerte», «indulto»..., pero el sistema no permitía leer las noticias; para poder hacerlo tenía que elegir las páginas que le interesaban, abrir una cuenta y comprarlas.

Tardó unos diez minutos en encontrar su tarjeta de crédito, rellenar los campos necesarios y entrar en su recién creada cuenta de la hemeroteca del periódico. A continuación seleccionó cuatro páginas en las que se explicaba cómo se había encontrado el cuerpo de la joven y la detención del presunto asesino, su abuelo. El resto se refería a la sentencia y petición de indulto. La compra se efectuó con exasperante lentitud. Por último guardó los archivos en el disco duro del ordenador e hizo una copia de seguridad en un *pen drive*. Entonces comprendió por qué no había encontrado ninguna referencia en la red; todo lo concerniente a aquella época procedía de medios de comunicación que habían digitalizado sus archivos y ofrecían un servicio previo pago. Habría deseado disponer de una impresora, y a ser posible bien grande, para poder imprimir las páginas a tamaño real, cosa difícil de conseguir, aunque tal vez pudiera preguntar en el ayuntamiento. De momento debería conformarse con tener la información en formato digital. Con la mirada clavada en la pantalla del ordenador, llegó a la conclusión de que no se atrevía a abrir el primero de los archivos que contenían la verdad sobre su abuelo. Se levantó de la silla y se dirigió a la cocina. «Cuantos más colores tiene la ensalada, más rica está», le decía siempre su madre y ella estaba de acuerdo con la apreciación. Empezó a cortar hortalizas con agilidad, sin darse cuenta de que estaba preparando ensalada para cuatro personas. Sacó del frigorífico una botella de vino blanco que llevaba varios días en frío. Se sentó a la mesa y comenzó a engullir la ensalada. Cualquier cosa para demorar el gran momento. Vació la copa de un trago, y no tardó en notar que se producía un ligero descenso en su nivel de ansiedad. Sin recoger el servicio, se llevó la copa y la botella al salón, y abrió el primer archivo: «El doble crimen de Cárcar». El titular ya era sorprendente, pero más aún lo fue la lectura del extemporáneo artículo. Incrédula, terminó de leer el relato de la terrible confesión de su abuelo. Devoró después el resto de los artículos dedicados al juicio por el asesinato de Celia Urbiola con la esperanza de que lo relatado en el primero fuera desmentido en los sucesivos.

18 de octubre de 1945

El crimen de Cárcar
EL PROCESADO ES CONDENADO A MUERTE CON TODAS LAS AGRAVANTES

Ayer se firmó la sentencia recaída en la causa instruida contra Ángel Turumbay, autor de la muerte de la infortunada joven de dieciséis años Celia Urbiola, acaecida en Cárcar en la noche del 2 de febrero último.

La sentencia, como se esperaba y temía, ha sido de pena de muerte.

Por ella se condena al procesado Ángel Turumbay, como autor de un delito complejo de doble asesinato con las cinco agravantes de premeditación conocida, abuso de confianza, nocturnidad, despoblado y desprecio de sexo, a la pena de muerte, con la accesoria de interdicción civil para el caso de indulto; a que abone a los herederos de la interfecta la cantidad de 10.000 pesetas por vía de indemnización y a la pena de dos meses y un día de arresto mayor y multa de 150 pesetas por tenencia de arma de fuego sin licencia.

Por la tarde le fue notificada al reo Ángel Turumbay la durísima sentencia. Lejos de inmutarse, pidió que se la leyeran íntegramente desde el encabezamiento al pie, en total siete hojas de papel de barba, escritas a máquina; y con gran presencia de ánimo estampó su firma en la diligencia de notificación, con pulso seguro y letra grande y clara.

No hizo más comentario que la frase: «La conciencia me ha perdido», y preguntó luego si se le indultaría, a lo que naturalmente, siquiera por piedad, se le respondió que sería lo más probable.

Con el proverbio jurídico: «Dura es la ley, pero es la ley», no podemos por menos de reconocer —como el propio condenado así ha hecho en diversas conversaciones sostenidas con sus familiares y con su defensor— que este era el justo castigo a su crimen, en el que ya no cabe sino abrir cauces a sentimientos de piedad para compadecer al reo y desear que un resquicio de benevolencia lo libre de la intervención del verdugo.

Rebeca terminó con los ojos hinchados, llorosos. Las páginas del periódico habían sido escaneadas del original, por lo que en algunos pasajes la legibilidad era casi nula. Durante el tiempo que llevaba indagando en los hechos por los que su abuelo fue condenado, transitó de la desilusión al desconcierto, pasando por la rabia y el desengaño. Tras aquella lectura tomó la decisión: vio con claridad que había llegado el momento de volver a casa. No tenía sentido seguir en Cárcar y formular preguntas que solo causaban dolor y malestar en la gente. Bastante habrían tenido que soportar en su día como para tener que aguantar a una entrometida como ella tantas décadas después. Por su parte, ella debía hacer borrón y cuenta nueva; su abuelo fue un asesino, y eso explicaba la negativa de su madre a visitar aquel pueblo o contarle nada relacionado con la vida de quien fuera empleado del mismísimo Dalí. Surrealista era el pintor y de personas surrealistas debió de rodearse, eso estaba claro.

Consultó la hora. De repente se sentía libre. Era viernes por la noche y su búsqueda había terminado. Se dijo que tal vez tenía algo que celebrar, aunque ese algo fuera un hecho tan triste como haber conocido la verdad respecto a su abuelo Ángel. Tardó veinte minutos en maquillarse y vestirse como consideraba que debía hacerse la noche de un viernes. Marcó el número de Víctor pero escuchó todos los tonos sin recibir respuesta. Colgó el teléfono extrañamente animada. No le importaba demasiado si Víctor había salido o no. Era su última noche en el pueblo e iba a celebrar la circunstancia; hacerlo sola o acompañada era lo de menos.

23

Aquella noche Jonás no parecía el mismo de siempre. Durante los últimos días habían intercambiado apenas unas palabras, y aunque eso a ella no le preocupaba demasiado, sentía una curiosidad desmedida; de modo que allí estaban Aurora y su hijo cenando en silencio a las 8.30 de la tarde, porque ese viernes su hijo tenía que ir a trabajar al bar.

—¿Va todo bien, hijo? Estás muy callado.

Jonás ignoró el comentario y siguió comiendo con la vista clavada en el plato.

—Oye, si estás preocupado puedes contármelo; al fin y al cabo soy tu madre, ¿no?

—Puede que esté preocupado, pero no merece la pena el esfuerzo de contártelo. Nunca te has interesado por mis cosas, no me extraña que papá te abandonara.

La mujer no pareció ofenderse.

—Ponme a prueba. ¿Cómo sabes que no me intereso por ti, si no sé nada de tu vida?

El joven alzó la cabeza despacio, con la mirada fija en el rostro de la anciana en que se había convertido su madre.

—Pues mira —comenzó en tono desafiante—, resulta que la chica con la que salgo está embarazada, y sí, eso me preocupa porque no quiero ser padre. Ya ni me acuerdo del mío, y todo gracias a ti, que te has encargado de que lo olvide. ¿Por qué se marchó? Ahora soy un hombre adulto, puedes contarme la verdad. Es que no te aguantaba, ¿verdad? Y al final, el que ha pagado tus errores he sido yo.

—Hijo, estás muy nervioso, tienes que tranquilizarte. Tu padre se fue porque no era feliz con nosotros. Alguna pelandusca lo engañó para que nos abandonara, pero yo no tuve nada que ver; tu padre era un hombre débil, nunca debí casarme con él, pero entonces no había divorcio. Si no...

Jonás miraba a Aurora y solo sentía asco. Lo peor era que sus sentimientos no parecían importarle a nadie. Tal vez a Sonia, pero tampoco de eso estaba seguro. Igual solo quería engañarlo. Las mujeres eran todas unas mentirosas, sobre todo la que tenía delante. De pronto se acordó de la carta que llevaba en el bolsillo. Sacó el arrugado sobre y se lo entregó a Aurora. Con los brazos cruzados sobre el pecho, aguardó.

—¿De dónde has sacado esto?

—Eso no importa. Lo que importa de verdad es saber por qué papá contrató a un abogado para investigar tu posible implicación en la muerte de tu hermana.

La mujer comenzó a dar vueltas por la cocina mientras retorcía el sobre entre sus manos.

—Hijo, tu padre era un pobre hombre que no sabía por dónde le daba el aire. Sabe Dios por qué estaba obsesionado con la muerte de mi hermana.

—Tú viste esta carta. Papá no sabía leer, pero tú sí. ¿Por qué pensaba mi padre que tenías algo que ver con aquello? Alguien se lo tuvo que decir; a lo mejor tú misma, eres tan habladora que incluso se te pudo haber escapado en algún momento. Tú no querías a Celia. Ella era la guapa y tú la fea. Los chicos corrían detrás de tu hermana mientras tú te pasabas las horas encerrada en casa.

–Hijo, no digas esas cosas. Yo quería a Celia. Nunca habría hecho nada que la perjudicase. Don Ángel era un hombre asqueroso que se aprovechó de la amistad que tenía con nuestros padres para acercarse a nosotras. Nos tocaba... bueno, ya me entiendes. A Celia no le importaba, pero a mí sí.

–No te creo.

–Después de salir de la cárcel, don Ángel apareció por el pueblo en varias ocasiones. Nadie se llegó a enterar, pero yo sé que se entrevistó con tu padre y lo puso en mi contra. ¡Don Ángel tuvo la culpa de lo de tu padre!

Jonás enmudeció. De modo que don Ángel y su padre se veían en secreto. Bien, pero... ¿por qué?

Ya lo averiguaré de alguna manera, pensó. Después continuó con el acoso a su madre. Era el momento y lo sabía.

–¿Cómo una jovencita como tú, casi una niña, pudo presentarse en el cuartel de la Guardia Civil para denunciar un asesinato? ¿Cómo podías saber lo que ocurrió aquella noche?

Aurora se repuso con rapidez de la sorpresa.

–Las cosas no fueron como tú piensas, Jonás. No sé de dónde has sacado esas historias ni quién te las ha podido contar, pero todo es falso. La Guardia Civil encontró a Celia, la investigación llevó hasta los hijos del organista y de ahí a don Ángel Turumbay.

–No creo nada de lo que dices, madre. Siempre has sido una falsa, una víbora venenosa. Me avergüenzo de ser tu hijo.

Perpleja, la mujer guardó silencio unos segundos. Después concentró toda su ira en las palabras más duras que nunca se había atrevido a pronunciar.

–¡Tú ni siquiera eres mi hijo! –bramó–. No me extraña que seas un mal tipo, a saber qué clase de mujer era tu madre. Tu padre era un pobre estúpido y se dejó engatusar por una mujerzuela que lo abandonó en cuanto asomaste la cabeza entre sus piernas. ¡Imagínate! Tu padre criando a un bebé... Así que me pidió en matrimonio y yo acepté.

Jonás se abalanzó rápido hacia la puerta, pero se detuvo en el último momento.

—Llevo años soportando burlas y comentarios maliciosos acerca de eso y tú siempre has sido fiel a tu mentira, como si la gente del pueblo fuese boba y no se acordara de las cosas. Muchos saben que mi padre ya me tenía cuando te pidió que te casaras con él. Ahora que lo has admitido, ya no tendré mala conciencia respecto a mis sentimientos. Nunca te he querido, ¿sabes?, y eso me ha hecho avergonzarme de mí mismo. —Hizo una corta pausa—. Seguro que mi padre te eligió porque eras una solterona sin más horizonte en la vida que verla pasar ante tus ojos. Ese fue su error. Más le hubiese valido criarme él solo. Por muy mal que lo hubiera hecho, el resultado habría sido mejor. —Cerró los ojos intentando concentrarse. Después concluyó—: Tengo algo más que decirte, puesto que buscas sinceridad. Ya me he follado a la nieta de Ángel Turumbay. Está muy buena, y volveré a tirármela si tengo ocasión. Me importa un carajo si su abuelo mató a tu hermana. ¡Ojalá te hubiera matado a ti!

Cuando Víctor Yoldi entró en el Jadai a las diez de la noche, sus amigos todavía no habían llegado. Desde la puerta trató de encontrar entre los clientes del bar a alguien con quien charlar durante la espera; por desgracia, aún no había más que adolescentes, así que no le quedó más remedio que sentarse solo en una esquina de la barra y esperar a que Jonás lo atendiera sin provocarle demasiado. Pidió una Heineken. En unos segundos, el camarero le puso delante el botellín. Ni siquiera se molestó en mirarlo. ¡Qué extraño! Recapacitó un momento y llegó a la conclusión de que era la primera vez que veía a Jonás tan taciturno en el trabajo. Volvió a recorrer la barra con más atención, y su mirada se detuvo en la joven con la que Jonás tonteaba la noche anterior. Sonia creía que se llamaba. También tenía la mirada triste, el semblante serio. Algo pasaba entre ellos, eso estaba claro. A buen seguro que el muy cabrón la había mandado a paseo, como solía hacer con todas. Sintió pena por la pobre chica.

Como si le estuviese leyendo el pensamiento, Jonás se detuvo ante él con los brazos cruzados sobre el pecho.

—¿Qué pasa? Parece que tienes algún problema conmigo. No me quitas ojo, y a Sonia tampoco.

—No creo que tenga que contarte mi vida.

—Mira, Víctor, no sé en qué andas metido con esa chica de la casa rural, pero lo mejor sería que te mantuvieses alejado de ella. Creo que la perjudicas.

—¿Y tú qué coño sabes lo que perjudica o no a Rebeca? ¿Acaso la conoces?

—La conozco, ya te lo dije. Basta con mirarte para darse cuenta de que no eres bueno para ella. Parece que te ha atropellado una hormigonera. ¡Aléjate de esa chica! ¿Está claro?

—¿Y qué piensas hacer si no me alejo de ella? ¿Agarrarás tu escopeta y me pegarás un tiro? ¿O tal vez se lo vas a pegar a Rebeca y por eso prefieres que esté sola? Así sería mucho más fácil para ti, ¿no? ¡Eres un mierda!

Jonás hizo ademán de darle un puñetazo, pero se contuvo. El bar estaba atestado de clientes y un grupo bastante numeroso que acababa de entrar lo esperaba para pedir las consumiciones. Se dio la vuelta y comprobó algo en el ordenador que administraba la música del local. Se cortó la melodía que sonaba hasta ese momento y en su lugar comenzó un tema de AC/DC. Víctor paseó la mirada por el establecimiento; sus amigos estaban a dos metros de él. Saltó del taburete y se acercó al grupo. Para entonces no le cabía ninguna duda de quién estaba tras los disparos en la Peña Caída; lo malo es que no tenía pruebas, pero ya llegaría el momento de ajustar cuentas. Aun así, debía prevenir a Rebeca respecto a ese tío; no era trigo limpio. Enseguida abandonó el bar con su cuadrilla para hacer la ronda por los bares de la localidad.

Buena parte de los ancianos de la residencia se encontraba en los jardines en torno a las diez de la noche. Por lo general, a esa hora todos estaban en sus habitaciones, pero los largos días de julio incitaban a salir a la calle cuando el sol se ocultaba tras las montañas. Además era viernes y, aunque para ellos todos los días resultaban iguales, el pueblo estaba más animado el fin de semana, ya que muchos visitantes se acercaban a Cárcar a pasar un par de días tranquilos y cambiar de ambiente. Era costumbre subir a los jardines de la residencia para charlar y tomar el aire, si había suerte de que soplara un poco; pero aquella noche, a diferencia de las demás, no parecía que nadie tuviese mucho interés en cambiar impresiones. Daniel González estaba solo en un banco en la parte posterior del edificio, con el bastón abandonado en el suelo y la mirada perdida en algún lugar remoto de su memoria, en espera de que sus manos se serenaran lo suficiente para poder encender un cigarrillo. Marcelo Agreda revoloteaba de aquí para allá mientras trabajaba su huerta y canturreaba sus sempiternas canciones. Patricio el Gitano tomó asiento junto a Anastasia Chalezquer, pero al ver que esta no le hacía el menor caso, se levantó y fue en busca de alguien más sociable con quien entablar conversación. Una habitual de aquellas veladas nocturnas subió despacio la escalinata de la iglesia y fue directa al banco que ocupaba su amiga. Se sentó en silencio y así estuvo largo rato.

—¡Ay, Anastasia! Estoy muy disgustada con Jonás. Creo que no va por buen camino.

—¿Por qué dices eso?

—Ronda a esa chica de Barcelona. No me gusta.

—Aurora, aquello sucedió hace muchos años. Tal vez se sientan atraídos, son jóvenes...

—Ha embarazado a su novia. Eso de la catalana es una excusa para molestar a su anciana madre. No sé, lo creo capaz de cualquier cosa. Desde que era un niño ha estado algo desequilibrado. ¿Qué puedo hacer, Anastasia?

Transcurrió un largo minuto antes de que Anastasia contestara:

—Siento no ser de gran ayuda, Aurora. Yo también estoy pasando una mala temporada. No es que me ocurra nada, pero me siento sola. Ya sé que suena infantil a estas alturas, pero no puedo evitarlo. Me gustaría tener a alguien que me abrazara de vez en cuando y me diese ánimos cuando los necesito.

—Te entiendo muy bien. —Tras una breve pausa, Aurora cambió de modo radical el tono—. ¿Qué opinas de la chica? Me refiero a la nieta de don Ángel.

—Me resulta agradable. La pobre solo quiere conocer sus raíces. Creo que lo debe de estar pasando mal, ahora que sabe lo que ocurrió.

—¿Y qué sabe exactamente?

—Pues que su abuelo mató a Celia en la cueva. No sé, Aurora, no me gusta hablar de esto.

—Pues debes de ser la única.

A solo unos metros, el Gallardo inhalaba el humo de su cigarro como único consuelo al pésimo día que había tenido. No soportaba la compañía de nadie, ni siquiera se soportaba a sí mismo, siempre con sus refunfuños. La madera del banco era demasiado dura para sus delicadas nalgas, sus manos temblaban tanto que casi prendió fuego a su cabellera y ya no podía prescindir de su bastón para caminar ni de sus gafas para ver. Era un desecho humano. Como si todo aquello no bastara para amargarle la vida, su cabeza no dejaba de funcionar igual que una olla a presión y lo torturaba sin cesar con pensamientos y conclusiones, nuevas réplicas y peros. Se estaba volviendo loco. Su tío y él habían ganado mucho dinero. ¡Qué pardillo fue! Ahora se daba cuenta de la realidad. ¿Por qué no se le ocurrió antes? Sin duda, el joven pueblerino y estúpido que era entonces no necesitaba más explicación que la del fajo de billetes que le hacía llegar su tío Ángel. Pensaba que el mundo admiraba tanto a Dalí como para tener copias en casa. Qué ignorante: la gente adinerada quería un original, no una vulgar copia pintada por un chico de pueblo. En alguna ocasión, su tío incluso llegó a vender varias de sus creaciones personales. Eso al menos le dijo en su momento, aunque podía ser que solo lo hiciera para tranquilizar su conciencia y darle ánimos. Y luego estaba el asunto de Celia. Siempre había tenido por seguro que su tío era inocente, que su única pretensión fue la de ayudar a la chica, pero ahora tenía sus dudas. De pronto, aquello en lo que había creído toda su vida se desvanecía como el humo de su pitillo. ¿Cómo siendo inteligente jamás se cuestionó las palabras de su tío? Siempre hizo lo que le pedía sin requerir explicaciones. ¿Había sido don Ángel Turumbay el buen hombre que él pensaba, o bien simplemente le profesaba una fe tan ciega que le impidió ver lo evidente?

Cuando la puerta del Jadai se abrió y apareció Rebeca, decenas de ojos se volvieron hacia ella; nadie tuvo la menor prisa por desviar la mirada. Se dirigió con paso firme a la barra, donde divisó la única cara conocida. En los pocos pasos que dio hacia Jonás decidió que si en verdad aquel chico hubiera querido hacerle daño, gozó de sobradas ocasiones para ello. Aun así, no tenía ninguna justificación que los disparase en el monte como si fueran conejos, se dijo mientras se acomodaba con gracilidad en uno de los taburetes. Un silbido anónimo acompañó su movimiento, pero se mostró indiferente.

—Hola, Rebeca. ¿Qué quieres tomar?

La actitud del camarero, solícita y cordial, la tranquilizó. De acuerdo, podían hacer como que nada había ocurrido.

—Pues creo que empezaré con un Ballantines con coca-cola.

Jonás tardó en reaccionar. El ajustado vestido de la joven era como un imán para sus ojos. Elegante, habría resultado discreto en cualquier otra chica que no tuviese la increíble figura de Rebeca. Pero en ella... Era como una segunda piel, sugerente, nada provocativo en sí mismo, salvo por las curvas que le daban forma. Las sandalias de tacón alto, con finísimas tiras plateadas, resplandecían en aquel bar como un diamante en una pocilga.

—¡Vaya! Creo que me he pasado un poco con la ropa. ¿Aquí no se arreglan las chicas para salir el fin de semana?

—Hasta ahora creía que sí —resopló Jonás.

—¡Hay que ver cómo estás, maja! —exclamó un joven, mirándola como si fuese una extraterrestre.

—¡Deja a la chica en paz! —le cortó su compañero—. Aunque la verdad es que estás tremenda. Perdona, es que no tenemos costumbre de ver chicas tan guapas y elegantes.

—Gracias —respondió con una sonrisa.

No iba a ofenderse porque unos pobres diablos babearan con su sofisticado vestido. Y debía reconocer que el nivel en el pueblo no era demasiado elevado, de modo que, en efecto, ella resultaba muy atractiva con su vestido de seda de corte oriental.

—¿Has salido tú sola? —se extrañó Jonás.

—Sí. No se puede decir que tenga muchos amigos en Cárcar, y los que tengo son muy mayores. No me importa salir sola, solo me propongo tomar algo y pasar el rato.

Jonás suspiró sin quitarle ojo.

—Perdona, pero es que esta noche estás impresionante.

—No esperaba llamar tanto la atención, la verdad —replicó simulando una timidez que estaba lejos de sentir.

Bebió un sorbo de su copa. Apenas había tomado un tercio del combinado y ya empezaba a notar su efecto sedante.

—Tienes que marcharte, Rebeca. Vuelve a Barcelona y olvida este pueblo de mierda.

—Déjame en paz, ¿vale? No eres nadie para decirme lo que tengo que hacer. Por mis venas corre sangre asesina.

El camarero se contuvo para no soltar la carcajada.

—No obstante, te comunico que me voy —continuó Rebeca muy seria—. Y no porque tú me lo ordenes ni porque me hayas amenazado ni porque tenga todos estos arañazos, sino porque quiero.

—Yo nunca he hecho esas cosas que dices. En cualquier caso, no comprendo a qué se debe ese cambio.

—No debería contarte mi vida, pero solo voy a estar en Cárcar un día más y supongo que no importa. Ahora que conozco toda la verdad sobre mi abuelo ya no tengo nada más que hacer aquí, y como entiendo que mi presencia supone un incordio para todo el mundo, me marcho. No creo que volvamos a vernos, de modo que esta es mi despedida. Mañana iré a visitar la iglesia, porque me parece una pena marcharme sin haberla visto, pero después me subiré en mi coche y me iré para siempre. —Dio un largo trago a su bebida y concluyó—: *The dream is over!*

—Me alegro por ti, pero te aseguro que yo nunca te he amenazado. Cuando he tenido que decirte algo, lo he hecho a la cara. Puede que sea un cabrón, pero siempre voy de frente.

A Rebeca el cubata le estaba sentando divinamente. De pronto, pareció reaccionar y su expresión se tornó seria.

—No es que me fíe de ti, pero podemos dejar las cosas así, si eso es lo que quieres. —Calló por un instante y luego añadió—: No me preguntas cómo he llegado a enterarme de que mi abuelo era un vulgar asesino. ¿No te importa lo más mínimo?

—Paso de aquella historia. No quiero saber nada de Celia ni de su hermana.

—Que es tu madre —puntualizó Rebeca.

—No, no lo es. Creo que todo el mundo lo sabía menos yo. Y es tan evidente que me siento como un auténtico gilipollas.

—¡Oye, Jonás! ¿Nos sirves unas cervezas o entramos en la barra y nos las ponemos nosotros mismos?

Unas risas impregnadas de alcohol siguieron al comentario.

—Disculpa.

Jonás se giró para poner las cervezas.

—No hay problema —respondió Rebeca—. Oye, cuando vuelvas me traes otro igual, y a ser posible que dure más. Este se ha acabado muy rápido.

Jonás acababa de servir el tercer cubata a Rebeca cuando apareció Víctor acompañado de otras cinco personas. En cuanto la vio en la barra torció el gesto.

—¡Vaya, no me habías dicho que tu novia era modelo! —exclamó la única chica del grupo y luego añadió—: Seguro que es simple y tonta, como todas.

—Cállate la boca, ¿quieres?

Se acercó a Rebeca pero no supo qué decir. Se quedó en silencio y observó cómo la joven removía los hielos con una pajita.

—Parece que has bebido un poco.

—¡Qué perspicaz! ¿Qué te ha llevado a sacar esa conclusión?

—Mira, no pretendo discutir contigo.

—Pues nadie lo diría. Solo te falta decir que no te gusta mi modelito. Por aquí ha causado furor, te lo aseguro.

—Es muy bonito, la verdad. En realidad, demasiado para un pueblo como este.

—No sabes apreciar los esfuerzos de una chica por estar guapa —terció Jonás—. Por cierto, ¿ya sabes que Rebeca nos deja?

—¿Quién te ha dado vela en este entierro? Mete las narices en el fregadero y déjanos en paz. ¿No nos has hecho ya suficiente daño?

—Hablas como un mariquita. ¿No nos has hecho ya suficiente daño?

Antes de que tuviera ocasión de responder, Víctor notó una presión sobre su cuerpo. Rebeca se había ido relajando poco a poco, incapaz de mantenerse en el taburete. La sujetó mientras miraba con dureza al camarero, quien en ese momento tiraba unas cañas con una sonrisa burlesca en la cara. Le habría gustado liarse a palos con él, pero Rebeca era casi un peso muerto en sus brazos. Era evidente que no estaba habituada a beber alcohol y no era momento de encajársela a nadie para enfrentarse a Jonás, bastante estaban llamando la atención. Si conseguía que caminase erguida, tal vez no tendría que echársela a la espalda como un fardo, lo cual podía ser bastante lamentable. Consiguieron salir por la doble puerta del bar sin tropezar con nada. Rebeca farfullaba palabras carentes de sentido, al menos para Víctor.

Una vez en la calle, rodeó a Rebeca con fuerza para evitar que tropezara con sus tacones. Con la mirada al frente y sin cruzar una palabra, emprendieron el camino hacia la casa. Por desgracia, eso significaba que debería subir la cuesta del barrio Monte con la carga adicional de Rebeca. ¡Mierda! Esta tía solo me trae problemas, pensó. Cuando llegaron a la puerta, comenzó la ardua tarea de buscar la llave. El atuendo de la chica no dejaba lugar a muchas opciones. Debía de haberse olvidado el bolso en el bar. ¿Y ahora qué? No podía dejar a Rebeca sola, mareada como estaba, en mitad de la calle.

Tardó medio segundo en tomar la decisión. Cinco minutos después entraba en su casa con Rebeca a la espalda. Subió a su habitación donde la soltó sin miramientos sobre la cama. No se atrevió a desnudarla, ella se apañaría si en verdad le molestaba el vestido. Fue a quitarle las sandalias pero solo encontró una; la pareja debía de haberse quedado por el camino. La cubrió con la sábana y cerró la puerta. Él dormiría en el sofá del salón; era solo la una de la mañana y le tentó la idea de volver al bar. Finalmente se quitó los zapatos y se tumbó resignado en el sofá.

24

Lo peor de aquel sábado de julio no iba a ser la resaca, sino la vergüenza de no saber dónde estaba ni cómo había llegado allí. Para colmo de males, solo tenía un zapato y como el tacón medía casi diez centímetros, el ridículo de ir cojeando era aún mayor que el de ir descalza; el rímel extendido bajo sus ojos y los moratones de las piernas terminaban de completar su look decadente. Era evidente que saldría de Cárcar por la puerta grande. Micaela amablemente le prestó sus cremas para desmaquillarse, y gracias a ese detalle recuperó parte de su dignidad.

—Siento muchísimo haberos causado tantas molestias —se disculpó mientras desayunaba en la cocina de Micaela—. Os alegrará saber que me marcho. El objetivo de mi viaje ya se ha cumplido y no tiene sentido que prolongue mi estancia.

—No te entiendo —se sorprendió Micaela.

La expresión de Víctor venía a significar lo mismo, aunque se quedó callado.

—He encontrado los artículos que informaban sobre el asesinato de Celia en 1945. Lo que ocurrió está muy claro. Mi abuelo confesó su delito. Él la mató y la escondió en la cueva detrás de una roca. No era la persona que yo esperaba que

193

fuese. Engañó a la chica para que lo acompañase a la zona de la Peña Caída, no sé con qué tipo de excusa, y cuando llegaron a la cueva le disparó en la cabeza... —los ojos se le llenaron de lágrimas.

—¡Pobre niña!

Micaela se acercó a ella y la estrechó entre sus brazos.

—No podía esperar más de vosotros, Micaela. Sé que te aviso de mi marcha con poca antelación, seguro que podías haber alquilado la casa lo que queda de mes. Lo siento de veras.

—Pero ¿qué estás diciendo? Si tú ya has pagado todo julio. No hay razón para que te marches de forma tan precipitada. ¿Por qué no te quedas unos días más? Aún no has visto ni la mitad de los lugares que pensabas visitar.

—Eres muy amable, Micaela, pero no creo que este sea mi sitio. Muchas personas tienen motivos para recelar de mí, ahora lo comprendo. Me marcho. Después de hacer la maleta, subiré a la residencia para despedirme y luego iré a conocer la iglesia antes de emprender el viaje.

Se acercó a Micaela y la besó en la mejilla. Después se volvió hacia Víctor, pero este se adelantó:

—Te acompaño.

Ya con la puerta abierta, le ofreció un par de sandalias de su madre para que no tuviera que ir descalza hasta su casa.

—Siempre tienes que sacarme de algún apuro, ¿verdad?

Víctor guardó silencio.

—Desde que estuvimos con don Paulino no has dicho ni una palabra acerca del crimen de la cueva. Ni siquiera has hecho un solo comentario cuando he mencionado los artículos hace un momento.

Él le sostuvo la mirada tanto tiempo como pudo y al fin bajó la cabeza.

—Supongo que en cuanto me vaya volverás a disfrutar de tu vida tranquila.

—Ha sido duro tenerte cerca estos días, sí. Probablemente nunca debiste venir a Cárcar. Y si quieres visitar la iglesia —añadió—, tendrás que pedir la llave al cura. Vive enfrente de la casa con blasones de la calle Mayor. Una calleja estrecha baja justo por el lateral de la casa parroquial y otra por el de la casa de los blasones. No tiene pérdida.

—Gracias.

Víctor tomó una vez más la iniciativa y le tendió la mano. Con una media sonrisa dibujada en el rostro Rebeca se marchó, con una sandalia en una mano y una copia de la llave en la otra. Cuando llegó a la casona del barrio Monte, su pequeño bolso plateado la esperaba apoyado contra la puerta.

Jonás se levantó casi a mediodía tras haberse pasado varias horas dando vueltas en la cama. Sin desayunar siquiera, abandonó la casa dando un portazo. Aurora también salió para hacer unos recados. A su regreso, se sorprendió al oír unos ruidos en la bodega. Ya nunca solían bajar allí, desde... Suspiró resignada. El estúpido de su hijo estaría revolviendo trastos viejos. Qué raro es este chico; igual que su padre, pensó. La sombra de una sospecha le ensombreció el rostro, pero al momento reanudó sus tareas en la cocina. Al oír el sonido del timbre, el susto casi le hizo soltar el cazo de agua hirviendo. Ordenó a voz en grito que subiera quien fuera.

Cuando los pasos llegaron hasta la cocina y se giró para ver quién era, se arrepintió de haberlo hecho.

Rebeca entró en el bar de la residencia para despedirse de sus amigos. Detrás de ella lo hizo el Hombre Sarmiento, quien permaneció inmóvil sin quitarle el ojo de encima. La joven sintió un escalofrío, pero lo controló; aquel tipo tendría que buscarse otro entretenimiento ahora que se iba a marchar. No encontró a nadie en el bar. Salió frustrada del local, pero no tardó en localizar al Gallardo, Anastasia y Marcelo sentados en su banco habitual. Se acercó al grupo y comunicó sin rodeos que había descubierto la verdad sobre la muerte de Celia.

—Mi abuelo Ángel la mató de un tiro en la cabeza —declaró con voz débil, visiblemente avergonzada.

A continuación entregó a Daniel un sobre con una copia impresa de los cuatro artículos del periódico. El anciano lo agarró como quien empuña un hierro candente.

—Ya os dije que mi padre le prestó el arma. No sé por qué nunca nadie me hace caso —se lamentó Marcelo encogiéndose de hombros.

Rebeca guardó silencio; esperaba que alguien rompiera el hielo.

—Si todo eso es cierto, ¿por qué la mató? —inquirió Daniel con voz cavernosa.

Un grupo de buitres que planeaba sobre sus cabezas dibujó un gran círculo. Rebeca carraspeó.

—Eso le he ido a preguntar a Aurora.

—¿Has ido a ver a esa vieja bruja?

—Me sentía en deuda con ella por lo que mi abuelo le hizo a su hermana, pero también quería saber su opinión sobre los motivos de Ángel. Por más vueltas que le doy al tema, no encuentro una razón que justifique el asesinato. Aun imaginando que mi abuelo hubiese dejado embarazada a Celia, ¿qué ganaba con matarla? Le habría bastado con negar su relación con ella.

—Opino igual. ¿Y qué te ha dicho?

Rebeca bajó la mirada.

—Que mi abuelo era un indeseable, que sedujo a Celia e intentó propasarse también con ella, que era solo una niña.

—¡Virgen de Gracia! —se santiguó Anastasia.

—Después ha añadido algo que no he llegado a comprender.

—¿Qué ha dicho?

—Que don Ángel le arrebató a su hermana y también a su marido. Luego, me ha echado de su casa. Poco le ha faltado para darme con el cazo.

—Pareces tonta —le espetó Daniel—. ¿Cómo se te ocurre presentarte sola en casa de Aurora? ¿Qué esperabas que hiciera, recibirte con un abrazo e invitarte a comer? No se te podía haber ocurrido una idea peor.

—¡Deja en paz a la chica! Ha hecho lo que ha creído oportuno —la defendió Anastasia.

—¡Qué guapa es esta moza! ¿Y tú de quién eres, maja? —le preguntó Marcelo.

—Soy una amiga —respondió Rebeca, mirándolo con ternura—. Siento que Daniel no apruebe mis decisiones, pero ya no importa demasiado.

La despedida duró casi un cuarto de hora, tiempo en el cual Anastasia se deshizo en abrazos, lo mismo que Marcelo. Daniel, por su parte, se limitó a estrecharle la mano. Rebeca dio media vuelta y emprendió la marcha. Las lágrimas pugnaban por brotar de sus ojos mientras los tres ancianos observaban cómo la nieta de don Ángel Turumbay salía de sus vidas.

—¿Qué habrá querido decir Aurora con esas palabras? —murmuró Anastasia.

—A palabras necias, oídos sordos —replicó el Gallardo.

—Ojos que no ven, corazón que no siente —añadió el Gitano acercándose al grupo.

—El que a los veinte no es mozo y a los treinta no casó, si a los cuarenta no es rico, el pájaro ya voló.

—Eso no tiene relación con lo que estamos diciendo —refunfuñó Daniel mientras negaba con la cabeza.

—Pero es una verdad como un templo —se justificó Marcelo.

—Siempre estropeas los refranes.

Jonás había dado literalmente la vuelta al contenido de la vieja bodega. No perseguía un objetivo concreto, solo quería saber más, encontrar nuevas pistas sobre su padre, algún objeto personal u otra carta que le sugiriese alguna información. Después de las palabras de su madre el día anterior, se sentía más desarraigado que nunca; estaba solo y ahora comprendía que siempre lo estuvo.

Cuando llevaba casi una hora removiendo trastos a la tenue luz de una vieja bombilla, algo le llamó la atención. Extrajo con cuidado un objeto semienterrado en el suelo de arcilla. Se sentó en una caja de madera y estudió el pedazo de cuero con una sensación de vacío en el estómago. Abrió el cierre metálico, oxidado por la humedad. El cuero estaba en tan mal estado que temió verlo desintegrarse entre sus dedos. Lo primero que identificó al abrir la cartera fue un carné cuya foto mostraba a un hombre cercano a la veintena. Su parecido físico con él mismo resultaba notable. Pese a que el fotografiado tenía el aspecto de un personaje de otra época, creyó acertar al suponer que se trataba de su padre. Era un carné de Falange, lo que le sorprendió sobremanera. Quizá fuera obligatorio, pensó. Encontró también una foto más moderna donde se veía a una chica joven con un peinado ridículo y un vestido estampado parecido a los que las mujeres llevaban aquella temporada. La joven tenía un bebé en los brazos. Tembló de emoción mientras en su cara se reflejaba una sonrisa.

Permaneció como hipnotizado hasta que los rostros impresos se desenfocaron en su retina. La cartera tenía un pequeño monedero incorporado, levantó la solapa y lo sacudió hasta que cayeron al suelo algunas monedas: una gris de cincuenta pesetas, varias de cinco, del mismo color que la anterior, y otra dorada de una peseta. Todas ellas mostraban un personaje de perfil rechoncho, el mismo que aparecía en aquel sello de correos de la carta del abogado: Francisco Franco, el Caudillo.

Con un brillo extraño en los ojos, se precipitó en busca de una pala.

Daniel observaba que la joven llegaba ya al final del camino con la molesta sensación de que olvidaba algo. Pero ¿qué? Odiaba ser tan viejo. Su cerebro le jugaba malas pasadas, aunque pensándolo bien, sus manos aún eran más torpes, por no mencionar sus tristes piernas y su vista cansada. ¿Qué olvidaba? De pronto dio un respingo, gritó el nombre de Rebeca y salió a toda prisa tras ella.

Más que correr brincaba, como si atravesara descalzo un campo de ortigas. Cuando llegó a su lado, resoplando como un asno, la chica lo abrazó emocionada.

—No he corrido esta maratón para que me des un achuchón. Tengo algo guardado para ti y casi te vas sin recogerlo. Acompáñame a mi habitación si no te importa, y ya de paso me ayudas a caminar, porque me falta el aliento.

Cinco penosos minutos más tarde llegaban a la habitación que el Gallardo compartía con Marcelo Agreda. El anciano se sentó al borde de la cama. Parecía a punto de exhalar el último aliento; sin embargo, no tardó en rehacerse. Ya tranquilo, abrió el mismo armario del que había sacado los cuadros el día que Rebeca fue a visitarlo y extrajo uno envuelto en un grueso papel marrón que colocó con parsimonia sobre la cama. El último doblez del papel dejó al descubierto el retrato de un hombre de unos cuarenta años, bastante atractivo, que lucía una abundante cabellera negra peinada con raya a un lado; en el rostro, más bien cuadrado, destacaba el hoyuelo de la barbilla. Parecía un autorretrato. ¡Qué conmovedor!

Rebeca analizó el cuadro hasta el menor detalle. Después dirigió una mirada inquisitiva a su pariente, el único que tenía.

—¿Quién es? —preguntó.

—La Virgen del pajarito.

La joven insistió con la mirada.

—¿Quién va a ser? Tu abuelo Ángel, por supuesto. Creí que te gustaría tenerlo.

—No lo quiero. Lo único que podría hacer con él sería quemarlo.

Aferrado a su bastón, Daniel bajó la mirada. Ella se dirigió a la puerta pero tras recorrer unos metros, se detuvo y volvió sobre sus pasos. Del bolso sacó una vieja fotografía que lanzó con desprecio sobre la cama.

—La encontramos en la cueva —se limitó a decir, y se marchó.

Más viejo y menos gallardo que nunca, Daniel González se acercó a la cama. El brillo acuoso de sus ojos y el repentino goteo de su nariz delataron la emoción que le producía volver a ver aquella foto suya, que él mismo regaló a Celia hacía tantos años porque la chica decía que quería tenerlo siempre cerca. Y al parecer lo tuvo. Hasta el final.

Jonás apenas distinguía nada con aquella bombilla tan pobre, pero aun así se las apañó para abrir pequeños hoyos en busca de alguna pista. Al cabo de una hora, el sudor y el polvo cubrían su rostro por completo, y el suelo de la bodega parecía un campo de minas. Decepcionado, se secó el sudor de la frente con la manga y al contemplar el panorama decidió rendirse. Y así lo habría hecho de no haberse apagado la luz. ¡Mierda! El fundido a negro fue total. Se armó de paciencia. Se sirvió de la pala a modo de bastón y avanzó despacio, tanteando el camino hacia la escalera. Tardó varios minutos en subir a la cocina. ¡Bien, la vieja no estaba en casa! Se acercó a un armarito donde se podía encontrar cualquier cosa, en busca de una vela que solucionara su problema. Lo que halló superó con creces sus expectativas. Se hizo con una bombilla de cien vatios, una vela y un mechero. Mientras bajaba las escaleras observó el lúgubre aspecto de la bodega bajo la titilante luz de la vela y un ramalazo de algo que no quiso admitir que fuera miedo le atravesó como una lanza de la cabeza a los pies.

La nueva bombilla llenó de claridad la lóbrega estancia. Ese pequeño logro le satisfizo. Desde lo alto de la caja que había usado como escalera, volvió a ojear el espacio con renovada curiosidad. Su mirada se detuvo en algo de color claro que aparecía semienterrado en el suelo al fondo de la bodega. Unos cuantos montoncitos de tierra a su alrededor le dieron a entender que lo había pasado por alto al cavar a la tenue luz de la bombilla sustituida. Frunció el ceño. Podía tratarse de un trozo de vasija rota o de cualquier otro objeto sin importancia. Aunque solo era visible un centímetro cuadrado de superficie, destacaba sobremanera entre la tierra oscura. La superficie se acrecentó poco a poco a medida que retiraba la tierra con las manos, mientras su corazón latía con fuerza en su pecho. Se quedó inmóvil. Tal vez no quería saber, quizá la realidad fuese mucho peor que la historia que conocía. La certeza de su hallazgo le hizo estremecer. Respiró profundamente para darse ánimos y continuó con la labor de retirar tierra.

25

La calavera lo miraba con las cuencas llenas de tierra y una sonrisa burlona. Un par de gusanos casi transparentes se retorcieron y huyeron de la luz. Los huesos estaban dispuestos con los brazos cruzados sobre el pecho y las piernas extendidas. El cadáver había sido enterrado en realidad con el máximo respeto. Quien lo sepultara, no lo hizo con prisas; debió de tardar lo suyo en practicar la huesa y colocar el cuerpo en la postura concreta en que lo hizo. Cierto que no había cavado un hoyo muy profundo, porque seguramente no esperaría que nadie perturbara el descanso del difunto en aquel lugar tan privado. Tras las primeras reflexiones acerca de su descubrimiento, llegó el momento de enfrentarse a la cruda realidad. Observó detenidamente el cuerpo descarnado que yacía ante él. La hebilla del cinturón, aunque muy oxidada, había resistido el paso del tiempo, como algunos botones pequeños y unas botas recias que habían perdido los cordones durante el proceso de putrefacción. Esos elementos, además de la cartera que había encontrado semienterrada, indicaban que se trataba de un varón. Observó de nuevo la calavera. Se armó de valor e intentó cogerla con una mano. Notó cierta resistencia y se le erizó el vello. En su vida había visto un esqueleto y menos aún, soñado con tocarlo. Se sorprendió ante la ligereza del cráneo que con mucho cuidado logró separar del cuerpo. Con la certidumbre de tener entre las manos el cráneo de su padre, sintió cómo se le encogía el corazón. Le tembló la barbilla y una lágrima solitaria rodó imparable por su mejilla para abrir un surco en el polvo que le cubría el rostro. Abrazando la calavera, se abandonó al llanto. Permaneció así unos minutos en los que se acunó adelante y atrás con monótono vaivén. Cuando se hubo calmado estudió de nuevo los restos. En general, la dentadura estaba en buenas condiciones, si bien faltaba alguna pieza. Giró el cráneo en sus manos y detectó la presencia de un pequeño agujero en la región occipital. Conforme a lo aprendido en las series de televisión, buscó otro agujerito en la parte frontal. Lo encontró, en efecto. Le había pasado inadvertido en un primer momento, pero al buscarlo a propósito era fácil de localizar. Estaba seguro de dos cosas, a cual más aterradora: una, aquel hombre fue asesinado, y dos, el asesinado era, sin ninguna duda, su padre.

Súbitamente se dio cuenta de otra cosa. Una tercera certeza, aún más aterradora que las precedentes, hasta el punto de que no se atrevió a darle crédito; y sin embargo, la idea no dejaría de atormentarlo a partir de aquel momento: obviamente, alguien debió ejecutar y enterrar a su padre en su propia bodega.

Una corriente de aire la recibió al abrir la antigua puerta de madera. Accedió al cancel, con sus dos pilas de agua bendita y dos puertecitas de uso cotidiano, una para los hombres y la otra para las mujeres. Atravesó una de ellas y entró en la iglesia. Rebeca no era católica practicante, a pesar de los esfuerzos de su madre en ese sentido, pero en el ámbito profesional siempre la había atraído el arte religioso y el ambiente de misticismo que se respiraba en los templos. Le gustaba el misterio que contenían esos lugares, sus imágenes hieráticas, sus tumbas ocultas bajo tarimas o piedras en el suelo. Eso nada tenía que ver con el arte, no era sino una sensación particular y muy personal. Un pequeño vicio.

La luz diurna penetraba a raudales por las altas ventanas de cristal translúcido y generaba una neblina que flotaba ingrávida entre el suelo y las bóvedas estrelladas. La iglesia, construida a finales del siglo XVI, era de estilo gótico renacentista, aunque en el siglo XVIII se le añadió un tramo a la altura de la entrada donde ella se encontraba. La capilla de los Santos Pasos quedaba a su derecha. Durante sus frecuentes paseos por los jardines exteriores, se había fijado que junto al pórtico de entrada se conservaba la antigua portada renacentista, rematada por una hornacina de medio punto con frontón y pilastras en forma de candelabro. La imagen de Santa Bárbara, ante la puerta, daba la bienvenida al templo. Rebeca consideró que esa podía ser la estatua que presidió en tiempos la pequeña ermita cuyas ruinas coronaran hasta hacía unos años el pinar más cercano al pueblo, llamado precisamente de Santa Bárbara. Según le explicó Daniel, en lugar de reconstruirla, a alguna mente iluminada se le había ocurrido demolerla y asunto concluido. «Santa Bárbara bendita, que en el cielo estás escrita, con papel y agua bendita. Y en el ara de la cruz, nuestra muerte, Amén, Jesús.» Sonrió al recordar cómo su abuelo recitaba la plegaria en medio de cualquier nublado. Supuso que en pasadas épocas, cuando la mayoría de los vecinos eran labradores, en Cárcar debió de haber mucha devoción por la santa, dado que era la patrona de las tormentas.

Apartó a Santa Bárbara de su mente para concentrarse en la iglesia. A su izquierda se erigía majestuoso el retablo mayor. De traza barroca, construido a principios del siglo XVIII, se trababa de uno de los mejores ejemplos de estilo churrigueresco existentes en Navarra. En la parte central, a varios metros sobre su cabeza, la escultura de San Miguel venciendo a Lucifer. A la izquierda del altar mayor, el de la Virgen del Rosario, una obra manierista del taller de Bernabé Imberto con una imagen titular de época anterior. Solo con este altar ya se justificaba su visita, pero aún le quedaba por ver alguna que otra curiosidad.

Su humor había cambiado, y mucho, en el poco tiempo que llevaba en el interior de la iglesia. Con una sonrisa en los labios se dirigió hacia el fondo de la nave para contemplar el coro alto con su sillería rococó. Junto a él, el órgano del mismo estilo y época, obra del lerinés Joseph de Mañeru y Ximénez.

Se detuvo junto a la puerta por la que había entrado minutos antes y alzó la vista hacia el órgano. Faltaba la totalidad de los tubos de la trompetería de batalla. Se sospechaba que un cura que fue párroco hacía muchos años los vendió todos, y también la reja que cerraba el presbiterio. Una desdicha, fruto de la ignorancia y la codicia, pensó. Aun así, era una pieza estupenda. Desde donde se encontraba, apenas lograba apreciar algún detalle de la sillería del coro, pero el cura le había entregado una llave para que pudiera acceder a él a través de una escalera situada al fondo de la iglesia. Dudó un instante en hacerlo, pues se estaba haciendo tarde para emprender el viaje de vuelta a Figueres. Ya había avisado a Hugo Castells de su regreso, y le había prometido acudir lo antes posible al museo para ponerse al día en cuanto a los últimos acontecimientos. Tras unos segundos de vacilación, se encaminó a la puertecita que daba acceso al coro. Por retrasar su marcha unos minutos, nada iba a cambiar y era muy improbable que volviese a poner los pies en Cárcar, con lo cual, lo que no hiciera en ese momento se quedaría sin hacer de por vida.

La puerta se abrió sin dificultad. Los primeros peldaños de sillar contrastaban con la rojiza tarima de la nave. Ascendió despacio por los irregulares escalones. Cuando llegó a lo alto, otra puertecita la invitó a entrar en el coro, donde encontró una nueva variación de suelo: este no era ya la moderna tarima de la nave ni la piedra de la escalera, sino una maltrecha y antiquísima madera de pino de pésima calidad repleta de agujeros por obra y gracia de la acción de puntiagudos tacones femeninos. Sonrió con tristeza. Se situó junto al facistol, bastante estropeado, al igual que la sillería, pero se habían conservado, y eso ya era algo. Caminó con pies de plomo hacia el lateral, temerosa de que la tarima se hundiera bajo sus pies. Cuando llegó a la puerta del órgano sintió un escalofrío que no tenía ninguna relación con la temperatura. Se agachó para poder atravesar el vano, y comoquiera que allí no hubiera otra luz sino la que penetraba por la puerta tuvo que aguardar a que su vista se acostumbrara a la oscuridad para poder adentrarse en las entrañas del enorme instrumento. En cuanto sus pupilas se dilataron lo suficiente comprobó que aquello era un desastre absoluto de polvo, telarañas, libros antiguos de música religiosa y viejas partituras. Un excelente refugio para los ratones. ¡Lástima!

Retrocedió unos pasos. Un sonido cuya procedencia le fue imposible precisar reverberó en el templo vacío. Decidió ignorarlo, dado que se encontraba en un lugar donde cualquier cosa producía ruidos confusos: un pájaro que se cuela por alguna grieta, un crujido de la madera... Caminó despacio en dirección al facistol y dirigió la mirada hacia la nave. Se encontraba frente al centro geométrico del altar mayor, y tenía justo a la altura de sus ojos la escultura de San Miguel venciendo a Lucifer. Lucifer, el Ángel caído. Su abuelo... Se obligó a pensar en otra cosa.

Durante unos segundos observó el panorama con ojo experto, después se encaminó de nuevo hacia la escalera. No le pasó inadvertida una gruesa puerta de madera situada justo al otro lado del coro. No podía jurarlo, pero dedujo que, al estar en la parte alta de la nave, esa puerta bien podía conducir a la torre. Eso era al menos lo que había podido comprobar en otras iglesias. La torre era otra de las paradas más interesantes que podía hacer en aquella visita, pero no estaba decidida a subir sola. Seguía sopesando la posibilidad de alargar la visita cuando llegó al pie de la escalera. Cerró la puerta a su espalda, y entonces lo vio. Estratégicamente situado frente a la puerta de entrada, destacaba sobre el suelo caoba. Blanco, reluciente. Estaba escrito a mano con letras mayúsculas, y la caligrafía en cierto modo le resultó familiar. Tardó algún tiempo en reaccionar después de leer el mensaje, pues creyó advertir similitudes entre esa nota y las anteriores que recibió en la casona. De modo que era eso, Jonás quería despedirse. No podía reprochárselo; al fin y al cabo, tuvieron una relación cuando menos intensa durante su estancia en Cárcar. Extraña, sobre todo extraña, pero intensa sin duda. Sin embargo, no podía olvidar la brutal escena vivida en su habitación; en aquel momento sintió miedo, y no le parecía una buena idea reunirse con él en un lugar tan solitario como la iglesia. Además, mi abuelo Ángel mató a su tía, se dijo. Por otro lado, no parece que me guarde rencor por eso. Pero entonces, ¿por qué me amenazó a través de las notas y me persiguió a tiros por la cuesta de la Peña Caída? Tal vez solo pretendió asustarla para que dejara de remover aquella vieja historia. Tenía sentido, ya que toda su familia, y en especial su madre, debió de sufrir mucho con el asesinato de Celia. Así pues, decidió concederle algo de su tiempo. Quizá se lo debía como desagravio por el pecado cometido por su abuelo Ángel. Ahora la cuestión era cómo subir a la torre. Recordó la puerta vista en el coro, pero de inmediato reparó en la que tenía delante, abierta de par en par. Estaba cerrada cuando ella entró en el templo, podría jurarlo, por lo cual dedujo que Jonás la había dejado así para dirigir sus pasos. ¡Muy bien! Si quieres jugar, juguemos.

Atravesó la puerta de madera y se encontró en una zona de paso, con suelo de terrazo español bastante corriente y paredes lisas encaladas. Unos veinte peldaños conducían hacia otra puerta, también abierta. ¡Bien por Jonás! Al atravesar el vano encontró un nuevo descansillo seguido de más escaleras. Se detuvo en ese punto. Debía de hallarse a media altura de la nave central. Notó la adrenalina y le agradó sentirla. Al documentarse acerca del pueblo, leyó que entre 1833 y 1839, durante la primera guerra carlista, las tropas constitucionalistas utilizaron como fuerte la ermita de Santa Bárbara y la parroquia de San Miguel donde ella se encontraba. En la torre de la iglesia instalaron uno de los telégrafos ópticos de la línea Lerín-Andosilla-Cárcar-Lodosa-Ausejo... No era mala idea subir a la torre, aunque solo fuera por mera curiosidad histórica, por más que la posibilidad de un encuentro con Jonás en ese lugar le parecía por momentos más sugestiva. El siguiente tramo de escalera estaba más oscuro, pero su retina se adaptó gradualmente a la escasa luz. Sus manos tanteaban la pared de piedra, que giraba hacia la izquierda sin cesar. Sintió cierta inquietud, pero pronto se tranquilizó al pensar que Jonás la precedía. No había nada que temer. Cuando llegó al siguiente rellano oyó un crujido. Podía ser Jonás, o quizá algún roedor. Se estremeció. Nunca le había sucedido nada parecido, pero la idea de que un ratón pudiera recorrer su cuerpo le producía pánico y repugnancia a partes iguales. Percibió un ligero roce a poca distancia. Aguzó el oído. Un susurro en alguna parte le puso los pelos de punta. Se abría allí un marco sin puerta, oscuro como boca de lobo. Centró la mirada. Tras unos segundos se fueron perfilando ante sus ojos unas grandes ondulaciones en el suelo que recorrían toda la superficie. Se encontraba sobre el techo de la nave y los bultos eran las bóvedas. Respiró profundamente para calmar su pecho agitado. Nuevos relieves del suelo ondulante tomaron forma en su retina como personas en posturas imposibles. Intentó enfocar debidamente las negras siluetas para comprender su naturaleza. Su pulso se aceleró y su rostro reflejó el horror que se apoderó de ella: una cabellera larga, enmarañada, caía sobre un rostro atormentado, cuyo cuerpo eran unos palos cruzados. Había al menos un par de figuras de esas características. Se adentró dos pasos en la sala de los bultos, pese a que estaba realmente asustada. En cuanto atravesó el umbral, un fuerte golpe en su cabeza evitó que su último pensamiento llegara a materializarse.

Llevaban un buen rato junto a la iglesia, asomados hacia la plaza Mayor. El Gallardo mostraba el gesto torcido. El Gitano siempre circunspecto, procuraba no interrumpir las cavilaciones de su compañero.

—¿Qué se supone que estamos mirando? ¿Es que esperamos a alguien? —se atrevió por fin a preguntar, con un tono de voz tan bajo que apenas era algo más que un susurro.

Daniel giró la cabeza y miró directamente a los ojos pequeños y turbios de Patricio.

—Dime, ¿no notas algo raro en la plaza?

Perplejo, el Gitano observó con atención. Solo veía coches aparcados, alguna moto y los contenedores de basura. Se encogió de hombros, avergonzado de su incapacidad.

—¿No crees que ese pequeño coche rojo debiera haber desaparecido hace horas?

El Gitano comprendió al instante.

Se despertó con un intenso dolor de cabeza. Mantuvo los ojos cerrados mientras cobraba conciencia de su cuerpo, que de inmediato notó rígido y cansado. ¿Estaría enferma? Intentó mover los brazos: imposible. Probó con las piernas y obtuvo el mismo resultado. Trató de recordar. Ignoraba cómo había llegado a la cama, pero debía de haberlo hecho, puesto que estaba dormida. Una imagen: estaba en la iglesia, Jonás la esperaba en la torre. En ningún momento salió a la calle sino que se dirigió hacia el campanario por una estrecha escalera de caracol. Sin embargo, no llegó arriba, se detuvo en aquel cuarto repleto de bultos. Bultos en el suelo, bultos con cabellos humanos... Angustiada, se obligó a abrir los ojos. Sus párpados se fueron elevando como persianas pesadas para dar paso a una escena gris. Frente a ella, las dos formas de rostro atormentado permanecían inmóviles como figuras de cera, pero se daba perfecta cuenta de que no lo eran. Un escalofrío le volvió a recorrer el cuerpo.

Quiso taparse la cara con las manos, pero le fue imposible. Empezó a tomar conciencia de su situación: se encontraba en el suelo, con las manos atadas a la espalda y los pies sujetos con una cuerda a la altura de los tobillos. Estudió las dos figuras de cabellos enmarañados, y el horror de aquellos rostros desencajados se le contagió al instante. Seguro que ella no presentaba mucho mejor aspecto. Con un nuevo esfuerzo de concentración, advirtió que el cuerpo de las figuras eran simples palos cruzados, la cabeza y las manos estaban hechas a base de escayola pintada. Los cabellos le parecieron una broma macabra, pero entendió que estaba ante dos imágenes de candelero utilizadas seguramente en las procesiones de Semana Santa. No pudo felicitarse por sus deducciones, pues de poco le servían para comprender lo que sucedía. ¿Por qué Jonás le hacía esto? No cabía decir que se tratara de un juego, ni tampoco de una broma. Notó que una sustancia pegajosa le acartonaba la mejilla derecha. ¿Cuánto tiempo llevaría allí? Podían ser horas o minutos. No tenía modo de saberlo, su reloj estaba fuera de su alcance. Giró la cabeza a uno y otro lado en busca de su bolso; si pudiera usar el móvil... No localizó el bolso, pero en cambio, su mirada encontró la de unos ojillos pequeños e inexpresivos, a los cuales acompañaba una figura informe, una mera sombra. Guardó silencio, esperando alguna palabra por parte de su atacante. Aquello era demasiado parecido a una película de terror para poder asimilarlo, así que se dio ánimos pensando que en definitiva todo aquello formaría parte de una broma de muy mal gusto por la que iba a montar una bronca sonada. Después de un tiempo interminable, la figura informe se movió. Llevaba una túnica larga y un capirote, lo que no permitía distinguir los contornos de aquel ser, y por la misma razón ignoraba si tenía delante a un hombre o a una mujer. Sin embargo, era Jonás. ¿Quién si no? Él la había citado en la torre. Una vez más había demostrado ser una ingenua. Era él quien la había amenazado y perseguido por la Peña Caída, ahora lo veía claro. En el fondo sí le guardaba rencor, y debía de ser muy profundo. ¿Tanto como para matarla? Su cuerpo comenzó a temblar descontrolado; ya no le pertenecía; nada podía hacer para dominar el miedo, porque ya no era miedo sino pánico. Pánico y una enorme frustración.

La figura creció ante sus ojos. Se agachó delante de ella y con la mano derecha recogió algo del suelo, una especie de bate, o tal vez una cachiporra o un rodillo de cocina. Rebeca tuvo la certeza de que su cabeza ya había probado la dureza de esa arma. La figura se situó a medio metro de la joven con el supuestro bate entre las manos. No emitió ningún sonido ni pronunció una palabra, pero su actitud parecía invitar a Rebeca a hacerlo por última vez. La sensación de irrealidad se acrecentaba por momentos. Todo presagiaba que iba a morir allí mismo, a manos de un encapuchado y ante dos horribles figuras de la Pasión de Cristo y, a pesar de todo, era incapaz de prepararse para ese momento. Pasaron varios segundos, con la figura a la espera de oír las súplicas de su víctima, quien ya había tomado la firme decisión de no implorar por su vida. Al menos podía controlar eso, podía morir con dignidad. Si aquel ser despreciable quería saber algo, tendría que preguntárselo. Así al menos conocería la identidad de su asesino.

Enseguida comprendió que el encapuchado no iba a abrir la boca. ¿La razón? Tal vez la descubriera en la otra vida. La túnica reanudó su lento movimiento. Levantó el palo a la altura de la cabeza de Rebeca calculando cuidadosamente el ángulo con que debía asestar el golpe. Rebeca tembló y dejó escapar un gemido. Tardó en darse cuenta de que aquel sonido había salido de su propia garganta, tan desgarrador le pareció. Cerró los ojos, negándose a ser testigo de su ejecución. Oyó el silbido del palo al rasgar el aire en dirección a su cabeza. Después, una explosión y la nada.

26

Cuando Aurora entró en la cocina se quedó perpleja. El inútil de su hijo había dispuesto una bonita mesa para dos, adornada con una rosa en un jarroncito; sobre la encimera se veía una ensalada y junto a la sartén, dos soberbios solomillos de ternera. La boca se le hizo agua al instante. Quizá ese chico no fuese tan inútil, después de todo.

—¿Qué celebramos? Juraría que no es tu cumpleaños y, a pesar de mi mala cabeza, creo que tampoco es el mío.

—He pensado que podemos firmar una tregua. No deberíamos discutir como lo hicimos ayer. Lo siento mucho.

Aurora no pudo disimular su asombro. En la vida había oído disculparse a su hijo y le constaba que ella misma jamás había pedido perdón por nada ni a nadie, de modo que aquello no podía haberlo aprendido en casa. La sospecha de que algo raro sucedía le pasó por la cabeza, pero, a su pesar, se sintió reconfortada por el cariñoso recibimiento que Jonás le dispensaba. Eso era algo que nunca recibió de nadie desde que su marido... Mejor no pensar en él ahora, se dijo.

—Madre, ¿por qué no te pones el vestido rojo de los domingos? Estás muy guapa con él y esta es una ocasión especial. Como ves, yo también me he cambiado de ropa y me he afeitado. ¡Anda, date prisa! Si quieres, te puedes perfumar y ponerte tacones.

Aurora se precipitó hacia su habitación con una sonrisa desconocida en el rostro. En dos minutos estaba de vuelta, vestida con su mejor vestido y unas sandalias de tacón, perfumada, como Jonás le había sugerido, y con un collar de perlas que adornaba su arrugado cuello. Jonás le dedicó un gesto de aprobación, colocó la fuente de ensalada sobre la mesa e invitó a su madre a servirse. Tardó solo unos segundos en preparar la carne y servirla en los platos. Aurora contemplaba admirada el grueso solomillo en su plato como si nunca hubiera visto nada más sabroso. Estaba exultante. Jonás sacó una botella de vino tinto que había metido en el frigorífico cinco minutos antes para despojarla del calor veraniego. Se sentó, sirvió el vino y levantó su copa. Aurora se sintió como la protagonista de una película de Julia Roberts, su actriz favorita. La hija que habría deseado tener.

—¡Por la familia! —brindó Jonás.

Su madre calló, incapaz de pensar algo que decir.

Cuando ambos terminaron la carne, Jonás sacó unos helados del frigorífico. Había llegado el momento.

—Mamá, me gustaría que me hablaras de lo que le ocurrió a la tía Celia. Nunca hemos abordado ese tema, pero forma parte de nuestro pasado, y ya que todo el mundo en el pueblo conoce alguna versión, creo que yo debería conocer la verdad.

Habló pausadamente, con toda la calma que fue capaz de transmitir. Aurora no dejaba de asombrarse. El día anterior su hijo estaba fuera de sí de odio hacia ella y ahora, de pronto, era una balsa de aceite. ¡A esta juventud no hay quien la entienda!

—Pues ya ves, hijo. Hay mucha maldad en el mundo. Don Ángel Turumbay era un monstruo.

—¿Cómo se fio de él la tía Celia para acompañarlo a un lugar tan apartado? No parece un comportamiento muy responsable por parte de una joven.

—Bueno... —dudó un instante—, es que la tía Celia era muy inocente. Casi diría que un poco boba.

—¿De verdad?

Aurora sacó pecho, complacida por el interés que mostraba su hijo.

—Verás —comenzó con la mirada perdida en un tiempo remoto—, mi hermana fue una chica muy guapa, como habrás podido ver por alguna fotografía que tengo por ahí. Sin embargo, era bastante limitada, no sé si me entiendes. —Jonás asintió, animándola a continuar—. Algunos chicos se aprovechaban de ella y la pobre ni se daba cuenta. Los hijos del organista, Andrés y Jacinto, fueron los últimos con los que anduvo, y menuda la que montaron. Celia se quedó embarazada y no sabían quién de los dos hermanos era el padre; aunque también es cierto que podía haber sido otra persona, ya te digo que era bastante ligera de cascos. Por desgracia, desde entonces las chicas del pueblo no han aprendido nada y siguen siendo unas pelanduscas. Pero bueno, eso es otra historia.

Jonás se daba perfecta cuenta de que su madre estaba completamente desinhibida. Había ido rellenando las copas cada pocos minutos, de modo que ella no se percató de la cantidad de vino que estaba bebiendo, ni captó el hecho de que él apenas daba unos sorbitos a su copa. Decidió no interrumpirla y dejarla hablar, seguro de que tarde o temprano llegaría la parte que a él le interesaba.

—Casi pierdo el hilo... ¿Dónde me había quedado? ¡Ah sí! La tonta de mi hermana se quedó encinta, pero mis padres la querían casar con un hombre del pueblo, un viejo con muchas tierras. Celia no quería ni oír hablar de aquel arreglo, pero sabía que si mis padres se enteraban de que estaba embarazada todo se iría al carajo. Y lo peor no era que se estropeara

217

el trato con ese señor, sino que mi padre la habría echado de casa o mandado a un reformatorio. Eso, de haber salido con vida de la paliza que le hubiese propinado. En fin, la situación era muy grave, como puedes ver.

—¡Pobre desgraciada!

—¡Y tanto, hijo! Total, que me pidió consejo. Yo era una niña muy madura y Celia necesitaba contárselo a alguien.

—Seguro que tú eras mucho más inteligente que ella, aun siendo la menor.

—Pues sí que lo era.

Aurora ya no podía dejar de hablar, tenía que mostrar cuán astuta había sido desde la infancia. Era su momento y lo estaba aprovechando al máximo. Con la mirada perdida y un brillo singular en los ojos continuó:

—Bueno, el caso es que le recomendé que pidiera ayuda al practicante del pueblo, don Ángel Turumbay. Era muy amigo de la familia, y yo sabía a ciencia cierta que haría lo que Celia le pidiese. Se trataaba de un pobre hombre, sin hijos y con una mujer que era una bruja; pero eso es otra historia. La cuestión es que Celia hizo lo que le dije y don Ángel accedió a prestarle su ayuda. Yo lo tenía todo bien planeado y podía haber salido a pedir de boca, pero algunas personas no dejan nunca de hacer estupideces.

Jonás advirtió un brillo diferente en los ojos de su madre.

—Aquel día, los seguí a distancia a través de los pinos. Bajaron despacio por la cuesta de la Peña Caída, procurando que no los vieran para no dar que hablar. Llegaron a la cueva y entraron con cautela. Yo, desde fuera, escuché todo lo que se decían. Ella estaba convencida de someterse al aborto, pero el muy estúpido la disuadió. ¿Te lo puedes creer? Como si no tuviésemos bastante con tener una mujerzuela en casa... Si hubieran hecho lo que tenían que hacer, nada de aquello hubiera ocurrido. Celia había conseguido ocultar el embarazo durante meses, pero entonces ya era demasiado evidente, la fecha del parto se acercaba. —Aurora comenzó a dar vueltas por la cocina.

—¿Qué ocurrió? —insistió Jonás temiendo que su madre se cerrase en banda.

—¡Bah! Nada. Ya lo sabes. Él la mató y fue a la cárcel.

La anciana comenzó a recoger algunas cosas y a cambiar otras de sitio sin motivo aparente.

—De todas formas, mi hermana se merecía lo que le sucedió. Era una cualquiera, una mujer de la vida. ¡Ah, si yo hubiera tenido su tipo y esa cara que parecía la de una diosa griega!

—Pero tú querías protegerla.

Aurora lo miró fijamente tratando de adivinar sus intenciones. Estaba desconcertada e ignoraba si su hijo estaba de su parte o no.

—Yo solo quería lo mejor para mi familia. El honor era algo muy importante, y mi hermana iba a acabar con el buen nombre de nuestra familia.

—Comprendo. No podías permitir que continuase con su plan.

—Pues claro que no. Pero tampoco podía sacrificarme yo por su culpa. El auténtico responsable de la situación era quien debía pagar por aquello.

—No te entiendo. Según has dicho, nadie sabía cuál de los dos hijos del organista había dejado embarazada a Celia.

—Nadie lo sabía, pero yo oí algo mientras esperaba escondida en la boca de la cueva.

Jonás trataba a duras penas de disimular su impaciencia. Temeroso de hacer o decir algo que pudiese interrumpir a su madre, guardó silencio.

—El muy cerdo prometió a mi hermana que abandonaría a su esposa para irse con ella y tener al bebé. ¿Te lo puedes creer?

—¿Don Ángel era el padre de la criatura?

–No lo sé. Puede que quisiera proteger al padre o quizá lo fuera él mismo, eso nunca se sabrá. Pero la verdad es que estaba profundamente enamorado de Celia. Que no soportaba a su mujer lo sabía todo el mundo, era una auténtica arpía, pero yo no podía dejar que hicieran tamaña barbaridad. Mi familia hubiera sido vapuleada, apartada de la vida del pueblo durante décadas. No podía permitirlo.

–Tuviste que ser tú quien actuara por el bien de la familia. No tenías otra opción.

–Exacto.

Aurora pululaba por la cocina como una hormiga en busca de la entrada del hormiguero. Jonás sintió que se debatía entre guardar su secreto o confesar y liberarse de la carga que soportaba desde hacía tantas décadas.

–Pero tú eras una niña. No pudiste arreglarlo tú sola. Aquello era demasiado para una frágil jovencita.

–¿Frágil? Yo nunca he sido frágil. ¿Cómo se te ocurre semejante idea? Yo era fuerte y decidida, e hice lo que tenía que hacer sin dudarlo.

–No exageres, madre.

Aurora reaccionó enérgica:

–Podrán acusarme de muchas cosas, pero no de ser una persona vanidosa. Si digo que era fuerte y decidida es porque lo era. Verás, don Ángel abandonó la cueva primero. Tenía miedo de que los vieran subir juntos, y además, su mujer podía sospechar si volvía tarde a casa. Yo me escondí bien hasta que el hombre desapareció por el camino; entonces entré en la cueva. Celia lloraba, la muy ñoña. Ni siquiera me vio, estaba de espaldas a la entrada; solo tuve que apuntar y disparar. Después coloqué la roca más grande que fui capaz de mover justo delante del cuerpo para que tardasen en encontrar el cadáver. En aquel momento aún no sabía cómo se iban a desarrollar los acontecimientos.

Ya estaba, ya lo había reconocido. Tragó saliva.

—Hiciste bien, madre. Seguramente ahorraste a tus padres un disgusto aún más terrible que perder a una hija.

—Y que lo digas, hijo.

—Hay algo que no entiendo muy bien. ¿Por qué llevabas un arma?

—¡Qué sé yo! Igual pensé que me haría falta. ¿Cómo quieres que después de tantos años me acuerde de todo?

Jonás veía cómo los nervios se apoderaban de su madre; debía darse prisa.

—¿Qué ocurrió después?

—Tardaban demasiado en descubrir el cuerpo de Celia. Mi madre estaba enferma de desesperación y mi padre quería matar a los hijos del organista. Tanto es así que los dos huyeron del pueblo y nunca más volvieron. Bueno, en realidad el mayor regresó cuando falleció su padre, por lo del testamento, ya sabes, pero aparte de eso, nunca más se supo de ellos. Debieron de acabar en California. Antes, la gente de aquí emigraba a California o a Argentina. Pero eso no viene ahora al caso. La cuestión es que como no podía aguantar el horror que mis padres soportaban, fui andando hasta el cuartel de la Guardia Civil de Andosilla y denuncié a don Ángel. Él se declaró inocente, claro, y como era una persona tan respetada en Cárcar, lo soltaron. Pasaban los días y a nadie se le ocurría ir a buscar a la cueva, de modo que tuve que volver a insistir con la denuncia. Ocurrió algo impensable: don Ángel estaba desolado, se sentía responsable de la muerte de Celia. Al parecer, prefería morir que continuar su vida junto a una mujer a quien odiaba. O eso es lo que yo pensé en su día, claro. Ni siquiera tuve que amenazarlo, y juro que lo habría hecho, pero se confesó culpable, y creo que así es como se sentía en realidad. —Inspiró profundamente. Como si se hubiera quitado un gran peso de encima, siguió con su relato—: Cuando la Guardia Civil fue en su busca la segunda vez, don Ángel se derrumbó e hizo una confesión propia de un asesino profesional.

Aún no me puedo creer que salieran de su boca semejantes mentiras. Qué curioso es el destino, ¿no te parece?

—¿Nadie pensó en interrogarte a ti?

—Por supuesto que no. ¿Por qué iban a hacerlo?

—Porque eras solo una niña y, al parecer, conocías todos los detalles de lo sucedido.

—No se me había ocurrido verlo desde ese punto de vista. Supongo que ya era un logro haber dado con el asesino; lo único que quieren las fuerzas del orden y los políticos es presumir de mantener a los malhechores a raya. Imagino que en aquel tiempo sería algo parecido. Nadie cuestionó mi palabra y nadie se molestó en investigarme a mí.

Los dos guardaron silencio por unos instantes. Al final, Jonás lanzó su órdago:

—Mi padre lo descubrió, ¿no es cierto?

Con los dedos cruzados bajo la mesa, rezó a la Virgen de Gracia. Nunca había creído en milagros ni en historias de viejos, pero en el pueblo todo el mundo se encomendaba a la Virgen de Gracia, y parecía que en muchas ocasiones los rezos habían dado fruto. En aquella, la Virgen de Gracia hizo honor a su fama.

—Don Ángel se había estado viendo con él a escondidas, y para colmo, metí la pata un día durante las fiestas de La Cruz. Habíamos bebido mucho, yo estaba un poco achispada, alguien mencionó a mi hermana y al llegar a casa empecé a hablar de aquello como si nada. Tu padre no daba crédito a lo que oía y por eso unos días después me sometió a un interrogatorio en toda regla. Yo le mentí, claro está. No podía decirle la verdad; él era una persona débil, un perdedor. Nunca lo hubiera comprendido. Pero no se conformó con mis palabras y decidió investigar por su cuenta. Todo el mundo en Cárcar conocía alguna versión de lo que había sucedido en la cueva. Había por lo menos tres o cuatro historias diferentes. Ninguna era cierta, por supuesto, pero como nadie se molestaba en informarse debidamente, los relatos se iban alejando más y más de la realidad. Tu padre contrató a un abogado de Pamplona para que le asesorase sobre el caso. Yo no lo supe hasta que encontré una carta del picapleitos en una de sus chaquetas. Por lo visto, aquel señor encontró un periódico viejo que decía que don Ángel Turumbay era el asesino, pero tu padre sabía que yo había hecho mucho más que denunciar a don Ángel y pidió al abogado que ahondase más en su investigación, que buscara detalles del juicio y de la autopsia con la intención de acusarme a mí. Entonces es cuando tuve que intervenir.

Con el corazón golpeándole en el pecho como un gato encerrado en una olla a presión, Jonás jugó su última baza:

—Tuviste que matar a papá para que no te delatara.

—¡Desde luego! ¿Qué podía hacer si no?

27

Jonás terminó su trabajo en la cocina antes de bajar a la bodega para afrontar la ardua tarea de volver a enterrar a su padre tal como estaba cuando lo encontró. Compactar de nuevo la tierra sobre sus restos fue lo más difícil. El éxito de su plan dependía en gran medida de que todo quedase intacto, como si él nunca hubiera puesto los pies en la antigua bodega. Cuando dio por terminado el trabajo con la pala, se esmeró en distribuir los antiguos aperos del mismo modo en que se encontraban unos días atrás. Escrutó la estancia y decidió que esa luz no era la que más convenía a sus intereses. Subió a la cocina, donde todo estaba tal como él lo había dejado una hora antes. Gracias a Dios, su madre había dejado de moverse. Abrió el cajón y metió la mano esperando encontrar una bombilla de poca potencia. Dio con una de vela perteneciente a una vieja lámpara. Solo cuarenta y cinco vatios. ¡Perfecta! Se giró hacia el cuerpo que colgaba de la viga de la cocina y revivió la sensación de las carnes flácidas entre sus brazos al alzarla. El olor a senectud se le había metido hasta el mismo tuétano. Sintió una arcada, quizá por ese recuerdo, quizá por lo que había hecho. Tal vez había perdido su humanidad, pero no estaba en absoluto arrepentido, sino más bien asombrado ante su propia sangre fría. No resultó difícil someter a la anciana después de que se hubiera bebido casi una botella entera de vino. Teniendo en cuenta su edad y la falta de costumbre, con dos copas habría bastado para dejarla fuera de juego. Ahora lo veía todo como un espectador, perplejo ante su arrojo para atar la cuerda alrededor del cuello de Aurora, elevarla medio metro y obligarla a mantenerse sobre el respaldo de una silla de madera hasta que el alcohol y el cansancio de sus piernas gastadas por los años la hicieran desfallecer y con ese desfallecer, morir. Suponía que la silla habría caído cuando las piernas de la mujer ya no pudieron mantener el equilibrio sobre su respaldo, o quizá como consecuencia de las convulsiones previas a la muerte. Ese era un extremo que ignoraba. No quiso presenciar un momento tan desagradable. Repasó cada centímetro de la cocina en busca de algo que pudiera haberle pasado por alto. Nada. Todo estaba limpio y en su sitio, y la cocina, impecable, con excepción del cuerpo de su madre. Se fijó en que Aurora había perdido una sandalia en su lucha por sobrevivir. Localizó el par y se lo calzó. A continuación bajó a la bodega para cambiar la bombilla. Después subió al cuarto de baño para arreglarse. Cuando estuvo listo, se marchó al Jadai a tomarse un café y tal vez un pacharán con hielo. Lo necesitaba.

Permaneció en el bar alrededor de una hora. Charló un rato con el otro camarero, leyó el *Marca,* tomó café y dos pacharanes en lugar de uno. Eso le ayudó a calmarse. Ya estaba hecho y no había vuelta de hoja. Ahora comenzaba la verdadera farsa. Se despidió de su compañero hasta las ocho y media de la tarde, hora en la que le debía relevar tras la barra. Lo hizo con mucha seguridad, aun a sabiendas de que aquella noche no acudiría a trabajar: estaría demasiado conmocionado por la muerte de su madre.

Cuando las campanas de la iglesia daban las cinco de la tarde, un nuevo rumor estaba a punto de extenderse por el pueblo. Unos segundos después de la señal horaria, el toque se reanudó, ahora con una cadencia muy distinta. Una campanada grave, otra aguda, de nuevo una grave... Tocaban a muerto. Otra vez.

En el salón de la televisión, doce ancianos suspendieron su actividad en cuanto percibieron el archiconocido tañido. En silencio, todos contaron con los dedos. El sonido cesó pasados unos minutos.

—Es una mujer —dijo alguien.

Un sentimiento de inquietud inundó la sala. ¿Sería de nuevo alguna jovencita? Siempre tenían ese temor desde hacía muchos años. Todos sabían que aquello no acontecía en otros pueblos, pero nadie decía nada; sin embargo, todo el mundo era consciente del morboso placer que parecían encontrar las jovencitas de Cárcar en el suicidio. Algunos decían que aquello comenzó con la muerte de Celia Urbiola, mientras que otros, más fantasiosos, aseguraban que el espíritu de la chica obligaba a las jóvenes a suicidarse para que le hicieran compañía en el limbo, y otros, en fin, sencillamente veían aquello como un misterio que debía de tener una explicación racional; quizá fueran asesinatos en lugar de suicidios. En cualquier caso, nadie hacía el menor movimiento en aras de que se esclareciese la naturaleza de tales coincidencias.

En completo silencio, los ancianos abandonaron la sala, e incluso guardaron cola para salir con orden y sin atropellarse. El jardín se llenó enseguida de gente ansiosa por conocer la identidad de la difunta. Daniel el Gallardo y Patricio el Gitano, en las gradas de la plaza Mayor, vigilaban el Mini Cooper de Rebeca. La chica había dicho que se marcharía en cuanto hubiese visitado la iglesia, y de eso hacía varias horas. La puerta del templo estaba cerrada con llave, lo habían comprobado. Claro que bien podía haber cambiado de idea y decidido emprender el viaje más tarde. Daniel comenzó a bajar las escaleras, seguido por el indolente Patricio. Una vez en la plaza, se dirigieron en silencio a la casa rural. Llamaron con insistencia sin obtener respuesta. Patricio, que tenía mejor oído que Daniel, pegó la oreja a la cerradura intentando captar algún sonido en el interior. Nada. Allí solo había silencio.

—Vamos a casa del cura. Al menos sabremos si ha devuelto las llaves de la iglesia. Llevaban recorridos unos pocos metros cuando un coche de la Policía Foral los adelantó a bastante velocidad. Ninguno de los dos dijo nada. La puerta de la casa del cura se abrió antes de que pulsaran el timbre y don Gonzalo salió precipitadamente con el rostro desencajado. Casi tropezó con los dos hombres que flanqueaban la puerta.

—¿Adónde va con tanta prisa, padre? ¿Ha ocurrido algo malo? —interrogó el Gitano.

—Han encontrado a Aurora Urbiola muerta en su casa. Siento no poder atenderos ahora.

A pesar del impacto que le causó la noticia, el Gallardo aprovechó la ocasión. Se negaba a irse de vacío.

—Padre, solo queremos saber si la chica forastera le ha devuelto las llaves de la iglesia esta mañana o a mediodía.

Con evidente disgusto, el cura abrió el buzón con la llave más pequeña de cuantas pendían del grueso aro. Las llaves que había dejado a Rebeca estaban dentro, tal como le había pedido que hiciese cuando terminara su visita.

—Pues sí, las ha devuelto.

Aclarado ese punto, don Gonzalo salió zumbando. Cruzó la calle y bajó por las estrechas escaleras del antiguo convento.

Los dos hombres permanecieron unos instantes observando la empinada calleja por la que el sacerdote había desaparecido.

228

—Así que Aurora Urbiola ha muerto —musitó el Gallardo.

—Y Rebeca ha desaparecido —añadió el Gitano.

Apenas cabía un alfiler en la parte más baja del barrio Monte, junto a la plaza del Paredón, donde vivía Aurora Urbiola. El coche de la Policía Foral, una ambulancia, el médico del pueblo, el cura, decenas de vecinos tratando de ver algo de lo que ocurría en el interior de la casa... y todo ello sazonado con el insistente tañido de las campanas que anunciaban el deceso de la anciana. En el interior de la vivienda, la actividad era frenética. La comisión judicial, integrada por el juez instructor, el secretario y el médico forense, procedía al examen del cuerpo y el escenario. Aparentemente se trataba de un suicidio, pero había que seguir los protocolos, no podían dar nada por supuesto. En una salita junto a la cocina, uno de los dos agentes de la Policía Científica que habían acudido en respuesta a la llamada al 112, tomaba notas sin perder detalle de las palabras de Jonás Sádaba.

—¿Sufría su madre de depresión o estaba atravesando algún momento difícil?

—Verá usted, mi madre no ha sido nunca una mujer dada al sentimentalismo. Sin embargo, estos últimos días sentía cierta pesadumbre.

—¿Qué quiere decir?

—Verá, agente...

—Subinspector Arambilet.

—Pues verá, hace unos días llegó al pueblo una chica cuya presencia ha trastornado bastante a mi madre.

—Explíquese, por favor.

—Cuando mi madre era pequeña, su hermana fue asesinada. La chica de la que le hablo es la nieta del asesino.

Jonás hizo una pausa que el subinspector Arambilet respetó. No había prisa; lo importante era que el joven hablara.

—También yo he tenido algo que ver con su estado de ánimo. En fin...

—Le escucho. Tómese el tiempo que necesite.

—Verá... Hace unos días encontré en nuestra bodega una carta fechada en 1975 cuyo destinatario era mi padre. La remitía un abogado contratado por él para investigar la intervención de su mujer en aquel desgraciado suceso. Yo lo comenté con mi madre, como es natural, y ella... Bueno, no sé cómo explicarlo bien... Mi padre desapareció en aquella época. Mi madre siempre me dijo que él nos había abandonado por una chica más joven que ella, pero esta misma mañana he encontrado esto en la bodega.

Jonás le mostró la vieja cartera que había mantenido entre las manos durante todo el interrogatorio. El subinspector Arambilet se enfundó unos guantes de látex. Después la abrió y comprendió.

—¿Es la cartera de su padre?

—Eso parece.

—¿Y dice que la ha encontrado en la bodega?

—Estaba semienterrada. Verá, es que el suelo de la bodega es de tierra. Antes todas eran así. Hoy a mediodía se la he enseñado a mi madre, y ahora pienso que no hubiera debido hacerlo.

—¿Por qué?

—Me ha dicho que mi padre fue un inútil, que lo tuvo que matar para que no la denunciase. Es evidente que no estaba bien. Supongo que había perdido el juicio.

—¿Quiere decir que el padre de usted sospechaba que su madre, es decir, su propia esposa, tenía algo que ver con aquel asesinato? ¿Y que su madre ha confesado hoy mismo haber asesinado a su marido, el padre de usted?

Jonás bajó la mirada avergonzado.

—Se ha alterado mucho, estaba fuera de sí, nunca la había visto de esa manera... Así que me he marchado al bar muy disgustado ¡Imagínese! Cuando he vuelto ya no había nada que hacer. Todo ha sido por mi culpa.

Jonás prorrumpió en sollozos. El subinspector comprendió que el joven necesitaba un respiro, y le pidió permiso para registrar la casa y la bodega. Después abandonó la sala en silencio.

En ese momento descolgaban el cuerpo de Aurora para llevarlo al depósito. El cura rezaba a media voz con un librito negro entre las manos y luego hizo la señal de la cruz ante el cuerpo de la anciana.

—Tiene todo el aspecto de un suicidio —observó el policía Escrich—. La mujer lleva un traje elegante, zapatos de tacón y va perfumada. Dudo mucho que ese fuera su atuendo habitual. Recogió la cocina, lo dejó todo impecable y se acicaló para presentar un buen aspecto cuando la encontrasen. Los suicidas no pasan por alto ningún detalle.

—Sin embargo, es cuando menos infrecuente que alguien que se va a ahorcar se adorne el cuello con un collar de perlas —puntualizó el subinspector Arambilet con el entrecejo fruncido.

Cuando hubo concluido el levantamiento del cadáver, los dos agentes de la patrulla de la Científica iniciaron el minucioso registro de la casa. Lo primero que encontraron fue un cadáver enterrado en la bodega, hecho que no hizo sino confirmar las sospechas del subinspector Arambilet. Los restos se colocaron con todo cuidado en una caja especial, una vez se hubieron tomado las pertinentes fotografías, muestras de la tierra, restos de tejidos y otros indicios. La tierra estaba demasiado suelta, como si alguien hubiera cavado antes que ellos en ese lugar preciso. Era prácticamente imposible volver a compactar la tierra tanto como para que no se percibiera la diferencia con el resto del suelo, de modo que los esfuerzos por ocultar ese detalle habían sido vanos. El forense les informaría de la causa de la muerte en cuanto hubiese analizado los restos, aunque el orificio que atravesaba el cráneo desde la nuca constituía una evidencia de lo que parecía haberle ocurrido al infortunado hombre cuya tumba acababan de profanar, al parecer, por segunda vez en poco tiempo.

Mientras Escrich cribaba la tierra que rodeaba el cadáver de la bodega en busca de pruebas, y más concretamente de la bala que lo mató, en el dormitorio de la difunta el subinspector Arambilet examinaba los efectos personales de la mujer bajo la atenta mirada de Jonás. El policía buscaba una nota de suicidio o tal vez un diario, alguna pista que confirmase que Aurora había previsto quitarse la vida. No es que fuera un requisito imprescindible, pero solía ayudar a descartar el asesinato y así ahorrar un montón de onerosas pruebas a costa del contribuyente.

El de la Foral trabajaba en silencio. Hincó las rodillas en el suelo y levantó la colcha para echar un vistazo bajo la cama. Además de pelusa y varios pares de zapatos, encontró un bolso de cuero de tipo bandolera que no encajaba demasiado con el estilo propio de una señora de tanta edad.

—Eso no pertenecía a mi madre.

—Lo suponía.

Arambilet vació el contenido del bolso sobre la colcha. Allí no faltaba nada: cartera, llaves, móvil, pintalabios, bolígrafo, espejito... Abrió la cartera, que contenía numerosas tarjetas de crédito. Localizó el carné de identidad y lo sacó de su departamento.

—Rebeca Turumbay Busquets, de Barcelona.

—Es la chica de la que le he hablado antes. La nieta del asesino de mi tía Celia.

–¿Tiene idea de qué hace el bolso de esa chica en la habitación de su madre? –Jonás se encogió de hombros.

–Rebeca pensaba marcharse hoy mismo a Barcelona. A estas alturas ya debería estar en su casa.

El subinspector volvió a guardar el contenido del bolso, lo cerró y lo introdujo en una bolsa de plástico. Era definitivo comprobar si había alguna huella aparte de las de Rebeca. Podía haber sido el propio Jonás quien escondiera el bolso bajo la cama de su madre, no podían descartar ninguna posibilidad. En resumen, una llamada al 112 había derivado en un posible suicidio, un más que probable asesinato y el aparente robo de un bolso que podía desembocar en algún delito de más envergadura. Todo era circunstancial hasta que el laboratorio y el forense analizaran las pruebas.

Arambilet continuó con el registro ante la inexpresiva mirada de Jonás. Arrojadas de cualquier manera sobre una silla vieron una falda y una blusa. El policía tomó la falda e introdujo la mano primero en un bolsillo y después en el otro; del segundo extrajo un papel mal doblado donde se leía: «TE ESPERO EN LA TORRE. JONÁS».

Sin mencionar el contenido de la nota, procedió a meterla en una bolsita independiente. Siguió luego con el análisis de la blusa, en la cual detectó numerosas manchas de distinta índole, aunque le llamaron la atención dos de un tono granate, casi marrón, muy tenues, como si la sustancia no hubiera caído directamente sobre el tejido. La blusa acabó dentro de otra bolsa de plástico transparente. El armario del dormitorio resultó ser un lugar prodigioso de donde podían haber salido sapos y culebras. En cuanto el agente abrió la puerta, una túnica y un capirote similares a los de Semana Santa cayeron al suelo en un amasijo desordenado. Jonás nunca entraba en el cuarto de su madre y ahora se sentía avergonzado por el desorden que allí reinaba y la falta de limpieza que evidenciaba la decrepitud que acabó por asolar la persona de Aurora. Tuvo que recordarse a sí mismo que aquella mujer no era su madre. El de la Foral sacaba trapos, bolsos, zapatos... Todo un revoltijo de objetos dispares amontonados sin orden ni concierto. Sin motivo aparente, tomaba algunos y los metía en bolsas ante la apagada mirada de Jonás. Acto seguido abrió el pequeño cajón de la mesilla de noche en cuyo interior encontró varios cartuchos, una pequeña navaja suiza y casi una docena de frascos de medicamentos, todos con la misma etiqueta. Abrió uno de ellos y olisqueó el interior. Desconcertado, dirigió a Jonás una mirada interrogativa.

–Mi madre padece..., padecía intensos dolores a causa de un cáncer que casi la mata hace unos años, pero iba tirando a base de morfina.

–El dolor es algo muy subjetivo, ¿no cree? Aquí hay morfina para matar un caballo. –Jonás volvió a encogerse de hombros.

Cuando hubo comprobado las etiquetas de los frascos, el policía pasó a analizar los cartuchos y la navaja. Dudó que ese fuera el contenido habitual de la mesilla de noche de una anciana; su abuela, por ejemplo, solía guardar estampitas de la Virgen y pañuelos bordados. Extrajo el pequeño cajón y vació todo el contenido dentro de otra bolsa transparente que selló y dejó junto al resto de pruebas. Observó a Jonás. El hijo de la fallecida se mostraba taciturno e inexpresivo. Demasiado, dada la situación. Aquel chico ocultaba algo, pero aún era pronto para hacer conjeturas; sin embargo, estaba deseoso de analizar las huellas de los objetos encontrados en el cajón.

Al cabo de varias horas de minucioso registro, la patrulla de la Científica abandonó la casa de Aurora Urbiola. Además de los restos localizados en la bodega, se llevaban varias docenas de bolsas con muestras y pruebas, entre ellas la escopeta de Jonás

234

y la de su padre, que era de hecho una reliquia. Jonás informó a los agentes de que esa escopeta no se usaba desde hacía casi veinte años, cuando él aprendía a disparar. No obstante, el agente que la examinó no pareció muy convencido y arrugó la nariz. No dijo nada, pero un olor característico le impulsó a intervenir la escopeta sin pestañear.

El médico del pueblo fue el último en abandonar la casa y lo hizo con la promesa por parte de Jonás de que acudiría a la consulta del psicólogo por él recomendado para comenzar la terapia sin tardanza. Dejó sobre la mesa de la cocina una caja de Diazepam de cinco miligramos de la que él mismo le administró la primera dosis. Jonás acompañó al doctor a la puerta, y sin responder a sus cordiales palabras, se apresuró a cerrar con llave. Aún no había llegado arriba cuando oyó el sonido del timbre. Vaciló unos instantes. No deseaba ver a nadie ni tampoco dar explicaciones, y mucho menos deseaba que nadie se mostrara condescendiente con él. Solamente quería que lo dejasen en paz. Con escasa convicción, se decidió a abrir. Se desharía en un momento de quienquiera que fuese. Lo último que esperaba era encontrar a Sonia en el quicio de la puerta con una bolsa de plástico en la mano y una tierna sonrisa dibujada en el rostro.

—Pensé que tendrías que cenar algo.

Jonás no supo qué decir.

—Prometo no hacer preguntas, ni hablar de nada que tú no quieras. Solo he venido para hacerte compañía; después de todo somos amigos, ¿no? —Tomó aire y tras un momento de vacilación continuó—: He decidido que si no quieres el bebé, puedo abortar. Pero quiero que sea una decisión de los dos. Y ahora déjame entrar, que deben de estar todas las vecinas cotilleando detrás de los visillos.

Jonás ni siquiera pestañeaba. Seguramente, la pastilla que le dio el médico había mermado su capacidad de reacción.

—Por favor, Jonás, apártate para que pueda entrar. Cualquiera diría que has visto un fantasma.

—Pues casi...

Pero en realidad, más que un fantasma le pareció un ángel caído del cielo.

28

El subinspector Arambilet sabía que el análisis de las evidencias iba a resultar decisivo y que el laboratorio tardaría en analizar la ingente cantidad de ellas que habían sacado de la casa; pero no le pasó inadvertido el hecho de que la joven que sufriera el navajazo días atrás en Lodosa era la propietaria del bolso hallado bajo la cama de la presunta suicida. Estaba convencido desde hacía tiempo de que las casualidades no existen y desde luego no era verosímil que la chica hubiera abandonado el pueblo sin sus efectos personales. Llevaba un minuto aparcado en la plaza Mayor de Cárcar cuando llamó a la central para verificar si Rebeca Turumbay había denunciado el robo de su bolso. La respuesta fue negativa. Recordó que, en Lodosa, dos personas acompañaban a la joven cuando fue trasladada al ambulatorio. Repasó sus notas y marcó el número de teléfono de Micaela Insausti. Una voz masculina contestó al teléfono.

Media hora más tarde, un pintoresco grupo de edad avanzada escuchaba las explicaciones del subinspector Arambilet en una pequeña sala de la residencia Virgen de Gracia. Según palabras de Víctor Yoldi, Rebeca pensaba despedirse de los ancianos antes de abandonar el pueblo, y por tanto, ellos habrían sido los últimos en verla. A esas alturas, estaba claro que la chica no había llegado a emprender el viaje, ya que su coche permanecía aparcado en la plaza Mayor. Registrada la casa rural, el único rastro de Rebeca que se encontró en ella fue su maleta cerrada sobre la cama.

—La chica ha estado en mi habitación justo antes de marcharse. Soy tío segundo suyo, ¿sabe? Quería regalarle un retrato de su abuelo Ángel, pero lo ha rechazado. No quiere tener nada que ver con él.

—¿Qué ha hecho después?

—Ha ido a la iglesia. Quería visitarla antes de irse porque es profesora de arte y la iglesia de Cárcar es muy bonita. Ha pedido la llave al cura para hacer la visita y después pensaba subirse al coche y desaparecer para siempre.

—Tendríamos que preguntar al párroco, entonces.

—No se moleste, nosotros ya lo hemos hecho a media tarde. La llave estaba en el buzón, tal como el cura indica siempre que se haga.

—¡Vaya! Veo que la chica tiene buenos amigos.

—Quizá no tan buenos —puntualizó Anastasia.

—¿Qué quiere decir, señora?

—No sé. Creo que no la hemos protegido lo suficiente. Sobre todo, yo. Aurora Urbiola siempre ha sido amiga mía y fui yo quien le advirtió de la llegada de Rebeca. Figúrese, la nieta del asesino de su hermana. Yo la puse en su contra, aunque no fuera esa mi intención.

—¿Aurora y Rebeca llegaron a conocerse?

—Sí. De hecho Rebeca ha ido esta misma mañana a casa de Aurora para pedirle perdón por lo que hizo su abuelo, pero Aurora no ha querido escucharla. Es muy soberbia.

—Era —rectificó el de la Foral.

—Rebeca ha estado haciendo preguntas, ha hablado del asesinato de Celia Urbiola. A Aurora eso no le ha gustado nada, pero nada —señaló el Gitano.

—Recapitulemos: Aurora estaba en contra de Rebeca por remover toda aquella historia sobre la muerte de su hermana y, por supuesto, porque es la nieta del asesino. Por cierto, que hemos encontrado el bolso de Rebeca en casa de la fallecida. Y por lo que acaban de decir ustedes, la iglesia es el último sitio donde se supone que la joven ha estado.

—¿Aurora tenía el bolso de Rebeca en su casa? —se asombró Marcelo, que no había abierto la boca hasta ese momento—. Si ya decía yo que esa mujer estaba como un cencerro. Y además no es trigo limpio, de eso estoy seguro.

—Tal vez no fuese Aurora quien le quitó el bolso, sino su hijo Jonás —aventuró Anastasia.

Víctor frunció aún más el entrecejo.

—Creo que ha llegado el momento de que yo diga lo que sé. —Carraspeó mientras ganaba tiempo para ordenar sus ideas y buscar las palabras más adecuadas para facilitar la información que, tras meditarlo mucho, había decidido compartir con la Policía—. Verá: hace unos días, Rebeca y yo salimos a pasear por la zona en la que se encuentra la cueva donde su abuelo mató a la joven Celia. Pues bien, alguien nos estuvo persiguiendo a escopetazos durante toda la tarde. Tuvimos que bajar la peña como pudimos y salimos llenos de magulladuras. Y yo acabé con varios perdigones en el hombro —concluyó, y se subió la manga de la camiseta a fin de mostrar las señales del disparo recibido.

—Es la primera noticia que tenemos de ese incidente. ¿Por qué no dieron ustedes parte de un suceso tan grave?

—Rebeca no quería empeorar su imagen en el pueblo. Tenía la esperanza de llegar a ganarse la confianza de la gente y deseaba que este asunto se resolviera sin mezclar a la Policía. Está claro que nos equivocamos.

Víctor bajó la cabeza, abatido.

—Se equivocaron, sí. Y mucho. ¿Hay algún detalle que el señor periodista quiera compartir con nosotros? ¿O piensa esperar a que suceda otra desgracia para decirnos todo lo que sabe?

Víctor soportaba a duras penas las severas miradas de los presentes, a pesar de lo cual, tras un profundo suspiro, levantó la mirada y decidió vaciar su conciencia de cualquier posible carga. Ya no había a quien proteger. Es más, al parecer no había logrado proteger a nadie.

—Tengo los perdigones que me extrajo del hombro un médico amigo mío. Él afirma que son de calibre siete. Tal vez esa información pueda ayudarle en sus pesquisas.

—¿Algo más? —inquirió el agente mientras tomaba notas en su libreta.

—Sí, hay algo más. Al poco de llegar Rebeca al pueblo, por debajo de la puerta de la casa que había alquilado, alguien introdujo una nota que decía algo así como: «Márchate o acabarás como Celia».

—Es cierto —ratificó el Gallardo—. Yo también vi el papel. ¡Qué canallada!

—Esa nota es una prueba importante.

El subinspector Arambilet ordenó a su subordinado que volviera a la casa rural para tratar de localizar la nota. Una vez dadas las indicaciones oportunas y tras concluir el interrogatorio, determinó:

—Hemos de registrar la iglesia. El hecho de que nadie viera a la chica después de su visita es razón suficiente para sospechar que pueda continuar en el interior.

Víctor saltó de la silla.

—¿Cree que Rebeca puede estar encerrada en la iglesia?

—Les ruego que no hablen de este asunto con nadie. Es de suma importancia que la investigación siga su curso sin interferencias. ¿Me he explicado con claridad?

Cuando Víctor regresó de la casa del cura con las llaves de la iglesia, se ofreció a guiar a los Forales en el registro. No es que la iglesia fuese muy grande, pero estaba llena de puertas y recovecos que podían pasar desapercibidos para quien estuviese allí por primera vez. El Gallardo quiso unirse al grupo, pero lo disuadieron haciéndole ver que su movilidad no era la óptima para hacer de guía en caso de tener que subir escaleras. Patricio el Gitano estaba en muy buena forma, pero apenas conocía la iglesia, porque llegó al pueblo siendo casi adulto y no era un ferviente católico. Daniel torció el gesto e indicó:

—Marcelo, por favor, ve con ellos. Aunque tienes la cabeza como una batidora, eres un experto conocedor de la iglesia y todos sus secretos.

—Está bien, iré —accedió Marcelo, y pareció haber crecido varios centímetros.

Las campanas de la torre daban las diez de la noche al tiempo que abrían la puerta de la iglesia. Víctor y Marcelo iban en cabeza, el subinspector Arambilet y dos agentes seguían sus pasos. El anciano atravesó la nave frente al retablo de San Isidro para acercarse al cuadro de luces. Tras unos segundos en los que la iglesia no era sino un lugar siniestro, la luz convirtió las muecas de las figuras en amables gestos. Nadie dijo nada, pero todos sintieron que un escalofrío les recorría el cuerpo, y no se debía precisamente a la temperatura.

—¡Rebeca! —gritó Víctor.

El eco de su llamada fue lo único que obtuvo por respuesta. Aguardaron a que volviera a reinar el silencio y comenzaron a caminar. Las botas de los policías gruñían al doblarse sobre la tarima bien encerada, con un chirrido que llegaba a resultar molesto.

—En Peralta canta el Chueca, y en San Adrián el Donato, y en la villa de Andosilla, el Chucho y el Quilimaco.

Un coro de sonoras carcajadas resonó tras la intervención de Marcelo. Víctor estaba acostumbrado a sus salidas, pero los agentes no pudieron evitar la risa. El ambiente mejoró notablemente y el grupo se mostró de pronto más decidido. Marcelo se dirigió al fondo de la nave y abrió la puertecilla de la escalera que subía al coro. Una vez arriba, los cinco se dispersaron en busca de algún rastro de la chica.

—¿Adónde lleva esa puerta de enfrente? —inquirió el subinspector Arambilet.

—Da al salón de la Adoración Nocturna. Hace muchos años que no se usa, pero cuando yo era joven nos reuníamos allí por la noche para rezar. En fin, eran otros tiempos. Desde esa sala se puede acceder a la torre. Subamos si quieren, aunque no sé si seré capaz de dar con el interruptor.

—Podemos intentarlo. En el peor de los casos recurriremos a las linternas. Por cierto, esta otra puertecilla ¿es de verdad una puerta o forma parte del mobiliario?

—Esto es parte de la sillería, tiene mucho valor —explicó Marcelo, algo molesto por la ignorancia del policía—. A través de esta puerta se accede a la parte posterior de la sillería, que es un espacio estrecho donde se guardan imágenes antiguas, estatuas que no se utilizan. Lo llaman «el cuarto de los bultos», aunque hay otro «cuarto de los bultos» que les enseñaré cuando subamos a la torre. Podemos ver primero este si les parece bien. Aunque si a ustedes les da miedo puedo entrar yo solo.

El subinspector frunció el ceño, pero tuvo que callarse porque la verdad es que no le seducía la idea de adentrarse en el estrecho corredor, de modo que aceptó la sugerencia de Marcelo y este entró solo. Tardó varios minutos en salir, y para entonces el resto del grupo ya mostraba inquietud.

—He tenido que mirar bien cada figura para estar seguro de que ninguna era la chica. Pero no está ahí.

Cerraron la pequeña puerta de la sillería y abrieron una puerta más grande situada a su izquierda e integrada en la pared blanca. Un chirrido acompañó el movimiento de la hoja. Entraron atropelladamente en el salón de la Adoración Nocturna, que era poco más que una salita con una docena de sillas viejas. De allí partía una escalera de terrazo, en lo alto de la cual se abría otra puerta de madera, esta más corriente que la anterior. Marcelo la empujó para adentrarse en la oscuridad de un nuevo receptáculo. Palpó las paredes en busca del interruptor. A partir de ese punto, ni siquiera durante el día entraba un solo rayo de sol. Como no consiguió encontrar la llave de la luz y los agentes ya estaban algo nerviosos, optaron por encender las linternas. La puerta se cerró a sus espaldas. Tardaron unos segundos en acostumbrar la vista a la oscuridad, solo hendida por las ráfagas procedentes de las linternas.

—Este es el Cuarto del Reloj. Las campanas dan las horas y los cuartos gracias a ese armatoste de ahí. En mis tiempos no existían estos adelantos, pero ya hace muchos años que la tecnología llegó a nuestro pueblo —explicó Marcelo con patriótico orgullo.

Los cuatro hombres entraron en la estancia vacía, a excepción de la maquinaria del reloj. Allí no había rastro de Rebeca. Volvieron a salir. Marcelo se dirigió a otra sala que no tenía ni puerta ni marco. Tan solo un hueco oscuro.

—Este es el otro «cuarto de los bultos». Adivinarán sin dificultad el origen del nombre.

Dos ráfagas de luz rasgaron la oscuridad de la enorme sala, cuyo suelo estaba extrañamente ondulado. Resultaba complicado abarcar todo el espacio con los haces de luz, y más complicado aún sincronizarlos para distinguir algo entre todos aquellos bultos deformes.

—Nos encontramos sobre las bóvedas de la nave central, y de ahí que el suelo esté tan ondulado —comentó Víctor—.

Aquí se guardan también algunas imágenes que no se usan desde hace años. Reconozco que son espeluznantes.

Los focos iluminaron las figuras de largos y enmarañados cabellos. Arambilet dio un respingo y tuvo que sofocar un grito.

—Son pasos de Semana Santa. Les faltan los ropajes, pero el pelo es de verdad, por eso tienen «apariencia» de reales... —aclaró Marcelo, muy divertido ante la reacción de los policías.

Las linternas rodearon varias veces las sorprendentes representaciones de la Pasión de Cristo y poco a poco fueron abriendo el arco. El haz de una de las linternas iluminó en su recorrido una mata de cabellos desparramados por el suelo, estos rubios y brillantes. En el acto, los focos volvieron sobre ese contorno, menos anguloso que el resto, pero igualmente inerte.

29

Aquel domingo 11 de julio hubiera pasado con más pena que gloria en toda la provincia de Navarra de no haber sido porque ese día la selección española ganó por primera vez el Mundial de Fútbol. En las fiestas de San Fermín se dio la mayor afluencia el día anterior y, quien más quien menos, se había corrido una buena juerga, tanto si estuvo en Pamplona como si no. Todo el mundo, pues, tenía razones para estar feliz. Todos excepto los amigos de Rebeca Turumbay.

Víctor Yoldi dormitaba en el incómodo sillón reservado para las visitas. Estaban ya a lunes, y con el lunes, a buen seguro se reanudaría la actividad. Llevaba allí desde la noche del sábado y durante esas más de veinticuatro horas se le había empezado a oscurecer la cara, y no solo por la barba incipiente sino también por unas ojeras inmisericordes que ensombrecían el contorno de su mirada. Sabía de sobra que no presentaba muy buen aspecto, y sin embargo allí estaba, en el hospital, perdiendo todo el fin de semana, total para nada. La chica estaba en coma y nadie podía predecir cuál sería su evolución. Podía despertar en cualquier momento o no hacerlo jamás; e incluso si despertaba, era imposible conocer el alcance de las lesiones. Como les explicó el neurólogo que la trataba: «Por desgracia, el cerebro humano continúa siendo un enigma para la ciencia. Solo podemos esperar y rezar». ¡Menuda solución!

¡Rezar! Como si no hubiese ocurrido todo aquello en la mismísima casa de Dios. Él, desde luego, no pensaba perder el tiempo rezando; antes tendría que ver muestras de una intervención divina. Una repentina sacudida sacó a Víctor de sus ensoñaciones. Ya era de día y la luz entraba a raudales en la habitación. Cuando consiguió enfocar la mirada, distinguió la figura amable de una enfermera.

—¡Despierta, chico! Viene el relevo. Ahora puedes marcharte a descansar y darte una buena ducha.

Víctor escrutó la habitación sin apenas moverse, con el cuerpo aún entumecido. Percibió una silueta junto a la puerta. Se restregó los ojos para ayudarse a despertar del todo, y entonces lo vio. ¿Cómo se atrevía ese desgraciado a presentarse en la habitación de Rebeca después de lo que le había hecho? Su cuerpo se tensó. El descanso no le había servido para nada. Se precipitó hacia la puerta y agarró a Jonás del cuello con brutalidad.

La enfermera comenzó a gritar.

—¿Has venido a rematarla? —bramó Víctor.

Jonás permaneció inmutable ante el violento ataque de su agresor.

—¡Tu presencia aquí es un insulto!

—Yo no le he hecho esto a Rebeca —consiguió articular Jonás con la voz entrecortada por la presión en su garganta. Víctor lo soltó furioso y Jonás continuó—: Nunca le haría daño, pero me siento responsable. Tenía que haber intuido el peligro. Pero no lo vi venir.

—No, claro. Tú solo ves lo que te interesa. ¡Hay que tener poca vergüenza para presentarte aquí, hijo de la gran puta! ¡Lárgate de una vez y no vuelvas a acercarte a Rebeca jamás! ¿Me entiendes? ¡Jamás!

Las últimas palabras prácticamente se las escupió a la cara. Si Víctor tenía mala cara, la de Jonás daba verdadera lástima. Por un momento se arrepintió de su rudeza. Cabía la remota posibilidad de que el chico fuera inocente, que estuviese diciendo la verdad. En ese caso... ¡Bueno! No quería pensar en eso. Cierto que el camarero había perdido a su madre hacía dos días, y para colmo de males, encontraron el cadáver de su padre en la bodega. No podía decirse, pues, que estuviera pasando por su mejor momento. Igual no era tan mala idea dejarlo en paz, pero no iba a permitirle la entrada a la habitación, eso seguro.

La enfermera ni siquiera respiraba. Parecía hipnotizada. Alguien golpeó la puerta con los nudillos, y después varias cabelleras plateadas se fueron amontonando en la entrada de la habitación, momento que Jonás aprovechó para marcharse. La melodiosa voz de Marcelo llenó de música la estancia:

—Las mocitas de tierra navarra nunca piden el retrato, porque saben que los navarricos han sido y serán siempre guapos...

No tardó en llegar Micaela.

—¡Hijo! ¡Qué mal aspecto tienes! Te he traído ropa limpia, creo que deberías darte una ducha aquí mismo.

—Madre, esto no es un hotel. Déjame tranquilo, ¿vale?

—¿Qué importancia tiene que te duches aquí? Rebeca es la única paciente y no creo que ahora mismo esté por la labor de usar el baño.

—En eso tiene razón tu madre —terció el Gallardo.

—¡Ay, Virgen de Gracia! ¡Qué horrible situación! —suspiró Anastasia.

—He visto salir al hijo de Aurora —comentó el Gitano.

—Sí. No sé a qué ha venido. Si vuelve por aquí, le parto la cara.

—El otro día en el Retiro, mi novia me pidió un beso. No me pidas, vida mía, que aquí no se pide eso, que si vienen los de asalto, a los dos nos meten presos.

—¡Marcelo! ¿Crees que este es momento para canciones? —le reprendió Anastasia.

—A mí me gustan.

Seis pares de ojos sorprendidos miraron en dirección al punto donde había sonado la débil voz de Rebeca. Marcelo batió palmas de pura excitación. Rebeca tardó unos segundos en abrir los ojos, y en el preciso momento en que lo hizo le pareció ver al mismísimo diablo. Con el rostro blanco como la cal y el pulso enloquecido logró articular:

—¿Qué quiere de mí?

Todas las miradas recayeron en Patricio. Por unos instantes pareció que la sangre sonrojaba las curtidas mejillas del Gitano; sin embargo, su rictus permaneció tan impasible como siempre.

—Yo... he venido a verte.

—Lleva varios días siguiéndome ¿Quién es usted y qué quiere de mí?

—¡Oh, perdona! Solo pretendía cuidarte. No quería que sufrieras ningún daño. —Entornó los ojos—. Yo apreciaba mucho a tu abuelo, y después de lo que te ocurrió en Lodosa, pensé... Pensé que alguien debía cuidar de la nieta de don Ángel. Aunque al final no ha servido de mucho, por lo que veo. —El Gitano agachó la cabeza.

—No debes tenerle miedo. Es muy feo, pero buen hombre —aseveró el Gallardo.

—Tu abuelo fue el primero en hacerme un encargo cuando llegué al pueblo con mi carro de campanillas y mis dos caballos. Me pidió que le hiciera dos sillas y a partir de ahí la suerte empezó a sonreírme. Durante los últimos días he estado trabajando de nuevo el mimbre después de muchos años. He traído un regalo para ti. Por si despertabas.

Patricio salió un momento de la habitación y regresó con una delicada cesta de base amplia, con una enorme asa. Un nudo en la garganta impidió a Rebeca articular palabra, pero sus lágrimas y una leve sonrisa bastaron para templar el viejo corazón del Gitano.

—¿Quién fue? ¿Quién me hizo esto?

—Jonás, el muy cabrón—aseguró Víctor—. Tu bolso estaba en su casa.

—No sabemos si fue él —puntualizó Anastasia—. Hay que esperar los resultados de la investigación.

Sin que Rebeca tuviera tiempo de reaccionar, el médico irrumpió en la habitación y ordenó salir a todo el mundo. Su paciente acababa de despertar del coma y debía someterla a un examen exhaustivo.

Las campanas no habían dejado de repicar con su inconfundible cadencia para anunciar los dos funerales. Podían haberse celebrado conjuntamente, pero alguien pensó que siendo uno de los fallecidos el presunto asesino del otro, no era procedente. Así pues, se decidió que a las cinco de la tarde se oficiaría el funeral por Aurora Urbiola y al finalizar este, el de su esposo Ignacio Sádaba. Los ancianos del pueblo, además de muchas otras personas de todas las edades, merodeaban alrededor de la iglesia esperando la llegada del coche fúnebre con los restos de la mujer procedentes del Instituto Anatómico Forense de Pamplona. Los resultados de los análisis y de la autopsia se conocerían más adelante.

—En otros tiempos, la Iglesia no habría permitido que una suicida fuera sepultada en terreno sagrado —argumentó Anastasia con la mirada perdida.

—Sí. Desde luego, nadie se ha modernizado tanto como la Iglesia en los últimos años —ironizó Daniel.

El vehículo de la funeraria se acercó lentamente a la puerta porticada. Después de aparcar, dos hombres con traje negro sacaron el féretro del coche ayudados de una plataforma con ruedas que les sirvió para introducirlo en la iglesia.

—En todos los años de mi vida nunca he visto un funeral donde nadie esté dispuesto a ayudar con la caja —comentó Marcelo.

Todos estuvieron de acuerdo con él; aquello era insólito. La muchedumbre no apartaba los ojos de la puerta de la iglesia. Nadie la atravesó. Tan solo el cura y los dos empleados de la funeraria acompañaban a Aurora. Todo el mundo permanecía en su sitio cuando la puerta volvió a abrirse minutos más tarde. Los de la funeraria salieron a la soleada explanada, se detuvieron junto al coche fúnebre y encendieron sendos cigarrillos.

—¿Alguno de vosotros ha visto al chico? —indagó el Gitano. Todos negaron con la cabeza.

—¡Pobre Jonás! —exclamó Anastasia emocionada.

A pesar de la cantidad de gente concentrada, apenas se oían leves murmullos. Quince minutos después de iniciado el funeral de Aurora Urbiola, llegaron los buitres que empezaron a sobrevolar el río. Todos dirigieron la mirada hacia las majestuosas aves.

—Hay por lo menos doce —aventuró Marcelo.

Los demás no contestaron, pero todos contaban con los dedos.

—Cualquier día de estos, esos mismos buitres vendrán a velarnos a nosotros —declaró el Gallardo.

Fue el funeral más corto de la historia de Cárcar. El cura tuvo que salir a buscar a los de la funeraria para que se hicieran cargo del ataúd. A los pocos minutos, las campanas volvían a tañer. Aún no había rastro de Jonás. La multitud comenzó a entrar en el templo. En primer lugar lo hizo el grupo de cantores, que se situó junto al órgano en uno de los altares laterales. El segundo coche fúnebre llegó para ocupar el lugar dejado por el primero, que ya estaba camino del cementerio. Jonás se apeó del vehículo. Quienes aún no se habían decidido a entrar observaban al joven, inmóvil junto al ataúd de su padre. Los vecinos se miraban unos a otros e intentaban adivinar quién iba a ayudar al joven en ese trance. Durante unos instantes, Jonás buscó a su alrededor un rostro amigo. Por una vez en su vida, deseó tener hermanos o primos, alguien que le ayudase a llevar el ataúd de su padre al interior de la iglesia. Al menos, Sonia estaba allí, entre la multitud, mirándolo amorosamente. Eso le infundió ánimos.

Anastasia, incapaz de retener las lágrimas, instigó a sus compañeros:

—¿A qué esperáis para ayudar al chico?

A regañadientes, Daniel empujó al Gitano, y este a su vez arrastró a Marcelo. Los tres avanzaron hasta el ataúd de Ignacio Sádaba y tomaron posiciones de acuerdo con su estatura. Daniel no confiaba en ser demasiado útil dada su cojera, así que hizo un gesto a Jonás para indicarle que habría de hacer un esfuerzo suplementario. Jonás le dirigió una mirada de gratitud.

Durante muchos, muchos años, el funeral de Ignacio Sádaba sería recordado en Cárcar como el más emocionante de cuantos se habían celebrado en aquella iglesia. Las enigmáticas palabras de Jonás no serían comprendidas hasta mucho tiempo después y, como siempre ocurría en la localidad, cada cual las interpretó como Dios le dio a entender.

—Pido perdón a este pueblo por todo el dolor que yo y mi familia hayamos podido causar, ahora y en el pasado.

Todos esperaban algo más, pero aquello fue todo.

30

—Celia era una joven preciosa y resuelta. Es verdad que los chicos del pueblo la perseguían, iban detrás de ella como perros en celo, e incluso los hombres maduros babeaban cuando la veían pasar por las calles del pueblo; pero ella poseía tal encanto que hasta las mujeres le tenían simpatía, por más que generase no pocas envidias. Nosotras éramos amigas, y te puedo asegurar que no era ni la mitad de promiscua de lo que se ha dicho de ella después. Tenía una elevada autoestima y un alto sentido del honor...

»Entonces se dijo que había estado con los dos hijos del organista, que cualquiera de los dos pudo ser quien la dejó embarazada. Hubo también quien insinuó que tu abuelo pudo haberlo hecho. —Hizo una pausa para tomar aliento—. Puede que me equivoque, claro, pero yo creo que ella sabía muy bien quién era el padre, aunque nunca lo dijera. Era demasiado responsable como para hacer tal cosa.

—¿Quién cree usted que era el padre?

—Es muy atrevido dar un nombre. Hay que comprender que nunca se podrá demostrar nada de lo que sucedió.

—Pero...

Anastasia vaciló unos segundos, el lapso de tiempo que tardaron sus ojos en perder el ligero tono gris y volverse transparentes.

—Creo que Daniel y Celia mantuvieron por entonces una relación. Me consta que nunca la hicieron pública, pero sé que ella estaba muy enamorada.

Rebeca sintió un escalofrío al comprender: la foto que Víctor encontró en la cueva debía de pertenecer a Celia. Se sintió avergonzada por su cruel gesto para con Daniel. No lo merecía.

—¿Por qué no se casaron? Si realmente se querían, podían haber sido felices juntos y nada de aquello hubiera ocurrido.

—Eso habría sido perfecto, pero las cosas no suelen ocurrir como uno quiere. La familia de Daniel era muy humilde, y los padres de Celia tenían planeado casarla con un hombre rico. Era un viejo, esa es la verdad, pero tenía muchas tierras; en aquella época, si tus padres te buscaban un buen arreglo, no podías negarte a obedecer. Siempre he creído que Celia quiso poner fin a su embarazo para cumplir los deseos de sus padres. Jamás he hablado de esto con nadie, ni siquiera con Daniel. —Las mejillas de la anciana se colorearon de pronto. —Él no volvió a salir con ninguna chica, y hasta el día de hoy se ha mantenido soltero.

—Seguramente nunca superó aquella tragedia.

—Eso creo. Jamás ha insinuado siquiera que tuviese nada que ver con Celia, pero sospecho que el bebé que estaba en camino era hijo suyo.

El Gallardo, Patricio y Marcelo entraron muy exaltados en la habitación. Las mujeres callaron.

—En el mercado de Estella, se oyó un ruido singular. Es el traste de Chocarro, que ya no puede arrancar. ¿Esta chica tan guapa es tu hija? Ya se te parece, ya... ¡Qué tipo tiene!

—¡Que no, Marcelo! Es Rebeca, la nieta de don Ángel Turumbay, si ya lo sabes.

El hombre se quedó de pronto desconcertado y estudió a la joven como si no la hubiera visto en su vida.

—¡Vaya! Lo siento. ¡Qué pena!

—¡Cierra el pico, Marcelo! —le cortó el Gallardo.

Jonás llevaba largo rato esperando a que Víctor se ausentara para hablar con Daniel y Rebeca en privado. No quería sufrir de nuevo la ira del periodista, pero comprendió que los ancianos no iban a dejar sola a la chica, así que se decidió a entrar. Lo hizo con gesto sombrío, tal vez avergonzado, y pidió a los presentes que le dejasen a solas con el sobrino y la nieta de don Ángel Turumbay. Una vez que Marcelo, Patricio y Anastasia cerraron la puerta a sus espaldas, Jonás Sádaba comenzó a hablar con un tono de voz tan bajo que sus palabras apenas resultaban inteligibles. Daniel observaba a ambos jóvenes con la certeza de que entre ellos se había cocido algo más que una truculenta historia familiar. No dijo nada. La vida de los jóvenes era algo en lo que él, menos que nadie, iba a entrometerse. Sin más preámbulo, Jonás explicó que, según su madre, don Ángel Turumbay había hecho varias visitas a su marido Ignacio después de salir de la cárcel. Al parecer, quería prevenirle acerca de Aurora antes de que se casara con ella. Don Ángel tenía la certeza de que Aurora los había visto a él y a Celia en la cueva aquel día, pues de otro modo no habría podido denunciarle ante la Guardia Civil; y si los vio, sabía muy bien que él la dejó con vida. No obstante, sus esfuerzos fueron inútiles. Ignacio y Aurora se casaron con prisas y su advertencia cayó en saco roto; sin embargo, aún había un niño por el que preocuparse, y don Ángel consideró importante que Ignacio Sádaba conociera los hechos, de modo que insistió en verse a solas con él. Al principio su padre se negó a dar crédito a sus acusaciones, pero un día en que Aurora había bebido demasiado y hablaba sin pensar lo que decía, ella misma confesó, e Ignacio ya no tuvo dudas. Contrató a un abogado pensando en denunciarla y pedir la nulidad del matrimonio, pero de la noche a la mañana desapareció y el abogado archivó el caso.

Así que la persona misteriosa con quien se reunía Ángel era Ignacio Sádaba, se dijo Daniel, que comprendió de pronto el extraño comportamiento de su tío.

—¿Insinúas que fue Aurora quien mató a su hermana? —inquirió Rebeca.

—Exacto. Don Ángel iba a ayudar a abortar a Celia y con ese objeto se reunieron en la cueva; hubiera hecho cualquier cosa por ella. Sin embargo, la convenció de que tuviera el bebé. Eso era algo que Aurora no podía tolerar; para ella, el honor de la familia era mucho más importante que la vida de Celia. Cuando Ángel salió de la cueva, mi madre entró y disparó a su propia hermana por la espalda.

—Así que mi tío no la mató. ¿Por qué entonces se declaró culpable?

—Él no quería a su mujer y se sentía responsable de la muerte de Celia. Creo que se impuso un severo castigo a sí mismo cargando con la culpa. Además, de alguna manera, le sirvió para escapar de una vida que no quería vivir.

—Por suerte no se cumplió la sentencia de muerte —observó Daniel.

—Cierto. El que fue sentenciado y ejecutado en realidad fue mi padre.

Tras el denso silencio que siguió a sus palabras, Jonás Sádaba abandonó la habitación, pero antes tendió la mano al Gallardo, y este se la estrechó con tanta fuerza como gratitud. Rebeca le dirigió una sonrisa de agradecimiento. Jonás los acababa de liberar de una pesada carga.

31

El 24 de julio, víspera de la festividad de Santiago, Rebeca se despertó desorientada. Se sentó en la cama y observó con atención el dosel, pero necesitó unos segundos para recordar que por fin había abandonado el hospital y aquella noche había dormido en la casa del barrio Monte. Micaela insistió en que se quedara en su casa para poder atenderla si era necesario, pero ella no quiso aceptar. Bastante habían hecho su casera y su hijo Víctor durante los días que estuvo ingresada. Apenas se ausentaron, como no fuera para ir a comer algo o asearse, y siempre la dejaban con alguno de los ancianos. Incluso la acompañaron cuando el subinspector Arambilet la interrogó acerca del incidente en la torre.

Había sufrido un traumatismo craneoencefálico de moderado a severo, según constaba en el informe médico. La sometieron a infinidad de pruebas y tests que en modo alguno la tranquilizaron en cuanto a las posibles secuelas por el golpe recibido (o más bien, los golpes): test de retención de dígitos, test de trazos A, series automáticas directas e inversas, tiempo de reacción secuencial, tiempo de reacción en elección, test de Boston para la afasia, test de alternancia gráfica o gestual, test de negligencia visual, WAIS... Y otros más que no recordaba. Sabía que tardaría en recuperarse y que tal vez no volviera a ser la misma Rebeca que fue antes de la agresión. De hecho, se dijo, ni siquiera pensaba que sería la misma aunque no hubiera sufrido ese fuerte traumatismo.

La preocupación de Hugo Castells había ido en aumento a medida que se acumulaban sus llamadas sin respuesta. Cuando por fin consiguió hablar con ella, su preocupación fue aún mayor. Su jefe no quiso hablarle de las obras robadas del museo porque la joven ya tenía bastantes problemas, pero ella insistió. En cierto modo, eso le ayudaba a alejar sus pensamientos de Cárcar y todo lo acontecido desde su llegada. Hugo le informó acerca de dos falsificaciones detectadas gracias a la espectoscopia Raman. Una técnica que permite identificar la naturaleza de los pigmentos empleados en una pintura sin tomar muestras físicas del cuadro, le explicó. En general, si las características químicas del pigmento son posteriores a la fecha en que se pintó el cuadro, está claro que es falso. Con este procedimiento habían analizado varias obras y detectado dos en que se usaron pigmentos sintéticos creados después de 1939, fecha en que Dalí pintó los originales. Además, los peritos recurrieron a otras técnicas complementarias, como la reflectometría I. R. y la fotografía científica, cuyos resultados confirmaron la mala noticia. Los técnicos del museo estaban consternados y no veían el modo de afrontar el problema. Todo aquello tenía una gran importancia, Rebeca se daba perfecta cuenta, pero durante los últimos días su percepción de la realidad había cambiado y ya no se servía de la misma escala para medir la trascendencia de las cosas. En ese momento daba gracias por estar viva, pues no le habría gustado morir con el pensamiento de que su abuelo Ángel era un asesino. Gracias a las visitas de los ancianos y la constante compañía de Víctor y Micaela, supo de los avances de la investigación abierta para averiguar quién la atacó en la torre. Todos los indicios apuntaban a Aurora. También era probable que asesinara a su propio esposo y lo enterrase en la bodega, pero tanto ese homicidio como el de Celia Urbiola habían prescrito hacía mucho tiempo y ya no era posible iniciar actuaciones judiciales al respecto. En cualquier caso, la sospechosa estaba muerta.

Víctor se ocupaba de cubrir el caso en el periódico, y lo hacía desde una posición privilegiada. La Policía facilitaba información con cuentagotas, pero él conocía de primera mano todos los detalles de lo sucedido el día que aparecieron los cadáveres y encontraron a Rebeca agonizante en la torre. Según se desprendía de la investigación efectuada por la División de la Policía Judicial, fue Aurora y no Jonás quien atacó a la joven en la iglesia, dado que entre las huellas detectadas en las llaves del recinto −dos llaves de hierro de diez centímetros de longitud− había una bastante clara de Aurora Urbiola, pero ninguna de su hijo. La nota fue una treta para conseguir que Rebeca subiera a la torre. Víctor habló con los vecinos de Aurora, con el médico del pueblo, con el cura... Todos querían colaborar y hablaban sin reservas. Rebeca opinaba que si Aurora no la hubiese intentado matar en la iglesia, tal vez nunca se habría descubierto su naturaleza asesina. Claro que todo esto aún eran especulaciones. Había tenido suerte, le decían, pero aquellos terribles segundos en los que esperaba la muerte tirada en el suelo, la perseguían día y noche. A veces se despertaba presa del pánico mientras oía el silbido del garrote. Era muy probable que Aurora estuviera trastornada desde su más tierna infancia. ¿Cómo si no se podía entender que matara a su hermana primero y a su marido después con la misma sangre fría? Su abuelo Ángel debió de sufrir mucho, lo mismo que su familia, y ahora le había tocado el turno a ella.

Los ojos comenzaron a escocerle, como le venía sucediendo desde hacía varios días. Se emocionaba pensando en las implicaciones de aquel terrible caso. Una cuestión que nadie se explicaba era el hecho de que la prensa regional hubiera informado puntualmente del asesinato de Celia a manos de Ángel Turumbay y que ninguna persona del pueblo leyese nada al respecto. Las historias que se habían extendido a lo largo de los años eran tan dispares que solo ahora que los vecinos hablaban del tema, se había descubierto la existencia de al menos cuatro versiones diferentes acerca de cómo don Ángel Turumbay practicó un aborto a la joven Celia, intervención que nunca se produjo. Una teoría afirmaba incluso que el asesino era veterinario en lugar de practicante y que administró a la víctima nada menos que una medicina para caballos. Y después de todo, lo único que había hecho su abuelo fue convencer a la chica para que diera a luz a su bebé.

Se vistió con lo primero que encontró y se lanzó a la calle. Necesitaba la luz del sol, el roce del aire en su piel. El ambiente festivo la animó. Todas las personas con quienes se cruzó por el camino la saludaron amablemente como si la conocieran de toda la vida, pero al llegar junto a la casa de Aurora Urbiola se le encogió un poco el estómago. Recordó la primera vez que pasó por allí con Micaela y esta se detuvo a hablar con la anciana. También el día en que se cruzó con Jonás, que llevaba la escopeta al hombro. Apenas había pensado en él durante aquellos días. Aurora la asesina era la gran protagonista. Entró en el estanco y compró el periódico. Tras las amistosas palabras del estanquero, salió con una sonrisa en los labios y se encaminó de nuevo hacia arriba por la misma calle. En el preciso instante en que pasaba por delante de la casa, se abrió la puerta. Se detuvieron uno frente al otro, en silencio. Hasta los pájaros cerraron el pico. Tras unos segundos eternos, Jonás dijo:

—Me gustaría hablar contigo.

Rebeca desvió la mirada.

—Seguro que Víctor te ha convencido de que soy un monstruo.

—¿Por qué iba a hacer eso?

—No me tiene simpatía precisamente.

—Dime lo que tengas que decirme.

—¿Podríamos ir a otro lugar? Aquí en la calle somos el centro de atención. Te invito a tomar un café —ofreció Jonás señalando la puerta abierta de su hogar.

Rebeca se estremeció.

—¿Es mi casa lo que te asusta o soy yo a quien temes?

—Prefiero pasear, si no te importa. Después de diez días encerrada, necesito tomar un poco el aire.

—Está bien —aceptó él, y empezaron a caminar—. Veo que has comprado el periódico.

—Sí, bueno...

—No te sientas incómoda. Sé que mi madre y yo hemos ocupado las primeras páginas durante la última semana. Encontrarás datos interesantes en el ejemplar que llevas en la mano.

—Jonás, siento mucho lo que te ha pasado. No sé qué decirte, no comprendo todo lo ocurrido en tu familia, ni siquiera entiendo a la mía.

Anduvieron unos minutos en silencio absoluto. Finalmente, Jonás se detuvo. Se encontraban en la plaza Mayor.

—El diario de hoy incluye un amplio reportaje sobre la muerte de mi madre. Aunque el caso de mi padre haya prescrito y nunca se esclarezca del todo, lo más probable es que ella lo matase y luego enterrara el cadáver en la bodega.

—Jonás, sé que no tienes ninguna culpa de los actos de tu madre, pero era tu madre y no me resultas una compañía muy grata.

Jonás Sádaba bajó la mirada.

—No fuiste sincero conmigo cuando pudiste serlo, ¿no crees? De haber sabido que eras el sobrino de Celia, jamás me habría acercado a ti tal como lo hice en Pamplona.

El chico se estrujó las manos y repuso:

—Hay dos cosas que quiero decirte, y tal vez luego me arrepienta de ello, pero necesito que alguien lo sepa.

Rebeca frunció el ceño.

—Aurora no era mi madre biológica. Mi padre enviudó cuando yo era muy pequeño y se casó con ella. Descubrí el cadáver de él en la bodega hace días, y entonces mi madre me confesó que lo tuvo que matar para que no la denunciara por el asesinato de Celia. Yo he crecido creyendo que mi padre nos abandonó, que no me quería, ¿entiendes? Aurora no solo lo mató físicamente sino que también mató el recuerdo que pude haber guardado de mi padre. Así que...

Vaciló un segundo; necesitaba confesar, pero no estaba seguro. Al fin y al cabo, había hecho justicia al matar a la mujer. Vengó con ello a su padre y también al abuelo de Rebeca. Pero... Si ella no lo veía así, él acabaría en la cárcel, ahora que iba a empezar una nueva vida con Sonia y el bebé.

—¿Qué quieres decirme?

Jonás volvió a retorcerse las manos, ahora casi con violencia.

—Ella no merecía vivir, y yo...

—¿Tú qué?

Jonás primero negó con la cabeza, que después bajó abatido.

—Yo deseaba su muerte.

—Pero eso no quiere decir que muriese por tu culpa.

—No lo entiendes; yo quería... quería que ocurriese —balbuceó. Estaba temblando.

—De acuerdo, pero tú no la mataste, Jonás.

A las siete de la tarde, hora del reloj de la iglesia, comenzó la misa de Santiago Apóstol. Duró algo más de media hora, y cuando concluyó, el exterior del templo era una fiesta. El heladero Mendoza preparaba cucuruchos con toda clase de sabores refrescantes para combatir los treinta y cuatro grados de aquel día de finales de julio. En el pórtico de la iglesia se había dispuesto una mesa de dos metros para que los miembros de la cofradía de Santiago consumieran su merienda, compuesta, como siempre, por queso, jamón y vino. Algunos de tales *santiagueros* ya estaban organizando la tradicional «corrida de la rosca de Santiago», consistente en atrapar al portador de una de esas deliciosas y muy decoradas roscas que las mujeres del pueblo elaboraban cada año para esa fecha concreta. El que daba alcance al *santiaguero*, se quedaba con el premio. No se trataba de una carrera muy competitiva, sino más bien de una antigua tradición sin otra finalidad que la de pasar un buen rato.

En uno de los bancos, Marcelo, Daniel, Anastasia y Patricio observaban el pulular de la gente.

—Las mujeres en el horno, todas riñen por la masa. Unas porque no les viene y otras porque se les pasa...

—Marcelo, ¿nunca vas a variar el repertorio? O, mejor aún, ¿nunca vas a dejar de cantar?

—Cuando me muera.

El Gallardo resopló con fuerza antes de engullir de un bocado el pintxo de queso al que le había invitado Víctor Yoldi. El joven periodista era *santiaguero* desde el fallecimiento de su padre, por tratarse de un título que se transmite de padres a hijos. Aquel año, la cofradía había incrementado su número con un nuevo miembro: Jonás Sádaba. Su padre fue *santiaguero* hasta su desaparición. Ni su hijo ni ninguno de los cofrades mencionó nunca el asunto porque se ignoraba si el padre había fallecido o no, y el chico no parecía sentir ningún afecto por el hombre que lo abandonó. Pero tras los acontecimientos que sacaron a la luz la verdad sobre la muerte de Ignacio Sádaba, la cofradía aprobó por unanimidad la incorporación de Jonás como miembro por derecho propio. Era lo menos que podían hacer por el joven y por su antiguo compañero. Así pues, eran doce los componentes de la cofradía en el año 2010. Todos dieron la bienvenida al nuevo miembro y brindaron por él. Todos excepto Víctor.

—La tensión entre esos dos se palpa a kilómetros de distancia —comentó el Gallardo mirando al grupo del pórtico.

—¿Y esa es la única tensión que palpas? —inquirió el Gitano. Tanto Anastasia como Daniel se removieron incómodos en el banco. El Gallardo se encogió de hombros y replicó:

—No creo que nadie más tenga razones para estar molesto.

Anastasia lo fulminó con la mirada y, sin mover un solo músculo de su enjuto rostro, estampó su helado en la camisa blanca de Daniel. Después, se levantó muy digna del banco y se fue.

—Cuando quise, no quisiste y ahora que quieres, no quiero. Pasarás la vida triste, pues yo la pasé primero...

—¡Cállate, Marcelo!

—Gallardo, Gallardo... Ya te tienes bien ganado el apodo —arguyó Patricio el Gitano—. Corre ahora mismo detrás de Anastasia y arregla lo que tengas que arreglar con ella. Como tú siempre dices, cualquier día nos vamos al hoyo. No me gustaría enterrarte sabiendo que estabas a mal con la mujer a la que amas.

—¿Quién eres tú para meterte en mis asuntos?

—Tu amigo, o eso creía —respondió el Gitano con su rostro pétreo.

—No puedo salir corriendo, y lo sabes muy bien. —Dudó un instante y agregó—: Pero bueno, saldré cojeando, a ver si la alcanzo.

Daniel se incorporó con ayuda de su bastón e inició la persecución de Anastasia.

—¡Ay, si yo tuviera una mujer como esa suspirando por mí!

—La Casilda suspira cada vez que te ve entrar en el bar de la residencia —bromeó el Gitano.

Marcelo lo miró incrédulo.

—¿Es una broma o de verdad crees que le gusto a Casilda?

El Gitano soltó una fuerte carcajada.

—¿Seguro que estás bien? —quiso saber Marcelo asustado.

Al día siguiente de la fiesta de Santiago se celebró una misa de réquiem por don Ángel Turumbay. Asistió el pueblo entero, consciente de que Cárcar tenía una cuenta pendiente con aquel vecino que en su día fue condenado injustamente por un asesinato que nunca cometió. Como sucediera en el funeral de Ignacio Sádaba, la iglesia estaba a rebosar.

Rebeca telefoneó a don Nazario Baigorri Lanas para ponerlo al corriente de los últimos acontecimientos, tal como habían acordado en su última conversación. El anciano se emocionó mucho al enterarse de lo ocurrido y prometió verla en la misa que se iba a celebrar por su abuelo. No podía perder esa oportunidad de ver a Rebeca y homenajear de paso a su antiguo amigo. Rebeca estaba conmovida por el hermoso gesto de aquellas gentes cuyo carácter comenzaba a comprender. El coro, donde las graves voces masculinas sobresalían por encima de las femeninas, entonaba el *Hasta pronto, hasta el cielo...* Numerosos pañuelos aparecieron en los bancos repletos de amigos y conocidos. Por fin la deuda estaba saldada.

32

14 de agosto de 2010

El subinspector Arambilet escrutaba sus manos, buscando en ellas de algo que distrajera su atención. Se las estrujó, las retorció de nuevo, las estiró cuanto pudo hasta que crujieron las articulaciones, volvió a encogerlas para formar puños. Cuando no se le ocurrió nada más que hacer con sus extremidades, fijó otra vez la mirada en el informe que tenía sobre la mesa. El resultado de la autopsia de Aurora Urbiola había llegado aquella mañana, con bastante retraso, por cierto. Había tenido una corazonada con el detalle del collar de perlas; en su opinión, alguien con intención de ahorcarse jamás tendría la necia ocurrencia de adornarse el cuello. Más bien al contrario, solían liberarlo de todo aquello que pudiera entorpecer la labor de la cuerda. Un collar de grandes perlas cultivadas no encajaba en absoluto con el perfil de una suicida. Aunque eso era solo una apreciación personal y, por descontado, nunca habría sido considerado una prueba concluyente para inculpar a un tercero en la muerte de la mujer. Sin embargo, los restos de piel encontrados bajo las uñas de la fallecida, así como la existencia de numerosos hematomas en el cuerpo de Aurora indicaban que, aunque tímidamente, la mujer trató de zafarse de su asesino. Esa falta de energía cuando se trataba de defender su vida podía deberse a la gran cantidad de vino ingerido, tal como revelaba el análisis del contenido del estómago, y a una notable diferencia entre la fortaleza física de la anciana y la de su agresor. Así las cosas, todo parecía apuntar a Jonás Sádaba.

El centro de análisis de evidencias biológicas había enviado el resultado de la prueba de ADN que él mismo solicitó. El análisis comparaba el ADN de los restos hallados bajo las uñas de Aurora con una muestra del ADN de Jonás tomada de un peine de su cuarto de baño. Si no hubiesen coincidido habría sido imposible demostrar la culpabilidad del hijo de la fallecida, pero coincidían. El subinspector Arambilet suspiró. Nadie excepto él conocía tan concluyente dato. El jefe del laboratorio le debía un favor y, como algo personal y confidencial, le pidió que efectuara esa prueba sin dejar constancia de ello. Aunque se consideraba un fiel servidor de la ley, en aquel momento se sentía como el rey Salomón. Nunca hasta entonces se había inmiscuido en el trabajo de la División de la Policía Judicial, que a fin de cuentas era la encargada de la investigación de presuntos homicidios, concretamente la brigada de delitos contra las personas. Eran los miembros de esta brigada quienes debían extraer las conclusiones pertinentes y detener al sospechoso, en caso de disponer de indicios suficientes que apuntaran hacia un homicidio. Pero el caso le había calado más hondo que otros y tenía, para variar, una opinión personal muy clara: Aurora Urbiola merecía el final que tuvo. Ella misma tenía que haberse suicidado para librar al mundo de su maldad. Era perfectamente consciente de que si hubieran llegado a juzgarla por la agresión a Rebeca, nunca habría pisado la cárcel debido a su edad, a su enfermedad y al hecho de que los asesinatos de su hermana y su marido habían prescrito muchos años atrás. Arambilet sabía que el único que iba a pagar era, precisamente, Jonás Sádaba: el chico la había asesinado, y ese delito se pagaba con la cárcel. Además, estaba el detalle de que había mentido a los investigadores respecto al cadáver de la bodega. La tierra removida daba a entender que Jonás había descubierto los restos de su padre en algún momento anterior a la muerte de su madre, razón por la cual pudo planear su asesinato. La venganza es un plato que se sirve frío. Jonás iba a ser padre dentro de unos meses y era evidente que no suponía un peligro para la sociedad, pero él no era juez ni parte. Solo un policía. Saltó de la silla y salió a la calle sin cruzar una palabra con ninguno de sus compañeros. Se encajó el casco, se subió en la moto y salió zumbando a toda velocidad, sin rumbo ni destino. Había días en que deseaba ser un hombre sin conciencia.

—¿Es verdad que tu abuelo Ángel conoció a Dalí? —quiso saber el Gitano.

—Eso decía él. Aunque a mí me parece poco probable que un empleado de mantenimiento tuviese una relación directa con Salvador Dalí.

—Dalí era un personaje muy extraño, y también lo fue tu abuelo Ángel —sentenció enigmático el Gallardo.

Se produjo un largo silencio.

Habían dejado el Teatro-Museo Dalí para el final. No es que estuviesen para otra cosa que caldo y quietud, y a su edad, aquel ajetreo era posiblemente más perjudicial que beneficioso, pero también podía resultar estimulante para los cuatro ancianos. Así lo pensaron Rebeca y Víctor, que al fin y al cabo eran quienes se iban a encargar de cuidar y entretener a los ancianos durante aquellas improvisadas vacaciones. Sería duro, se decían, pero estaban más que motivados para dar un poco de color a las vidas de aquellos cuatro abuelos que con tanto valor como eficacia contribuyeron a localizar a Rebeca y de un modo indirecto a esclarecer los hechos de aquel extraordinario verano.

Así pues, a instancias de la joven, el primer lugar que visitaron fue Cadaqués. Allí comenzó todo, según ella.

—Pues a mí me han enseñado toda la vida que todo comenzó en Cárcar, no en Cadaqués —señaló Marcelo—. De Cárcar vino la perra, se dice, y es cierto. No lo dudes nunca. Eso ocurrió en la época de doña Blanca de Navarra, hace de ello tantos años que pocos conocen la historia, y yo tampoco recuerdo ni para qué querían a la dichosa perra esa. Pero la querían, vaya que sí.

—A ver si te callas de una vez, Marcelo. Nos aburres con tanta charla —se quejó el Gallardo.

—Pues no deja de ser una bonita historia —lo defendió el Gitano, circunspecto—. Por lo que tengo entendido, cuando murió la reina doña Blanca, allá por el año mil cuatrocientos y pico, no conseguían encontrar el cadáver. El perro que logró rastrear a la reina y encontrar sus restos debía de ser de Cárcar, y de ahí el refrán, que si lo decimos entero es así: «De Cárcar vino la perra, a caballo en un mosquito». No lo entiendo, la verdad. Ese mosquito no pinta nada en el refrán, aunque, bien pensado, puede ser que el perro fuera muy pequeño, y de ahí lo de montar en un mosquito.

—Al parecer, Cárcar ha desempeñado un papel fundamental en la historia de Navarra —dijo Rebeca con fingida admiración.

—Y del mundo —sentenció Marcelo alzando la cabeza.

—¡Pero qué dices! Si tú no recuerdas ni en qué lado te haces la raya del peinado cada mañana.

Marcelo se giró veloz hacia Daniel el Gallardo, que caminaba de la mano de Anastasia.

—Todo el mundo sabe que una de las mujeres de Pilatos era de Cárcar. Una tal Claudia Procula, hija de Liberto.

—No sabes lo que dices. Era hija de un hombre libre, un liberto. De todas formas, eso no está demostrado creo yo. Esa Claudia Procula podía ser de cualquier lugar. Además, a lo largo de la historia, lo mismo Pilatos que todos los hombres poderosos han tenido mujeres por todas partes, para algo mandan.

—Puede ser, pero eso no significa que la de Cárcar no fuese una mujer de mucha importancia en la historia de la humanidad. Ya sabes que en Calahorra hubo un asentamiento romano. Pilatos muy bien pudo conocer a una joven carcaresa y casarse con ella. Las mozas de Cárcar valen tanto como las romanas, si no más, y sin ninguna duda, valen tanto como las de Calahorra. He dicho.

Rebeca y Víctor, en cabeza, guiaban al grupo; avanzaban con la sonrisa en los labios y la satisfacción de saber que los cuatro ancianos disfrutaban del momento a su manera.

Tras estacionar el monovolumen de siete plazas alquilado para la ocasión en el aparcamiento situado a la entrada de Cadaqués, se dirigieron despacio hacia la zona del pequeño puerto que antaño fue de pescadores y hoy es más de los turistas que alquilan lanchas o se bañan en las pequeñas playas pedregosas. Llegaron a una plaza que les pareció muy amplia en comparación con la de Cárcar, donde un edificio blanco estaba señalado como casino, otro amarillo era un hotel... Estaban ciertamente impresionados de que un pueblecito como aquel tuviera tanta categoría.

—En Cárcar también hay hotel. No es para tanto —opinó el Gallardo por quitar importancia a lo que veían.

—Sí que lo hay, pero mar no hemos tenido nunca ni lo tendremos jamás por mucho que nos empeñemos —señaló Anastasia con un esbozo de sonrisa.

—Yo me he bañado toda la vida en el Ega y bien a gusto. Menudos peces se pescaban antes. Luego solo quedaron barbos y madrillas, que no eran más que espinas, pero no estaban mal del todo.

Se acercaron al paseo desde el que se podía admirar una pequeña porción del Mediterráneo, rodeado de suaves montes salpicados de casitas blancas.

—El camino hasta aquí arriba ha sido tortuoso, desde luego —admitió Rebeca—, pero espero que haya merecido la pena.

Ninguno le respondió. En efecto, lo habían pasado mal durante los escasos kilómetros de subida a ese pueblo donde, según decía su joven amiga, había nacido el surrealismo. No es que para ellos esa palabreja significara nada, pero lo cierto era que la localidad les pareció encantadora.

—Desde luego, no es como Benidorm; menos mal, porque odio las aglomeraciones —comentó el Gallardo.

Caminaron en torno a media hora por el paseo marítimo y eligieron uno de los restaurantes de la zona para sentarse a comer y descansar. Tras degustar una sabrosa paella, emprendieron el camino de vuelta. Había muchos turistas en Cadaqués, ya que era temporada alta, y los ancianos parecían cansados tras la comida. Antes de abandonar el paseo, Daniel el Gallardo se detuvo frente a una estatua de Dalí de tamaño natural.

—Este tipo era un sinvergüenza —dijo. Y se giró para seguir al grupo.

—Pensaba que le gustaría Dalí al menos un poco, ya que durante su vida usted ha copiado muchas de sus obras, y muy bien, además.

—No me refería a Dalí. Dalí era un bicho raro. El sinvergüenza era el capitán Moore de los cojones, que donó la escultura al pueblo de Cadaqués. Lo dice la placa, no es que lo diga yo.

Al día siguiente estaban todos en plena forma para visitar el Teatro-Museo Dalí de Figueres; bueno, todos menos Víctor.

—¿Tienes mal temple, majo? —le preguntó el Gallardo en un momento en que nadie los oía.

El joven negó con la cabeza.

—Ya sé lo que te pasa. Es mi pariente, ¿verdad? Tan guapa, tan lista ella, y total para nada.

Víctor se lo quedó mirando con los ojos como platos.

—La chica te gusta, no hay que ser un genio para darse cuenta. Pero está fuera de tu alcance. Las mujeres de ciudad no saben apreciar lo que valemos los hombres de verdad. Solo miran la ropa que lleva uno y si gasta mucho en peluquería. Algunos hasta se hacen la manicura, te lo aseguro.

—Parece que hable usted por experiencia —se aventuró a manifestar Víctor, temiendo ofender al desabrido Gallardo.

—Por supuesto. ¿Acaso se puede hablar de alguna otra manera? Pero mis historias con las mujeres no son de tu incumbencia, así que limítate a aprender de lo que te digo.

Lo cierto era que el Gallardo atinaba en sus valoraciones, como siempre. No había sucedido nada de particular, desde luego. Rebeca se mostraba siempre atenta y agradecida a todos ellos. Pero Víctor no comprendía cuál era su papel en aquella historia. En el supuesto de que hubiera una historia entre ellos, cosa que dudaba. No sabía si la joven le gustaba de verdad o solo pretendía conseguir atraerla. Rebeca había representado un reto para Víctor desde su llegada a Cárcar, con sus aires de ciudad y su comportamiento altivo, como si él fuera inferior solo por ser de pueblo. Y para colmo, lejos de mostrar el menor interés por Víctor, lo que hizo fue acostarse con Jonás, como si no hubiera en todo el lugar nadie mejor que aquel desgraciado ignorante.

Llegaron a la plaza del museo tras subir una breve cuesta. No había colas, tal como habían previsto.

—Antes de ser museo, esto fue el antiguo teatro local. La gran cúpula geodésica se encargó a Emilio Pérez Piñeiro en 1969, tras la decisión de transformarlo en el Museo Dalí. Se ha convertido en el símbolo del museo y a su vez de Figueres, la ciudad donde, como todo el mundo sabe, nació Dalí.

Los ancianos se miraron entre sí, interrogándose unos a otros con la mirada respecto a ese dato. Como nadie hiciera ningún comentario, Rebeca continuó rodeando el perímetro del museo.

—La torre Galatea, donde vivió el pintor durante la última etapa de su vida, era la antigua casa Gorgor. El artista la «dalinizó» al añadirle los enormes huevos en lo alto de los muros y el pan de tres picos. Recuerda mucho a la casa de las Conchas de Salamanca, ¿verdad?

—Maja, no te ofendas, pero hace un poco de calor aquí afuera. Si vamos a ver el museo, deberíamos hacerlo ya.

—Tiene razón. Además, a nosotros los huevos y el pan nos gustan en el plato. Estas cosas de artistas...

Rebeca sacó las entradas y sin más preámbulo accedieron al primer espacio, un jardín a cielo abierto que en tiempos fue el patio de butacas del teatro municipal.

Marcelo admiraba atónito el Cadillac negro con un elegante chófer al volante. A su lado, Patricio el Gitano resoplaba por enésima vez desde que saliera de la residencia cuatro días antes.

—¡Cuántas cosas nos hemos perdido al vivir en el pueblo! —se lamentó Marcelo.

—Otras hemos ganado —replicó el Gitano—, y al fin y al cabo estamos aquí, ¿no?

—Yo podía haberme comprado un coche así. Porque tengo dinero, ¿sabes?

—¡Para qué ibas tú a querer un coche así, si no tienes que ir a ninguna parte! El Gitano se quedó atónito de pronto y exclamó:

—¡Mira esas dos mujeres! En Cárcar nunca se ha visto ese color de pelo.

—Parecen *hippies*. ¿Has visto qué ropa llevan? —Las mujeres se aproximaron a ellos.

—Buenas noches, señores. Ustedes no son de aquí, ¿verdad?

—¿Tanto se nos nota? —se sorprendió el Gitano.

—Sí. Son ustedes muy interesantes. ¿Quieren acompañarnos al jardín para tomar la copita de cava con nosotras?

El resto del grupo no salía de su asombro: ¡Marcelo y Patricio ligando! Daniel guiñó el ojo a sus dos amigos y mostró su mano asida con fuerza a la de Anastasia.

—Este viaje ha sido la experiencia más excitante que han tenido en muchos años, puedes estar segura —le comentó Víctor a Rebeca.

—¿Y para ti qué significa?

Él tragó saliva.

—Yo también estoy disfrutando. Además, esto es muy importante para mi carrera. Poder cubrir de primera mano la noticia de las falsificaciones es algo que solo ocurre una vez en la vida.

—En tu caso ya van dos veces este verano, si tenemos en cuenta que has cubierto toda la trama de los crímenes de Cárcar. Pero me alegro de que estés tan contento. No quisiera que te aburrieses. Como aquí nadie nos dispara, ni tienes que cuidar de mí...

—Siempre a tu disposición, ya lo sabes —contestó el periodista con una reverencia—. Aunque no parece probable que vuelvas a meterte en otro lío en las próximas horas.

—Nunca se sabe.

Rebeca sonrió; en los últimos días lo hacía a todas horas. Sus invitados disfrutaban mucho de cada visita, ya fuera a la playa o a la ciudad, y en aquel momento, al museo. Como en verano había un horario especial de visitas nocturnas, habían decidido aprovecharlo para estar más tranquilos y evitar las larguísimas colas del horario diurno. Llegaron a la sala que representaba la cara de Mae West. Rebeca y Víctor permanecieron en la entrada a fin de que Anastasia y Daniel tuvieran un momento de intimidad. La pareja entró en la sala y subió despacio las escaleras, desde lo alto de las cuales se gozaba de una mejor visión de conjunto. Daniel se acercó a Anastasia y le susurró al oído:

—Nunca te había visto tan guapa.

Se miraron a los ojos unos segundos; luego, sus labios se unieron con suavidad.

Ruborizados, Víctor y Rebeca dieron la espalda a la pareja. Esta tardó más de lo normal en dar con algo que decir:

—¿Sabes? Dalí fue el único pintor totalmente surrealista, del mismo modo que se puede decir que Monet fue el único pintor totalmente impresionista desde el principio de su obra hasta el final.

Víctor no tuvo que disimular su ignorancia, porque su móvil comenzó a vibrar en el bolsillo de su pantalón. Contestó en voz baja. La llamada fue muy breve, pero se quedó a todas luces muy conmocionado. Ahora el problema era si debía o no informar al grupo de la noticia que acababan de comunicarle. Los ancianos, y también Rebeca, habían tomado afecto a Jonás Sádaba, y saber que habían detenido al chico acusado de la muerte de su madre podía estropearles las vacaciones a todos. El único que no soportaba a aquel cabrón era él.

Anastasia y Daniel salieron de la sala de Mae West, y todo el grupo reanudó la visita. Cuando llegaron al jardín interior donde se invitaba a los visitantes a tomar una copita de cava, finalizaba el vídeo que mostraba a un estrambótico Dalí hablando a cámara y Patricio y Marcelo intercambiaban unos papelitos con las dos señoras. Al ver a sus compañeros, se despidieron de ellas con sendos besos en las mejillas. Las sonrisas les llegaban hasta las orejas. Todos se abstuvieron de hacer comentarios. Solo llevaban caminados unos metros cuando Víctor se adelantó unos pasos, se detuvo delante del grupo e hizo una señal para que aguardasen.

—Veréis —titubeó—, acabo de recibir una llamada del periódico y me han dado una mala noticia.

Todos permanecieron inmóviles, en espera de lo que iba a decir.

—Acaban de detener a Jonás Sádaba.

—¿Con qué cargos? —se apresuró a preguntar el Gallardo.

—Está detenido por el presunto asesinato de su madre.

—¡Pero si se suicidó! —replicaron Patricio y Marcelo al unísono.

—¡Qué lástima! —se lamentó Anastasia—. Otro niño que crecerá sin su padre.

Rebeca no dijo nada, pero entonces comprendió en toda su magnitud las palabras que Jonás quiso decir y no dijo durante la última conversación que mantuvieron el día que pasaba por delante de su casa.

El humor del grupo dio un giro y los invadió la tristeza. Ninguno se movió del sitio hasta que Marcelo rompió la tensión:

—Seguro que si va a la cárcel, saldrá pronto por buena conducta. No todo está perdido, tal vez haya atenuantes. Hay cosas que a uno le hacen perder la cabeza y actuar de forma impulsiva, ¿no?

Una vez más, Marcelo sorprendió a todos con su repentina lucidez. Con una frase consiguió devolver la sonrisa a sus compañeros. Como si alguien les hubiera hecho una señal, reanudaron la visita al museo de ese personaje insólito que fuera Salvador Dalí.

Rebeca se detuvo ante un cuadro que, según pensó, podía ser del agrado de su público.

—Se titula *Retrato del violonchelista Ricardo Pichot* —explicó—. El maestro lo pintó en 1920, con solo dieciséis años.

—Este me gusta más que los otros. Se trata del retrato de un músico y una ventana por la que se ve un paisaje —argumentó Anastasia—, es decir, algo que puedo comprender.

Rebeca sonrió. Cierto, buena parte de la obra daliniana era difícil de entender.

—Esta pieza pertenece a una colección particular de Cadaqués, pero se va a exponer en el museo durante unos meses. A mí también me gusta.

Permanecieron frente al retrato, que contemplaron en silencio. Marcelo se acercó un poco más para observarlo mejor. Al cabo de varios segundos, dio un nuevo paso al frente, hasta pegar su nariz al lienzo. Todos lo observaban, extrañados ante tamaña muestra de interés artístico. Marcelo arrugó la frente. Por último se giró hacia el grupo:

—La cara de ese tal Pichot es la viva imagen de don Ángel Turumbay, ¿no lo veis?

Rebeca escrutó el retrato de Ricardo Pichot para buscar en él algún rasgo que le recordase a su abuelo. Había una diferencia de edad enorme entre el anciano que ella apenas recordaba y el hombre joven del retrato. Se volvió hacia el Gallardo, quien extrañamente evitaba mirar tanto el cuadro como a ella. Cuando sus miradas se cruzaron por fin, su anciano pariente le guiñó un ojo, esbozó una sonrisa pícara y se encogió de hombros.

La joven tuvo la certeza de que aquella no era la primera vez que Daniel el Gallardo contemplaba ese retrato. Pero ¿podía aquel hombre haber tenido la desfachatez y el atrevimiento, no solo de falsificar la obra, sino de plasmar el rostro de su propio tío, su mecenas, en el rostro de Ricardo Pichot? Y si lo había hecho, ¿cómo demonios consiguió cambiar el original por la copia? Quizá, después de todo, Daniel el Gallardo sí había conocido de alguna manera a John Peter Moore, el «capitán Moore de los cojones», como dijo en Cadaqués. O tal vez no, porque lo cierto era que aquella hipótesis resultaba, sin duda, mucho más surrealista que la obra del pintor ampurdanés.

—La visita ha terminado —anunció.

Todo el grupo la siguió en silencio hacia la salida.

Nota de la autora
y agradecimientos

Es importante para mí aclarar que esta es una historia de ficción inspirada en un crimen cometido en Cárcar hace ya muchas décadas pero que continúa en el imaginario colectivo de nuestro pueblo. Aunque los nombres, apellidos e incluso sus descripciones responden a los tipos y costumbres de Cárcar, ninguno de los personajes que aparecen en el libro ni las acciones que se les atribuyen se corresponden con ninguna persona que exista o haya existido. Si me he tomado la libertad de hacer algún guiño a la realidad, ha sido sin otro ánimo que el de honrar a mi pueblo, y a las valiosas personalidades que en el han vivido y continúan viviendo.

Quiero agradecer por su apoyo a mis primeros lectores: Fernando mi esposo que siempre me ha animado desde el primer día que empecé a escribir; mi hermano Javi, siempre dispuesto, uno de mis críticos más importantes; mi hermano Carlos que me ayudó con algunos pasajes; mi hermana Isabel que leyó y comentó el manuscrito. Gracias a Leticia Medina por su trabajo y sus consejos en las primeras versiones de la novela. Quiero agradecer a mi editora, Mathilde Sommeregger toda la atención que me ha dedicado, y a todo el equipo de Maeva su carácter cercano, accesible y entusiasta. Sobretodo quiero agradecer la contribución de mis padres, Emi y Laureano, con los que he mantenido charlas muy enriquecedoras sobre los usos y costumbres de su época y que me han inspirado a lo largo de todo el proceso de escritura.